AF201909

KAMPENWAND
VERLAG

ISBN: 978-3986601423

© 2023 Kampenwand Verlag
Raiffeisenstr. 4 · D-83377 Vachendorf
www.kampenwand-verlag.de

Versand & Vertrieb durch Nova MD GmbH
www.novamd.de · bestellung@novamd.de · +49 (0) 861 166 17 27

Text: Thomas Herzberg
Bilder: Shutterstock: Vector Tradition, ricok, andreiuc88, Evannovostro
Druck: CUSTOM PRINTING
Wał Miedzeszynski 217, 04-987 Warszawa, Polen

THOMAS HERZBERG

ZWISCHEN MORD UND OSTSEE

SCHNEEWEIßES GRAB

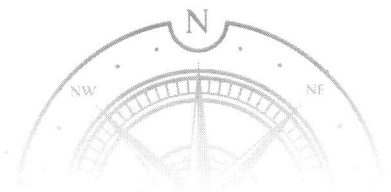

DAS BUCH

Ein Sturmtief, das mit Urgewalt über die Lübecker Bucht zieht, hinterlässt reichlich Schnee … und einen toten Sternekoch. Als klar wird, dass der Mann gewaltsam ums Leben gekommen ist, bittet die Lübecker Kripo ihre Flensburger Kollegen Ina Drews und Jörn Appel um Hilfe.

Die beiden beginnen sofort mit ihrer Arbeit und können schnell erste Erfolge erzielen. Doch bald wird klar, dass die Verstrickungen viel weiter reichen und der tote Koch erst der Anfang von etwas Großem ist …

Zwischen Mord und Ostsee: Ein Tippfehler? Keineswegs! Vielmehr beschreibt selbst diese Schreibweise, wo genau die Kommissare Ina Drews und Jörn Appel auf die Jagd nach Mördern gehen. Zwischen den Meeren, wo Wind und Wetter einen auf die Probe stellen, die meisten Leute nicht besonders redselig sind, und wo das Land so flach ist, dass man morgens schon sehen kann, wer mittags zu Besuch kommt. Eine Landschaft, in die man sich einfach verlieben muss.

Wer dabei sein will, wenn Ina und Jörn zwischen Flensburg, St. Peter-Ording und Travemünde ermitteln, ist herzlich eingeladen. Und eins kann ich versprechen: Langweilig wird es bestimmt nicht!

PROLOG

TRAVEMÜNDE/PRIWALL, MONTAGABEND GEGEN MITTERNACHT

Sein Fuß war mit Sicherheit gebrochen.

Woher er das so genau wusste? Mitten in der Nacht, ohne Arzt und ohne Röntgengerät?

Ganz einfach: Ein kleiner Abhang, an dem es höchstens drei Meter, aber fast senkrecht in die Tiefe ging, war ihm auf seiner Flucht zum Verhängnis geworden. Als er sich nach dem Sturz in einem feuchten Erdloch wiederfand, wurde ihm schlagartig bewusst, warum er dieses Hindernis auf dem Weg zum Strand übersehen hatte. Vermutlich hatte ein Radlader erst kürzlich das Loch ausgehoben und die Erdmassen unmittelbar daneben aufgehäuft. Und er? Wie ein Skispringer war er am Ende der kleinen Schanze in die Luft gestiegen, um dann wie ein Lemming in den Abgrund zu stürzen.

Nachdem sein Verstand wieder halbwegs funktionierte, suchte er nach Anhaltspunkten, um sich neu zu orientieren. Er hörte Wassermassen rauschen. Einerseits drückte der aufkommende Sturm die Fluten der Ostsee in die *Lübecker Bucht*, andererseits wollte die *Trave* ihr Wasser in der gleichnamigen Mündung loswerden. Ein Schauspiel, dessen Anblick man bei Sonnenschein und lauer Brise nicht müde wurde. Bei einem aufziehenden Schneesturm, vor dem Zeitungen und Radiosender schon seit Tagen warnten, hätte er allerdings liebend gerne darauf verzichtet. Und während sein Körper das Adrenalin immer schneller abbaute, meldeten sich gleichermaßen seine inneren und äußeren Sensoren zurück. Einer informierte ihn über Eiseskälte, der man besser drinnen trotzte – im Idealfall vor einem warmen Ofen hockend. Die Stimme in seinem Hinterkopf fügte besserwisserisch hinzu, dass der menschliche Organismus nicht geeignet war, längere Zeit Temperaturen weit unter dem Gefrierpunkt und in einem Erdloch liegend zu überstehen. Selbst die geringste Bewegung verursachte in seinem rechten Fuß höllische Schmerzen, wie er sie nie zuvor erlebt hatte. Wieder probierte er sich aufzurappeln, gab jetzt aber laut schreiend um einiges schneller als bei den letzten Versuchen auf. Trotz Kälte schweißgebadet fiel er keuchend auf den Rücken und registrierte, dass *Väterchen Frost* den Weg auch durch die letzte Ritze seiner Unterwäsche fand und sich mit spitzen Zähnen in nackter Haut verbiss.

Wesentlich mehr Sorgen bereiteten ihm jedoch dieses dumpfe Pochen und krampfartige Schmerzen im Bauchraum, die ihn – so absurd es sein mochte – kurz auflachen ließen. Er dachte an den Arzt im Krankenhaus und dessen Moralpredigt vor seiner heutigen Entlassung: *Ich empfehle Ihnen vier Wochen Ruhe, Herr Wagner. Keinen Sport, keine größeren Anstrengungen und wenn Sie überhaupt etwas heben müssen, dann bitte nichts über fünf Kilo.*

Er lachte erneut, vielleicht zum letzten Mal. Was der Arzt wohl zu einer halbstündigen Flucht über Stock und Stein und einem abschließenden Sturz aus mehreren Metern Höhe sagen würde?

Herr Wagner! Wir haben zwar nicht explizit darüber gesprochen, aber ich dachte, es wäre selbstverständlich, dass Sie sich derartige Eskapaden tunlichst verkneifen. Nein – auch wenn es um Ihr Leben geht, sollten Sie da keine Ausnahme machen.

Doch genau darum ging es: um sein Leben. Inzwischen zitterte er von Kopf bis Fuß wie Espenlaub. Unmittelbar vor seinem Sturz hatte er sich noch gefreut, weil er seinen Verfolger offenbar abgeschüttelt hatte. Kein Wunder, schließlich schneite es von Minute zu Minute heftiger. Aber was half ihm das jetzt? Er lag in einem Loch, rundum sammelte sich immer mehr Schnee und er fühlte sich wie eine Schildkröte, die auf dem Rücken lag und mit ihren kurzen Beinen strampelte. Alles, was er jetzt noch tun konnte, würde unendlich viel Kraft kosten und die Sache höchstens schlimmer machen. Das nächste Haus war ein paar hundert Meter entfernt. Und auch auf einen zufälligen Spaziergänger durfte er mitten in der Nacht und bei dem Wetter kaum hoffen. Genauso wenig war mit Jugendlichen zu rechnen, die hier im Sommer am Strand zuhauf wild campten.

„Die haben im Dezember wahrscheinlich was Besseres im Sinn", flüsterte er und nahm dabei seine zittrige Stimme wahr. Er hob den Kopf, obwohl selbst das entsetzliche Schmerzen hervorrief, und horchte in die Ferne. Nichts! Keine Schritte, kein Laut. Aber wer – abgesehen von seinem Verfolger – sollte denn nach ihm suchen?

Er fiel zurück und spürte, wie die Kälte seine Haut durchdrang und nunmehr auch von seinen Organen Besitz ergriff. Es war Jahre her, da hatte er mal einen Artikel über jemanden gelesen, der von einer sogenannten Nahtoderfahrung zu berichten wusste. *Ganz zum Schluss – also direkt vor dem Tod – sei er von einer beinahe göttlichen Wärme durchflutet worden und hätte jegliche Angst vor dem Sterben vergessen*, hieß es in dem Artikel. Wenn das stimmte, wünschte er nichts sehnlicher als diesen letzten Akt herbei. Endlich nicht mehr frieren!

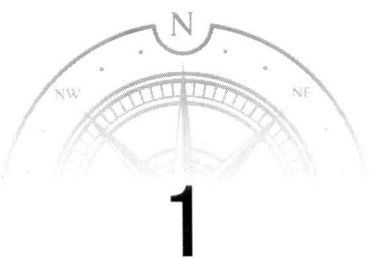

1

„Kurz vor zehn", stellte Ina Drews nach einem Blick auf die Uhr fest und lächelte süffisant. „Wobei … das ist immerhin 'ne Viertelstunde früher als gestern. Kompliment!"

Das bei ihrem Kollegen Jörn Appel nicht besonders gut ankam. Der stand nämlich mit hochrotem Kopf mitten im Büro der Mordkommission und bekam kein Wort heraus. Vielmehr schien er innerlich zu kochen.

„Was war denn heute los?", fragte Ina in mütterlichem Tonfall. „Hat unser Kleiner wieder gestreikt?" Damit meinte sie den neuen Dienstwagen, ein Elektroauto, das Teil eines behördlich angeordneten Probelaufs war. Einige Wochen zuvor hatte Jörn begeistert reagiert und sich vor lauter Lob beinahe überschlagen. Doch in letzter Zeit tat sich die neue elektrifizierte Freiheit in erster Linie durch tägliche Probleme hervor.

Jörn krachte auf seinen Schreibtischstuhl. Langsam normalisierte sich seine Gesichtsfarbe, trotzdem bebte seine Stimme: „Der Notdienst war ohnehin gerade in Flensburg unterwegs, sonst hätte ich vermutlich stundenlang warten müssen."

„Ging gar nichts mehr … wie vorgestern?"

Kopfschütteln. „Ich bin eingestiegen, direkt losgefahren und alles war in bester Ordnung. Dann hab ich an der Kreuzung Nordstraße/ Hafendamm gehalten und – nichts mehr, nada … Feierabend. Wenigstens haben mir zwei Leute beim Schieben geholfen."

„Ich dachte, man darf die Dinger gar nicht schieben oder abschleppen."

„Nur unter bestimmten Voraussetzungen, mit denen ich mich mittlerweile bestens auskenne", widersprach Jörn gereizt.

Ina riskierte dennoch ein Lachen. „Stell dir mal vor, du verfolgst jemanden und bleibst nach ein paar Metern liegen. Da müssten eventuelle Helfer aber kräftig schieben, damit du dranbleibst."

„Das ist nicht witzig, Ina! Wir sind zwar nicht im Streifendienst unterwegs, aber …" Jörn winkte ab, ersparte sich und seiner Kollegin den Rest. „Gibts ansonsten was Neues?"

Ina langte mit unschuldiger Miene nach einer Aktenmappe, deren Deckel ein Hochglanzfoto zierte. „Unser Chef fährt neuerdings auch ein E-Auto und ist vor lauter Begeisterung völlig von den Socken. Hier ist sein Erfahrungsbericht, der allen Dienststellen, in denen man sich noch sträubt, zu denken geben soll." Ina hielt Jörn die Aktenmappe entgegen. „Interesse, Herr Appel?"

Jörn schnappte die Mappe und versenkte sie mit einer weit ausholenden und kreisrunden Bewegung in seinem Papierkorb. Danach grinste er genüsslich. „Unser Chef kann mich mal – von mir aus auch elektrisch."

„Das war noch nicht alles", fuhr Ina fort und deutete auf ihren Computerbildschirm. „Ein Hauptkommissar Kuhnert – Leiter der Mordkommission in Lübeck – bittet uns um Hilfe. Die haben dort einen weiteren Fall und sind personell voll ausgelastet. Bisher ist der Einsatz freiwillig, aber ich denke, früher oder später kriegen wir ohnehin Bescheid aus Kiel und müssen zwangsweise ausrücken. So wäre es mir aber um einiges lieber."

„Worum gehts?"

„Heute Morgen gegen sechs hat ein Radladerfahrer den Motor seines Monstrums gestartet und gleich 'ne Leiche gefunden. Auf dem Priwall."

„Noch nie gehört!"

„Den Priwall kennen viele Lehrlinge, die dort Blockunterricht haben. Westlich davon ist Travemünde und auf der anderen Seite ..."

„... der Priwall, hab ich inzwischen kapiert! Sicher, dass es sich um ein gewaltsames Tötungsdelikt handelt und wir da nicht für 'nen Unfall oder Selbstmord runterkurven?"

„Die Spurensicherung ist vor Ort und die Kollegen vom Erkennungsdienst sind sich ziemlich sicher. Das Opfer weist etliche Verletzungen auf, die nicht allein vom Sturz herrühren können. Außerdem ist man auf eine ganz frische Narbe gestoßen, die mutmaßlich von einer Gallen-OP stammt."

„Dann hat sich der Typ wahrscheinlich mit seinem Arzt in die Haare bekommen und ..."

„Jörn, bitte!"

Er schaute auf, wirkte mittlerweile friedfertig. „Hat schon jemand die umliegenden Krankenhäuser kontaktiert, liebste Kollegin?"

„Wenn wir den Fall übernehmen, ist das gleich unser erster Job. Ich hab schon ein paar Fotos vom Leichnam und könnte im Prinzip jederzeit loslegen."

„Was ist denn dieser Kuhnert für 'n Typ?" Jörn konnte sich ein Lachen nicht verkneifen. Er dachte offenbar an einen der zurückliegenden Fälle, was seine nächste Frage bestätigte: „Zwillingsvater?"

Ina grinste. „Laut Personaldaten ist der Mann Anfang sechzig. Ich glaube kaum, dass so einer noch ..."

„Männer sind bis ins hohe Alter zeugungsfähig!", belehrte Jörn mit erhobenem Zeigefinger. „Und warum sollte Hauptkommissar Kuhnert nicht einer von den potenten Typen sein, die ...?"

„Dann ruf ihn selbst an und frag, ob er kürzlich Zwillinge, Drillinge oder meinetwegen auch Vierlinge verzapft hat!" Ina ging mit gutem Beispiel voran, nahm ihr Handy vom Schreibtisch und wedelte damit. „Was ist denn jetzt? Übernehmen wir den Fall? Dann hol ich mir das Okay von unserem Vorturner aus Kiel."

Jörn nickte nachdenklich. „Zumindest besser, als hier nur rumzuhocken und bis Weihnachten die Zeit irgendwie totzuschlagen. Andererseits – hast du gehört, welches Wetter für die nächsten Tage vorausgesagt ist?"

„Soll uns ein lächerliches Sturmtief namens *Herbert* von der Arbeit abhalten und womöglich einem Mörder in die Hände spielen? Ich sehe schon die Schlagzeile in der Zeitung: *Täter entkommt durch Herberts Hilfe und* …"

„Ist ja gut!", unterbrach Jörn. Er warf einen Blick in Richtung Fenster, auch wenn dort – abgesehen von schwarzen Wolken, die eindrucksvoll *Herberts* Ankunft verhießen – nichts zu sehen war. „Soll ich mal nachfragen, ob wir einen anderen Wagen bekommen?"

„Hab ich schon", erwiderte Ina gequält.

„Und?"

„Keine Chance! Außerdem hast du dich feierlich bereit erklärt, ohne Wenn und Aber an diesem E-Auto-Projekt teilzunehmen. Da war nicht von einem Ersatzwagen die Rede, falls das elektrische Pferd mal bockt."

„‚Mal bockt'?! Ich hab fast jeden Tag Probleme und steig nur noch mit ’nem mulmigen Gefühl in den Sattel."

„Wahrscheinlich ist genau das der springende Punkt", sinnierte Ina. „Diese Schätzchen sind sensibel und reagieren auf negative Schwingungen. Du musst positiv denken, allem und jedem eine Chance geben und …"

„… was, wenn wir mitten auf dem Weg nach Lübeck liegen bleiben?" Jörn lächelte voller Genugtuung. „Ich glaube nicht, dass dir dann immer noch nach Scherzen oder weiteren Eso-Vorträgen zumute ist."

Ina erhob sich und verströmte sogleich Tatendrang. „Also hoffen wir mal, dass uns *Herbert* in Ruhe lässt und wir nicht erfrieren."

„Und jetzt?", fragte Jörn, weil Ina mittlerweile vor ihm stand und ihn zum Aufstehen animierte. „Ich dachte, du wolltest dir das Okay aus Kiel holen und gleich damit loslegen Krankenhäuser im Umkreis von Travemünde mit Fotos zu bombardieren."

„Das kann ich auch während der Fahrt erledigen. Und falls wir tatsächlich liegen bleiben, hab ich umso mehr Zeit …"

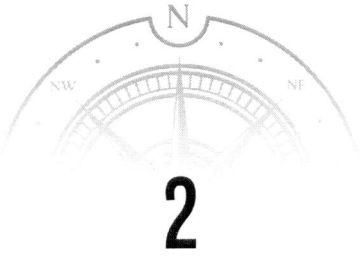

2

POLIZEIDIREKTION LÜBECK

„Und, Chef ... haben die Flensburger Kollegen angebissen?"

Hauptkommissar Kuhnert hob erst den Kopf, nachdem er eine Notiz zu Ende überflogen hatte. Anfangs machte er einen verwirrten und abwesenden Eindruck, dann hellte sich seine Miene auf. „Frau Drews und Herr Appel sind bereits unterwegs und machen sich auch mit ersten Fakten vertraut. Geht ja heutzutage alles per Telefon oder Internet."

Oberkommissar Tobias Franke erwiderte inbrünstig: „So einer Truppe würde ich mich niemals anschließen. Heute hier, morgen dort – keine Ahnung, wer sich das freiwillig antut."

Kuhnert winkte ab. „Uns kann es ja nur recht sein. Was macht denn unser Doppelmord im Drogenmilieu?"

Franke reckte einen Daumen empor, was immer das bedeuten sollte. Und vermutlich deshalb wollte es sein Chef genauer wissen. Doch zunächst hatte er lediglich eine Information parat: „Im Radio hieß es heute Morgen, wir hätten die Sache nicht unter Kontrolle.

Schließlich gäbe es bisher keine Verhaftung und nicht mal einen Verdächtigen. Und das, obwohl jede Woche neue Jugendliche auf der Intensivstation landen."

„Wollen die etwa uns dafür verantwortlich machen?"

„Solange wir der Presse keinen Schuldigen liefern oder wenigstens einen vielversprechenden Happen hinwerfen, machen uns die Schmierfinken für alles verantwortlich! Sie sind lange genug bei der Truppe und sollten langsam wissen, wie der Hase läuft."

„Wir sind dran, Chef", entgegnete Franke und wirkte nicht mal eingeschnappt. „Einigen Hinweisen zufolge haben sich unsere Lübecker Dealer mit ein paar größeren Nummern aus Hamburg angelegt. Außerdem …"

Kuhnert fuhr dazwischen: „Ich brauche Ergebnisse, mit denen ich die Kritiker mundtot machen kann! Hinterher können wir uns auch wieder selbst um unsere Fälle kümmern, oder glauben Sie, ich will jedes Mal um Hilfe betteln?"

„Wir sind ganz dicht dran, Chef", versicherte Franke erneut. „Wird nicht mehr lange dauern."

„Das will ich auch schwer hoffen, und jetzt gehen Sie wieder an die Arbeit, Franke!"

***

„Eigentlich zu früh für Anfang Dezember", erklärte Jörn anderthalb Stunden später, als er den Scheibenwischer auf höchste Stufe stellte. „Tief *Herbert* ist nicht mal ganz da und sorgt schon für Verkehrschaos." Gemeint war eine Reihe greller Bremsleuchten, die auf der Autobahn vor ihnen aufflammten. Bald würde alles stehen, und das nicht zum ersten Mal.

„Ich hab dir gleich gesagt, du sollst in Bordesholm abfahren. Jetzt kriechen wir vermutlich im Schneckentempo bis Neumünster Süd und können von Glück reden, wenn wir Lübeck im Hellen erreichen."

Jörn stöhnte und zeigte in den leeren Beifahrerfußraum. „Heute gar keine Vorräte im Gepäck, damit du später zu Hause nicht wieder alles wegwerfen musst?"

„Ich hab die letzten Tage bei Heike gegessen."

„Und wie gehts deiner Schwester?"

„Deiner Ex-Frau …", betonte Ina, „… geht es blendend! Wusstest du, dass sie einen neuen Freund hat?"

Jörn wirkte nicht sonderlich interessiert. „Dini hat mir sowas in der Art erzählt, ja."

„Und ich wusste ganz genau, dass deine Tochter ihr kleines Plappermaul nicht halten kann. Heike war da anderer Meinung, wollte ihr keinen Maulkorb verpassen, aber …"

„Was ist das denn so für 'n Typ? Ist er gut genug für meine Frau und meine Tochter?"

„Ich finde ihn total nett!" Ina merkte selbst, dass sie vielleicht ein wenig zu euphorisch klang und fuhr sich deshalb ein Stück zurück. „Ich hab ihn bisher nur zwei- oder dreimal getroffen", relativierte sie also umgehend. „Letztes Mal hat er selbstgebackenen Kuchen mitgebracht. Verdammt lecker!"

„Also ein Softie, der Kuchen backt, Pullover strickt und …", Jörn lachte lauthals, „… wahrscheinlich mit Heike Liebesfilme guckt und Rezepte tauscht."

„Vorsicht, Freundchen! Angeblich soll Marius ein ganz toller …" Ina biss sich auf die Zunge, verstummte zwangsweise.

„Ein ganz toller was?", bohrte Jörn grimmig.

Ina hob die Hände. „Kein Kommentar. Und falls du mehr wissen willst, frag doch deine Tochter!"

„Die Geschichte ist ganz frisch, da hängt der Himmel immer voller Geigen", kam Jörn nach längerem Schweigen zu einem Ergebnis. „Ich weiß noch, wie es damals bei Heike und mir war: Wir konnten immer und überall, haben …"

„Das will ich nicht wissen!", unterbrach Ina. „Für mich ist meine Schwester ein geschlechtsloses Wesen und Dini das Resultat unbefleckter Empfängnis."

„,Unbefleckt'!" Jörn keuchte inzwischen vor lauter Lachen. „Frag deine Schwester mal nach einer Episode, die mitten im Sommer in 'ner Telefonzelle passiert ist. Vielleicht …"

Inas Smartphone klingelte und erlöste sie vom Rest dieser schlüpfrigen Offenbarung. „Drews", meldete sie sich mit einer Mischung aus Erleichterung und neuem Tatendrang.

Jörn war zum Zuhörer degradiert, denn nur sein Telefon war mit der Freisprecheinrichtung verbunden. Neben ihm hörte Ina in erster Linie zu, stellte hin und wieder eine Frage und bedankte sich artig, bevor sie das Gespräch beendete.

„Was ist los?", fragte Jörn, da Ina zunächst schwieg.

„Das war eine Frau, die in der Uniklinik Lübeck arbeitet … Verwaltung."

„Und weiter?"

„Mithilfe der Schwestern und Ärzte hat man unsere Leiche sofort identifiziert. Es handelt sich um einen gewissen Thomas Wagner, der übrigens auf dem Priwall wohnt. Die Frau hat mir sogar genau erklärt, wo, weil …"

„… sie auch dort wohnt, den Toten persönlich kennt und uns am besten gleich sagen kann, wer ihn umgebracht hat. In der Art etwa?"

„Nicht ganz", erwiderte Ina. Sie klang misstrauisch. „Geht Ihnen das alles zu schnell, Herr Appel? Soll ich noch mal von vorne anfangen?"

„Nein, danke! Sind die denn wirklich absolut sicher, dass es dieser Thomas Wagner ist?"

Ina nickte. „Die Bilder, die ich rausgeschickt hab, waren ziemlich gut. Ein paar Schwestern und der Stationsarzt von der Inneren Chirurgie haben ihn direkt wiedererkannt. Außerdem hab ich von Anfang an auf die Uniklinik in Lübeck getippt."

„Erklärst du mir auch, warum?"

„Weil ich – wenn ich meine Galle loswerden wollte – auch in die Uniklinik fahren würde."

„Also wurde dieser Wagner tatsächlich an der Galle operiert?"

„Hatte ich das eben nicht erwähnt?"

Jörn schüttelte den Kopf. „Für ein Krankenhaus sind die ja erstaunlich auskunftsfreudig. Da hab ich schon ganz andere Dinge erlebt."

„Der Mann ist tot und die wissen genau, dass wir früher oder später sowieso an alle Informationen herankommen." Ina räusperte sich. „Ich bin nur froh, dass wir gleich ein erstes Ziel haben."

„Nö, nicht wieder Krankenhaus!", moserte Jörn, was mit einem der letzten Fälle zu tun hatte.

„Keine Sorge, wir werden uns dort nicht häuslich niederlassen. Wir schauen uns auf der Station um, reden mit dem Personal und finden im Idealfall heraus, wieso sich Herr Wagner frisch operiert aus dem Staub gemacht hat", besänftigte Ina.

„Ist das heutzutage nicht völlig normal? Die Krankenhäuser kriegen doch bloß irgendwelche mageren Pauschalen und müssen ihre Patienten zwangsläufig auf die Straße setzen, wenn niemand mehr für sie zahlt."

Ina klang leicht verunsichert. „Dann fragen wir eben, ob das bei dem Wagner auch alles ganz normal war. Oder hast du etwa ’ne bessere Idee, wo wir anfangen sollen?"

Offenbar nicht, denn Jörn gab darauf keine Antwort und zeigte stattdessen zum Armaturenbrett.

„Probleme?"

„Ich hoffe, die Akkus halten bis Lübeck", entgegnete Jörn stirnrunzelnd.

„Wie ist denn der jetzige Stand?"

„Halbleer."

„Halbvoll!", korrigierte Ina bissig. „Immer positiv denken, Herr Appel!"

„Mag sein, aber das ändert nichts an der Reichweite, Frau Drews!"

3

„Wagner hat's erwischt. Hundertprozentig!"

„Was macht dich da so sicher?", kam es vom anderen Ende der Leitung nicht gerade freundlich zurück.

„Mein Kontakt bei den Bullen sagt, dass die heute Morgen auf dem Priwall 'ne Leiche gefunden haben. Das kann doch nur der Wagner sein."

„Hoffen wir mal, du hast recht. Was ist mit den beiden anderen Typen?"

„Die sind immer noch tot. Glaube, daran ändert sich so schnell nichts."

„Sehr witzig! Ich wollte wissen, wie weit die Bullen in der Hinsicht sind."

„Treten unverändert auf der Stelle und sorgen seit ein paar Tagen in Hamburg für reichlich Wirbel. Die finden niemals heraus, wer oder was tatsächlich dahintersteckt. Erst recht nicht, nachdem nun auch Wagner aus dem Spiel ist und er den Bullen nichts mehr erzählen kann. Hoffen wir mal, dass er noch nicht bei denen gesungen hat."

„Wenn das der Fall wäre, würden wir jetzt nicht miteinander telefonieren und die hätten uns längst hopsgenommen."

„Hast recht."

„Eben! Sorg du lieber endlich für neue Ware! Unsere Dealer jammern mir die Ohren voll und fragen ständig, wann wir wieder liefern."

„Dir ist aber schon klar, dass die Bullen momentan ganz genau hinsehen, oder?"

„Schon möglich, trotzdem tut das nichts zur Sache. Du bist ein bisschen zu jung, um dich zur Ruhe zu setzen. Oder siehst du das anders?"

***

„Und?", fragte Ina, als Jörn ein drittes Mal zum Wagen zurückkehrte. Im Parkhaus, das zur Uniklinik Lübeck gehörte, musste er sein strombetriebenes Schätzchen mehrfach umparken, bis sich eine der Ladesäulen damit anfreunden wollte. Unterdes weigerte sich Ina standhaft auszusteigen, denn mittlerweile zeigte sich Sturmtief *Herbert* zunehmend von seiner rauen Seite. Ein eisiger Wind trug selbst im Parkhaus Schneeflocken vor sich her, die auf der Haut brannten.

„Lädt!", berichtete Jörn voller Stolz. Gerade so, als würde er selbst den Strom dafür per Pedalkraft erzeugen. „Am besten lassen wir uns da drinnen Zeit, dann sind wir voll, wenn es nachher zu unserer Pension geht."

„Ich hab eben mit der Wirtin dort telefoniert. Ihr ist es egal, wann wir ankommen."

Jörn, der zur Hälfte im Auto hing, runzelte die Stirn. „Klingt, als hättest du später noch mehr vor."

„Erst mal will ich, dass die Leiche zweifelsfrei identifiziert wird. Und dann würde ich mich gerne bei Herrn Wagner zu Hause umsehen. Du erinnerst dich? Priwall?"

Jörn schälte sich zur Gänze aus dem Wagen, streckte sich daneben und stöhnte, dass es von den Wänden des Parkhauses widerhallte.

Ina stieg ebenfalls aus und linste übers Dach. „Alles in Ordnung? Soll ich reinrennen und nach 'nem Arzt fragen?"

„Hoffentlich sind wir mit der Krankenhausgeschichte schnell durch. Ich will mich nämlich nicht wieder tagelang mit irgendwelchen Ärzten und Schwestern rumschlagen."

Ina setzte sich grinsend in Bewegung. Als Jörn auf dem Weg zum Haupteingang der Klinik zu ihr aufschloss, verkündete sie lachend ihr Fazit: „Wir müssen uns für die Zukunft eine Liste machen …"

„Keine Ahnung, wovon du redest."

„Ganz einfach: Wir übernehmen nur noch Fälle, bei denen kein Zwillingsvater und kein Krankenhaus im Spiel sind. Den Rest kannst du dir ausdenken und nahtlos hinzufügen."

Jörn wollte schon antworten, doch der Lärm einer Kehrmaschine hielt ihn zunächst davon ab. In einer kleinen Kabine saß ein dick vermummter Mann, der mit erkennbarer Freude und einer riesigen rotierenden Bürste für zusätzliches Schneetreiben sorgte.

„Falls das so weitergeht, sind Lübeck und Umgebung morgen eingeschneit", brüllte Jörn gegen den abnehmenden Lärm an. „Und wir müssen wahrscheinlich einen Motorschlitten mieten, um überhaupt arbeiten zu können."

„Aber einen mit richtigem Motor", fügte Ina hinzu, nachdem die Ermittler den Eingangsbereich der Klinik betreten hatten. Ausgerechnet jetzt klingelte ihr Handy. „Lübecker Nummer, ist bestimmt Kuhnert", murmelte sie nach einem Blick aufs Display.

Jörn zeigte zu einem Wartebereich, der verwaist dalag. Als sich dessen Glastür hinter den beiden schloss, nahm Ina das Gespräch an und aktivierte sofort den Lautsprecher. „Drews und Appel im Einsatz. Herr Kuhnert?"

Der antwortete trocken mit einer Information: „Hier ist längst Feierabend und ich hatte gehofft, wir sehen uns vorher noch. Seid ihr im Schnee stecken geblieben oder habt ihr es euch doch anders überlegt?"

Jörn holte bereits Luft, aber Ina kam ihm zuvor: „Wir haben einen Schlenker zur Uniklinik gemacht und wissen vermutlich, um wen es sich bei dem Toten handelt."

„So schnell?", wunderte sich Kuhnert. „Wie habt ihr das denn angestellt?"

Jetzt mischte sich Jörn ein: „Das können wir ebenso gut morgen früh besprechen, Herr Kuhnert. Schönen Feierabend und bis mo...!"

„Moment, Moment, Leute!"

„Ja, was gibts denn?", fragte Ina, während sie Jörn streng ansah. Der wich einen halben Schritt zurück und übte ein unschuldiges Lächeln.

„Unsere SpuSi ist auf dem Priwall mit dem Fundort der Leiche fertig und würde im Prinzip auch Schluss machen. Aber da ihr schon wisst, wer der Tote ist, könnten die Kollegen natürlich auch gleich ..."

Ina fuhr dazwischen: „Ich will das erst mal eindeutig verifizieren. Nicht, dass wir die Kollegen zur falschen Adresse schicken und hinterher einen Haufen Probleme am Hals haben. Außerdem ..." Inas Stimme veränderte sich. „... ich darf doch hoffentlich davon ausgehen, dass eure Spurensicherung auch später noch erreichbar ist."

„Ist sie!", bestätigte Kuhnert. „Dann sehen wir drei uns morgen hier in der Polizeidirektion. Ihr kennt den Weg?"

„Den finden wir schon. Bis morgen, Kollege."

Jörn wartete, bis Ina ihr Smartphone in einer Tasche versenkt hatte und aufsah. Bevor sie etwas sagen konnte, legte er empört los: „Meint das dieser Kuhnert ernst? Hat der keine anderen Sorgen, als pünktlich Feierabend zu machen?"

„Startschwierigkeiten gab es doch bisher überall", relativierte Ina. „Wie würdest du denn reagieren, wenn plötzlich Kollegen auftauchen und einen auf Besserwisser machen? Wir sind eben Opfer unseres Erfolgs."

Nickend deutete Jörn hinüber zum Empfang. „Ich bin dafür, dass wir den guten Herrn Kuhnert morgen früh überraschen: Fall gelöst und alles in Butter. Du hast doch selbst gesagt, ich soll positiv denken."

„Man kann es auch übertreiben", entgegnete Ina und zog die Glastür auf. „Und was Kuhnert betrifft: Ich glaube, der fällt in Ohnmacht, wenn wir ihm zum Frühstück tatsächlich erste Ergebnisse präsentieren."

„Der Spaß wär's allemal wert."

„Dann ran an die Arbeit, Kollege Ungestüm!"

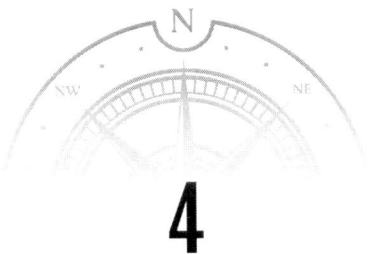

4

Hauptkommissar Kuhnert war mit den Vorbereitungen für die *Mission Feierabend* fast fertig, hatte seinen Rechner heruntergefahren und persönliche Dinge in den Manteltaschen verstaut. Er wollte sich gerade erheben, als Oberkommissar Tobias Franke sein Büro betrat, offenbar auch in Feierabendstimmung.

„Wollte mich nur verabschieden, Chef."

Kuhnert sah auf und musterte seinen jungen Untergebenen halb belustigt, halb streng. „Unsere Flensburger Verstärkung weiß angeblich schon, wer der Tote vom Priwall ist."

„So schnell?"

„Hat mich auch gewundert. Die erste Spur führt in unsere Uniklinik und wenn ich es richtig verstanden habe, sind die Kollegen längst vor Ort und gehen der Sache auf den Grund. Näheres erfahre ich aber erst morgen früh."

„Haben die auch einen Namen genannt?", hakte Franke nach.

Kuhnert schüttelte den Kopf und atmete hörbar. „Ich hab mir eben mal den vorläufigen Bericht der SpuSi genauer angesehen. Das Opfer ist ein Mann von geschätzt Mitte bis Ende dreißig, der zweifellos durch Fremdeinwirkung ums Leben gekommen ist. Die erste Spur führte zur Klinik, weil der Tote erst vor ein paar Tagen operiert wurde. Unsere Experten von der Rechtsmedizin haben sich die Bilder angesehen und sind absolut sicher, dass das 'ne Gallen-OP war."

„Davon hat er ja nicht mehr viel gehabt."

„Wenn Sie es aus der Warte betrachten – ja, schon bitter."

„Und warum läuft so ein Frischoperierter mitten in der Nacht auf dem Priwall rum, anstatt im Bett oder auf dem Sofa zu liegen?"

„Woher soll ich das denn wissen?", knurrte Kuhnert. Mit hochrotem Kopf schob der Hauptkommissar einige Papiere zusammen und blickte schwer atmend wieder auf. „Das hat uns gerade noch gefehlt. Wir doktern hier wochenlang an unserem aktuellen Fall herum, die Presse zieht uns mit wachsender Begeisterung durch den Kakao, und dann kommen zwei Neue um die Ecke und vollbringen gleich Wunder am Fließband."

Franke ließ sich unaufgefordert vor dem Schreibtisch seines Chefs nieder und schlug die Beine übereinander. Er lächelte süffisant, schwieg aber ansonsten.

„Was ist? Sie brüten doch irgendwas aus", urteilte Kuhnert misstrauisch.

„Meine Schwester arbeitet in der Uniklinik und hat heute zufällig Spätdienst. Ich könnte mal bei ihr nachfragen, ob sich was im System findet. Schätze, da genügt ein Anruf und wir wissen sofort mehr als alle anderen."

„Und was fangen wir hinterher mit unserem sagenhaften Wissen an?"

„Wir könnten doch in die Ermittlungen eingreifen und selbst die Lorbeeren einheimsen. Oder haben Sie etwas gegen positive Presse, Chef?"

Auf diesem Vorschlag kaute Kuhnert eine Weile herum. „Ich hab den Kollegen aus Flensburg heute Morgen gesagt, dass wir nicht genügend Personal am Start haben und deshalb Verstärkung bräuchten."

Franke zuckte unbeeindruckt mit den Schultern. „Dann hat sich daran eben kurzfristig was geändert. Wen juckt's, ob die sauer sind und wieder abrücken?"

Erneut dauerte es mit der Reaktion etwas länger. „Okay, rufen Sie Ihre Schwester an! Aber unauffällig, wenn ich bitten darf!"

***

In einem Pausenraum, nur wenige Kilometer entfernt, saßen Ina und Jörn dem diensthabenden Arzt der Inneren Chirurgie gegenüber. Der schlaksige, verhältnismäßig junge Mann sah müde aus und gähnte herzhaft, bevor er zu sprechen anfing. „Sie müssen entschuldigen, meine Freundin und ich haben gerade erst Nachwuchs bekommen."

„Doch hoffentlich keine Zwillinge?", fragte Jörn, was sogar Ina zum Grinsen brachte.

Auf der anderen Tischseite sorgte diese Nachfrage hauptsächlich für Verwirrung. „Es reicht auch ein kleiner Quaker, um einen die ganze Nacht wachzuhalten. Erklären Sie mir bitte noch mal, weshalb Sie hier sind?"

Ina machte den Anfang. „Bitte behalten Sie das, was wir Ihnen sagen für sich: Es geht um eine männliche Leiche, die heute Morgen auf dem Priwall gefunden wurde."

„Davon habe ich auf dem Weg zur Arbeit im Radio gehört", hakte der Arzt ein. „Ich verstehe nur nicht, was ich in der Sache für Sie tun soll, wenn der Mann bereits tot ist."

„Man hat Sie anscheinend nicht informiert", reagierte Jörn verhältnismäßig entspannt. „Offenbar handelt es sich um einen Ihrer Patienten. Meine Kollegin hatte Ihrer Station am Vormittag ein paar Fotos von dem Mann geschickt. Da hieß es, man hätte ihn hier gleich eindeutig wiedererkannt."

Ohne Kommentar langte der junge Arzt nach dem Mobilteil, das von außen an seiner Kitteltasche hing und drückte lediglich zwei Tasten. Ina und Jörn hörten es einmal tuten, dann nahm am anderen Ende jemand ab.

Man kannte sich, denn der Arzt klang ganz unbekümmert und verzichtete auf Titel und Nachnamen: „Leif hier … bei euch alles in Ordnung?"

Bruchstücke der Antwort drangen bis an die Ohren der Ermittler, wobei ein kurzer Blickwechsel klarmachte, dass man den Dingen zunächst ihren Lauf lassen wollte.

Doktor Leif erklärte einer Kollegin oder einem Kollegen gerade den Sachverhalt und schloss mit einer Aufforderung: „Druckst du bitte alles aus und bringst es mir auf die 14? Ja … ist dringend." Es folgte eine kurze Pause, verbunden mit einem Wortschwall am anderen Ende der Leitung, den Ina und Jörn aber nicht verstehen konnten. Die Widerrede des Arztes dafür umso klarer: „Dann muss Herr Schimmelmann zur Abwechslung eben mal warten – der klingelt doch ohnehin alle fünf Minuten und will ständig was Neues." Damit war das Gespräch beendet.

„Sie müssen entschuldigen. Wir haben hier eben solche und solche Patienten."

„Ist bei uns nicht anders", erwiderte Ina lächelnd. „Habe ich das richtig mitbekommen? Jemand bringt gleich nähere Informationen?"

„Genau! Ich selbst bin nach drei Wochen Urlaub erst seit heute Mittag wieder im Dienst und kann Ihren Toten gar nicht kennen. Aber vielleicht zeigen Sie mir einfach mal die Fotos?"

Jörn hantierte eilig an seinem Smartphone und schob es dann quer über den Tisch.

„Ja, das ist definitiv eine Galle. Vier kleine Schnitte … nennt man *Schlüssellochmethode*. Das, was von der Gallenblase übrig ist, wird durch den größten Schnitt unterm Bauchnabel nach draußen befördert", kam der Arzt in seinem Jargon zu einem Ergebnis. Er strich zum nächsten Foto weiter und vergrößerte nacheinander einige Bereiche. „Sieht ganz frisch aus. Die Schnitte sind zwei, höchstens drei Tage alt."

„Die Info haben wir auch aus unserer Rechtsmedizin", fügte Ina hinzu. „Ist es denn normal, dass ein Patient so kurz nach einer Bauch-OP entlassen wird?"

„Nun ja ... wenn es nach uns ginge, dürften die Patienten herzlich gerne ein paar Tage länger bleiben, um sich richtig zu erholen. Da machen uns allerdings die Krankenkassen einen Strich durch die Rechnung. Falls keine Komplikationen auftreten, reden wir hier von einem normalen stationären Aufenthalt."

Es klopfte an die Tür zum Besprechungsraum. Eine Frau mittleren Alters stürmte herein, klatschte einen Stapel Papiere auf den Tisch und legte gleich wieder den Rückwärtsgang ein. Auch die Erklärung ließ nicht lange auf sich warten: „In der 6 siehts nach 'nem Magendurchbruch aus."

„Soll ich dazukommen?", fragte der Arzt und war schon im Begriff aufzustehen.

„Oliver ist noch da und checkt das gerade. Er meinte aber, wenn's auf 'ne OP hinausläuft, lässt er dir gerne den Vortritt."

Nachdem die Schwester entschwunden war, versuchte es Ina mit einem Fazit: „Wahrscheinlich bleibt einem gar nichts anderes übrig, als das alles irgendwann zur Routine abzustempeln, oder?"

Der Arzt überlegte eine Weile, bevor er antwortete: „Stellen Sie sich mal vor, wir würden jeden Fall mit nach Hause nehmen. Wie soll man denn da noch schlafen?"

„Und wieder eine Gemeinsamkeit", hob Jörn hervor. Er deutete auf den Papierstapel, der auf dem Tisch lag. „Sind Sie so nett, werfen einen Blick da rein und sagen uns, ob bei Herrn Wagner alles ordnungsgemäß gelaufen ist?"

Während er blätterte, murmelte der Arzt vor sich hin. „Kommen wir erst mal zu Ihrem Anliegen: Hier steht, dass vier Schwestern und zwei Ärzte Ihren Mann eindeutig wiedererkannt haben. Thomas Wagner, vor vier Tagen aufgenommen und gestern entlassen." Der Arzt klang erleichtert. Vielleicht hatte er das Ende dieser Unterhaltung bereits vor Augen und widmete sich gedanklich längst wieder seinen Patienten oder seinem Nachwuchs.

„Könnten wir auch etwas Schriftliches bekommen?", fragte Jörn.

„Ich habe hier einen Ausdruck vom Stammdatenverzeichnis mit Telefonnummer und Adresse von Herrn Wagner ... schätze, das wird Ihnen weiterhelfen."

Jörn nahm das Blatt entgegen und nickte aufmunternd. „Verwöhnen Sie uns noch mit einem kurzen Statement aus ärztlicher Sicht?"

„Die Aufnahme bei uns lief völlig normal ab, Bluttests waren unauffällig ... bei der OP gab es keine Komplikationen. Alles, wie es sein sollte."

„Hat Herr Wagner die Klinik regulär oder vorzeitig, auf eigenen Wunsch, verlassen?", hakte jetzt Ina nach.

„Regulär, weil es keine Auffälligkeiten gab ..." Der Mediziner stutzte. „Das hier ist seltsam."

„Was meinen Sie?"

„Wenn ein Patient entlassen wird, bekommt er einen Brief für seinen Hausarzt mit. Auch in diesem Fall, aber es fehlen Name und Anschrift vom zuständigen Kollegen."

„Und das ist so ungewöhnlich?"

Der Arzt ließ sich die Frage einen Moment durch den Kopf gehen und schüttelte ihn dann. „Ich erlebe sowas nur, wenn ein Patient keinen Hausarzt hat. Solche Leute sagen dann meistens, sie würden sich kurzfristig einen suchen. Schließlich muss sich jemand um die Nachsorge und ums Fäden ziehen kümmern. Dafür fehlen uns die personellen Kapazitäten."

Ina schaute zu Jörn; in erster Linie drückten ihre Gesichter Ratlosigkeit aus.

Doch dann stutzte der Arzt erneut. „Ich glaube, Sie haben Glück. Hier steht, eine Schwester vom Frühdienst hat im Übergabebericht eine Notiz hinterlassen." Diese Notiz fand sich eine Seite weiter. „Und zwar, dass sie gestern gegen Mittag Herrn Wagner ein Taxi gerufen hat."

Ina klang plötzlich um einiges munterer. „Können wir Ihre Kollegin diesbezüglich irgendwie erreichen?"

„Das wird nicht nötig sein, weil sie sogar die Nummer des Taxiunternehmens notiert hat."

„Dann bräuchten wir die nur noch und Sie sind uns los."

„Gar kein Problem." Der Arzt faltete die betreffende Seite in der Mitte und schob sie quer über den Tisch. „Wenn Sie mich jetzt entschuldigen würden. Es ist vielleicht besser, wenn ich mir den vermeintlichen Magendurchbruch mal selbst ansehe."

Ina erhob sich, Jörn tat es ihr gleich. Obwohl man auf Händeschütteln verzichtete, hatte Ina zum Abschied wenigstens ein paar warme Worte in petto: „Dann hoffe ich mal, dass es eher was Harmloses ist. Alles Gute für Ihren Patienten … und natürlich auch für Ihren Nachwuchs."

Der Arzt hatte die Tür bereits erreicht, zögerte aber und drehte sich um. „Im Radio hieß es, wahrscheinlich wäre das auf dem Priwall Mord gewesen. Stimmt das?"

„Kümmern Sie sich besser um Ihren Patienten und retten Sie ein Leben", empfahl Jörn mit gezwungenem Lächeln. „Falls es was Neues gibt, erfahren Sie das garantiert auch aus dem Radio …"

5

„Läuft ja wie geschmiert", freute sich Jörn, als die Ermittler kurz darauf im Fahrstuhl standen.

Obwohl Ina nickte, schien sie mit den Gedanken woanders zu sein.

„Was ist denn los? Schlägt dir die Krankenhausluft auf den Magen oder …?"

„Ich überlege, ob wir uns zuerst den Taxidienst oder Wagners Adresse vorknöpfen."

Jörn musste nicht lange überlegen. „Die vom Taxiunternehmen werden doch höchstens bestätigen, dass sie Thomas Wagner abgeholt und vermutlich vor dessen Haustür abgesetzt haben. Das hat auch locker bis morgen Zeit."

Ina nickte erneut. „Außerdem sollten wir die zuständige SpuSi informieren. Die sehen es bestimmt nicht gerne, wenn wir einen vermeintlichen Tatort eigenmächtig betreten und bei der Gelegenheit gleich alles kontaminieren", fügte Jörn hinzu.

„Vorher schauen wir uns aber erst mal in Ruhe um. Wenn es nur um ein Haus geht, in dem ein Toter gewohnt hat, hätte das nämlich auch bis morgen früh Zeit. Es sei denn, du willst Kuhnert erklären, wieso wir seine Mannschaft bis in die späte Nacht grundlos auf Trab halten und keine Ergebnisse produzieren?"

„Wir sind fast voll", registrierte Jörn zufrieden, als er wieder hinter dem Lenkrad saß, und zeigte aufs Armaturenbrett.

Neben ihm entfuhr selbst Ina ein spontanes Lob: „Am besten finde ich, dass die Heizung so schnell warm wird."

„Jaaa … und ordentlich an den Akkus nuckelt. Normalerweise müsste ich auf 16 Grad drehen und du machst dir nebenbei warme Gedanken."

Diese Bemerkung ignorierte Ina gepflegt und wedelte mit ihrem Smartphone. „Ich hab Wagners Adresse gecheckt, sieht nach 'nem Einfamilienhaus aus. Jetzt zieh ich mir die Daten aus dem Melderegister, um ganz sicherzugehen."

Jörn legte den einzigen Vorwärtsgang ein und ließ sein geladenes Schmuckstück langsam nach vorne rollen. „Wir machen uns lieber auf den Weg, bevor auf den Straßen gar nichts mehr geht."

In der Tat hatten Sturm und Schneefall inzwischen noch um einiges zugenommen. Doch erst als der Wagen das akkurat gekehrte Krankenhausgelände verließ, wurde das wahre Ausmaß deutlich.

Ina klang besorgt: „Das ist ja echt 'ne Menge Schnee. Hast du eigentlich Winterreifen drauf?"

„Ohne wäre ich in Flensburg niemals losgefahren." Jörn strich lächelnd übers Lenkrad. „Winterreifen, Allradantrieb … bei so 'nem Wetter kann man gar nicht sicherer unterwegs sein."

„Bis zum Priwall ist es doch weiter, als ich dachte", nuschelte Ina, die intensiv mit ihrem Smartphone beschäftigt war.

Neben ihr fummelte Jörn am Navi und setzte noch einen obendrauf: „Über vierzig Kilometer! Vorausgesetzt, ich folge der Empfehlung hier und fahre außen herum. Ansonsten müssten wir quer durch Lübeck."

„Was wir bei dem Wetter lieber lassen", empfahl Ina.

Jörn hingegen imitierte die Stimme der Navigation: „Planmäßige Ankunft 20:07 Uhr. Ich glaube, du kannst in der Pension anrufen und dort Bescheid sagen, dass wir erst morgen früh einchecken. Wenn wir bei Wagner das volle Programm abspulen, ist es mit Schlafen Essig."

„Da hinten links rein", erklärte Ina über zweieinhalb Stunden später. Mittlerweile war es nach halb zehn. Auch auf der vom Navi empfohlenen Route herrschte ausgewachsenes Chaos. Dazu zählten reihenweise liegengebliebene Autos und der Umstand, dass sie sich der Halbinsel Priwall hauptsächlich im Schritttempo genähert hatten.

Aber jetzt – nach immer derberen Flüchen – war es nicht mehr weit bis zur Zieladresse. Entsprechend zuversichtlich präsentierte Ina einen Plan: „Ich würde sagen, wir schauen uns erst mal um, bevor wir uns gewaltsam Zutritt verschaffen. Und falls bei den Nachbarn noch Licht brennt, fragen wir dort, wann sie zum letzten Mal was von Thomas Wagner gesehen haben."

„Wenn's auf die Brechstange hinausläuft, sollten wir ohnehin einen Schlüsseldienst anfordern. Der Mann ist tot und falls wir selbst die Keule rausholen, können wir das hinterher wohl kaum mit *Gefahr im Verzug* rechtfertigen."

„Ich glaube, das ist gar nicht mehr nötig", flüsterte Ina.

Jörn, dessen Interesse in den letzten Sekunden vielmehr seinem Gefährt und einer Warnung zum Akkustand galt, sah zur Seite. „Warum, was ist denn plötzlich los?"

Ina zeigte nach vorne durch die Windschutzscheibe, die der Scheibenwischer im Intervall regelmäßig von neuem Schnee befreien musste. „Sieht so aus, als wären wir nicht die Ersten."

***

„Wir nehmen alles mit!", wies Hauptkommissar Kuhnert seine Kollegen mit dröhnender Stimme an. Er stand mitten im Wohnzimmer und fuchtelte aufgeregt mit den Armen. „Computer, Telefone … und falls sich der Kühlschrank auch mit dem Internet verbindet, will ich, dass der morgen früh ebenfalls bei unserer KTU steht."

Ein Mitarbeiter der Spurensicherung blieb neben Kuhnert stehen und wartete geduldig, bis der mit seinem Vortrag fertig war.

„Was ist?", fragte der Hauptkommissar nicht unbedingt freundlich.

„Wir haben weitere Blutspuren gefunden. Draußen, direkt vor der Terrassentür, wo euer Toter vermutlich raus ist."

„Da hat er aber noch gelebt", korrigierte Tobias Franke lachend. „Es sei denn, jemand hat ihn wie eine Marionette auf eigenen Füßen laufen lassen und wollte, dass wir denken ..."

Kuhnert fauchte dazwischen: „Hören Sie gefälligst mit dem Blödsinn auf, Franke! Haben Sie schon was von den Zeitungsleuten gehört? Die wollten doch sofort aufbrechen und – wie haben Sie es genannt? – zur Abwechslung mal für positive Presse sorgen."

„Die stecken wahrscheinlich im Verkehr fest. Ich kann gerne nachfragen, aber ..." Franke verstummte für einen Moment und deutete zur Eingangstür. „Wenn das da hinten die Flensburger Kollegen sind, wird's gleich ungemütlich, Chef."

Kuhnert verscheuchte den Mitarbeiter der Spurensicherung mit einer energischen Handbewegung und fuhr flüsternd fort: „Ich hab keinen blassen Schimmer, wie ich denen erklären soll, dass wir längst hier sind."

„Vielleicht lassen Sie mich lieber machen", schlug Franke selbstbewusst vor.

Sein Chef sah ihn prüfend an und nickte. „Dann hoffen wir mal, dass Ihre Geschichte wenigstens einigermaßen Sinn ergibt."

6

Ina bremste Jörn vor der Haustür des kleinen Bungalows mit sanfter Gewalt aus und hielt ihn vorsorglich am Jackenärmel fest. „Wir bleiben freundlich, hörst du? Schließlich wissen wir nicht, wieso hier ein derartiger Auflauf herrscht."

Jörn deutete ins Innere des Hauses, wo einige Männer zu sehen waren. Dazu lächelte er unschuldig. „Weshalb sollte ich Ärger machen? Uns kann's doch nur recht sein, wenn die längst weiter sind als wir."

Ina schürzte die Lippen, ließ ihren Kollegen los und wollte gerade den ersten Fuß über die akribisch von Schnee befreite Schwelle setzen, als ihr ein Mitarbeiter der Spurensicherung entgegentrat und sie anblaffte: „Seid ihr völlig verrückt? Zutritt nur mit Schutzkleidung!"

„Und was ist mit den beiden da hinten?", fragte Ina und zeigte auf zwei Männer, die durch eine offenstehende Tür sichtbar waren. Dem Anschein nach handelte es sich dabei um das Wohnzimmer.

„Das sind die Kollegen aus Lübeck. Hauptkommissar Kuhnert und …"

Jörn schnitt dem SpuSi-Mann das Wort ab: „Könnten Sie Herrn Kuhnert bitte mal herholen?"

Diese Frage löste Stirnrunzeln aus. „Wer seid ihr zwei eigentlich? Pressefuzzis?"

Ina fischte ihren Dienstausweis aus der Tasche und hielt ihn artig hoch. „Noch nicht ganz. Würden Sie jetzt bitte Herrn Kuhnert holen oder müssen wir dafür 'nen Antrag stellen?"

Inzwischen war klar, dass Hauptkommissar Kuhnert und einer seiner Mitstreiter die Flensburger Ermittler längst registriert hatten. Die Männer warfen verstohlene Blicke in Richtung Haustür, dann setzten sie sich in Bewegung.

„Moin, Moin!", begann Kuhnert ein wenig zu laut. Auch ein Lächeln, das zumindest den Anflug eines schlechten Gewissens verriet, konnte er nicht unterdrücken. „Ihr wundert euch bestimmt, wieso wir ..."

„Allerdings!", unterbrach Ina lachend, um Druck herauszunehmen. „Hat sich euer Personal auf wundersame Art vermehrt oder was hat das hier zu bedeuten?"

Der zweite Kollege – deutlich jünger als Kuhnert – streckte Ina seine Rechte entgegen. „Das geht wohl auf meine Kappe. Sorry, Leute!"

Ina langte zögernd nach der Hand, schüttelte sie kurz und sah zu, wie Jörn es ihr gleichtat. Da beide auf Worte verzichteten, blieb auch die Fortsetzung am jungen Lübecker Kollegen hängen.

„Tobias Franke, Oberkommissar. Schön, euch mal persönlich kennen zu lernen. Ihr seid ja in Ermittlerkreisen bekannt wie bunte Hunde."

Eine Bezeichnung, die Ina zwar nicht behagte, doch dieses indirekte Lob – das musste sie sich eingestehen – ging herunter wie Öl. Und weil sie sich selbst an die Instruktion halten wollte, die sie Jörn vor der Haustür erteilt hatte, reagierte sie verhältnismäßig freundlich. „Ina Drews, Hauptkommissarin, das ist mein Kollege Jörn Appel, ebenfalls Hauptkommissar", betonte sie absichtlich. „Seid ihr so nett und erklärt uns, warum ihr vor uns hier seid und was ihr bis jetzt herausgefunden habt?"

Kuhnert schien unverändert mit einem schlechten Gewissen zu kämpfen. Er deutete auf seinen Kollegen Franke. „Wir sind schon da, weil der Bengel seine Nase überall reinsteckt und heute Nachmittag 'nen Tipp bekommen hat."

„Von wem?", fragte Jörn, denn es herrschte wieder Funkstille.

„Ich hab haufenweise Informanten, die ich niemals verraten würde", erwiderte Franke und grinste breit. „Wahrscheinlich sind die mir deshalb so treu."

Jörns Mund öffnete sich bereits, doch Ina kam ihm zuvor. Sie setzte zwei Schritte nach hinten, stand danach in lockerem Pulverschnee und deutete die Hausfassade entlang: „Habt ihr Einbruchspuren gefunden?"

„Und ob!", übernahm Kuhnert. „An der linken Seite hat sich jemand Zutritt zum Heizungsraum verschafft und ist durch die unverschlossene Zwischentür ins Haus gelangt. Danach hat definitiv ein Kampf stattgefunden. Im Wohnzimmer und in der Küche konnten wir reichlich Blutspuren sicherstellen. Wagner ist wohl überrumpelt worden, hat sich ein bisschen gewehrt und dann die Flucht ergriffen."

„Durch die Terrassentür", fügte Franke hinzu.

„Gibt es Fußabdrücke?"

„Letzte Nacht hat's hier auch schon ordentlich geschneit. Die SpuSi will versuchen, mittels Luftdruck alte Fußspuren unter der frischen Schneedecke sichtbar zu machen. Aber die sind nicht besonders zuversichtlich, was Ergebnisse betrifft", antwortete wiederum Franke neunmalklug.

Zwei Männer, die sich von hinten der Tür näherten, verhinderten Inas nächste Frage. Offenbar gute Bekannte der Lübecker Beamten, denn die Begrüßung fiel auffallend herzlich aus. Nachdem genug Hände geschüttelt waren, deutete einer der neu hinzugekommenen Männer auf Ina und Jörn. „Sind das Kollegen, Herr Kuhnert?"

Um eine direkte Antwort zu unterbinden, hob Ina die Hand und wandte sich ebenfalls an Kuhnert. „Wenn Sie uns sagen, wo genau die Leiche gefunden wurde, dann schauen wir uns den Fundort gerne mal näher an."

Erneut nahm Franke seinem Chef die Arbeit ab. Er winkte Ina und Jörn hinter sich her und blieb auf dem Bürgersteig vor dem Haus stehen. Dort zeigte er nach links. Gemeint war wohl ein Ort, der bei Dunkelheit und Schneetreiben nur mithilfe von Superheldenkräften erkennbar gewesen wäre. Zumindest folgte auch noch eine Erklärung: „Ihr lauft etwa hundertfünfzig Meter in die Richtung und biegt am Ende der Straße rechts ab, runter zum Strand. Und wenn ihr Sand unter den Füßen spürt ... Augen links. Da müsste überall noch Flatterband rumhängen."

Jörn drehte sich um und sah mit gerunzelter Stirn zum Haus. „Ich dachte, Wagner wäre durch die Hintertür raus. Dann muss er aber einen ordentlichen Bogen geschlagen haben, um in entgegengesetzter Richtung gefunden zu werden."

Franke nickte zwar, doch insgesamt schien es ihm egal zu sein. „Bei dem Wetter sollten wir uns lieber keine Hoffnungen machen, dass wir seinen Fluchtweg noch eindeutig rekonstruieren können. Ich denke, darauf kommt es auch nicht an, weil ..."

„Ist okay!", unterbrach Ina und strich ihrem Lübecker Kollegen ein paar Schneeflocken von der Schulter. „Wir sind dann mal weg, bevor alles restlos zuschneit und wir uns den Marsch sparen können."

„Wir hätten uns die ganze Fahrt hierher sparen sollen", moserte Jörn, nachdem sich Franke eilig verabschiedet hatte. Offenbar konnte er seinem Chef und den beiden anderen Männern gar nicht schnell genug ins Haus folgen.

Ina war mit ihrer Taschenlampe beschäftigt. Deren Lichtkegel schaffte es bei immer dichterem Schneetreiben kaum bis zum Boden. Nebenbei plagten sie ganz andere Sorgen. „Meine Stiefel sind noch im Auto. Vielleicht gehen wir schnell zurück und ..."

„Ich frag mich, was wir hier mitten in der Nacht und bei dem Wetter überhaupt verloren haben. Außerdem hab ich das Gefühl, die Lübecker Kollegen führen uns gründlich an der Nase herum. Dieser Franke geht mir sowas von auf den Sack!"

„Aalglatter Typ", bestätigte Ina. „Und die Story mit seinem ach so tollen Informanten kann er seiner kranken Großmutter erzählen. Der hat einen Tipp von jemandem aus der Uniklinik bekommen. Da gehe ich jede Wette ein."

Jörn nickte, drehte sich mit dem Rücken in den Wind und sah Ina erwartungsvoll an. Sein Gesicht sprach Bände.

„Pension?", übersetzte Ina den Ausdruck darin.

„Und morgen gehts mit frischem Wind und halbwegs ausgeschlafen weiter. Bleibt nur ein Problem …"

„Das da wäre?"

„Mit der Akkuladung kommen wir niemals zurück nach Lübeck. Erst recht nicht, wenn du Wert auf warme Füße legst."

Ina schaute nach unten. Ihre Sneakers waren komplett durchweicht, trieften vor Nässe. „Und jetzt?"

„Machen wir uns auf die Suche nach 'ner Ladesäule."

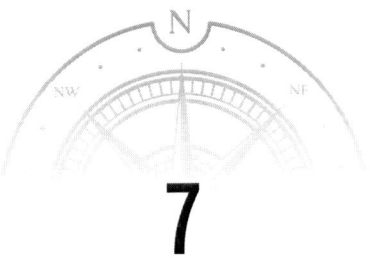

7

Erfreulicherweise nahm diese Suche wenig Zeit in Anspruch. Während das Sturmtief *Herbert* noch mal ordentlich aufdrehte und am Wagen rüttelte, herrschte in dessen Innerem friedliche Eintracht. Aus den Lüftungsschlitzen drang herrlich warme Luft, aus den Lautsprechern ein Oldie von *Bruce Springsteen*.

Ina wischte unentwegt auf ihrem Smartphone herum und hörte sich plötzlich zutiefst erleichtert an: „Die Wirtin der Pension schreibt, dass wir durchklingeln sollen, wenn wir vor der Tür stehen – egal, wann. Dazu hat sie mir ein total niedliches Foto geschickt."

„Was ist das? Eins unserer Betten?", fragte Jörn, nach einem flüchtigen Blick aufs Display.

„Das sind sechs *Australian Shepherd* Welpen. Einen Monat alt, steht hier. Wegen der kleinen Bande kriegt sie wohl schon länger keinen richtigen Schlaf mehr."

Jörn packte Inas Hand, zog sie samt Telefon zu sich heran und kniff beim erneuten Hinsehen die Augen zusammen. „Da sieht man ja kaum, wo vorne und hinten ist."

Inas Gedanken kreisten längst um etwas ganz anderes. „Die Nummer mit Wagners Haus war nicht gerade die feine englische Art. Wir sollten Kuhnert morgen früh fragen, ob wir hier tatsächlich gebraucht werden. Ich bin nicht bereit, in zweiter Reihe zu ermitteln oder für andere nur die Reste zusammenzufegen. Dafür ist mir meine Zeit zu schade."

Jörn sah zur Seite. Im Licht der Armaturen verzog sich sein Gesicht skeptisch. „Seit wann sind wir denn so empfindlich, Frau Drews? Wir haben doch schon ganz andere *Möchtegern-Bullen* überstanden."

„Ich mag es einfach nicht, wenn ich verarscht werde. Und dieser ...“

„Tobias Franke", half Jörn.

„Genau! Der Typ hält sich für sowas von oberschlau. Ich möchte mal wissen, worauf der sich was einbildet."

„Und ich wüsste gern, was letzte Nacht bei Wagner vorgefallen ist. Der Mann wird gegen Mittag aus der Klinik entlassen und macht sich zu Hause lang, weil ihm nach so 'ner OP garantiert nicht nach Bäumeausreißen zumute ist."

„Er ist ja auch nicht freiwillig getürmt. Wenn die Lübecker Kollegen richtig liegen, dann ist jemand eingebrochen und hat ihn zur Flucht gezwungen. Oder wie stellst du dir das ansonsten vor? Wagner reißt die Arme hoch und ruft *Sorry, das passt heute ganz schlecht, da ich gerade an der Galle operiert wurde. Können Sie vielleicht nächste Woche wiederkommen?*"

„Du hast sie nicht mehr alle, Ina!"

„Mag ja sein, trotzdem hab ich recht!"

Obwohl Jörn grunzte – eine Art Zustimmung –, war selbst im Zwielicht zu erkennen, dass er auf etwas herumkaute. Er langte schon wieder nach Inas Hand, in der immer noch ihr Smartphone steckte.

„Sag mir doch einfach, was du willst!", protestierte sie.

„Du hast dir vorhin auf dem Weg die Bilder vom Fundort der Leiche angesehen. Zeig mir die bitte noch mal."

Ina wischte einen Moment, dann übergab sie Jörn ihr Telefon.

Der fuhr mit dem Wischen fort und blieb an einer der Aufnahmen hängen. „Hier! Das kam mir gleich spanisch vor, als ich es aus dem Augenwinkel gesehen hab."

Ina nahm ihr Telefon wieder an sich und starrte aufs Display. „Was denn, Herr Einstein?"

„Wagner liegt da dick vermummt in einem Erdloch. Erkennst du den Fehler?"

„Ich steh wohl auf der Leitung", stöhnte Ina. „Was genau meinst du?"

„Dick vermummt!", betonte Jörn. „Jetzt stell dir doch mal vor, du liegst auf dem Sofa oder meinetwegen im Bett … oder du stehst in der Küche und kochst dir gerade 'nen Tee. In dem Moment bricht jemand bei dir ein und geht vermutlich sofort auf dich los. Da hast du doch keine Zeit mehr, dich in aller Seelenruhe warm anzuziehen, bevor du über die Terrasse Reißaus nimmst."

Ina ließ sich die Dinge ausführlich durch den Kopf gehen. „Du glaubst, Wagner hat schon vorher mitgekriegt, dass es jemand auf ihn abgesehen hat?"

„Und hatte genug Zeit, um in aller Ruhe nach Mantel, Mütze und Handschuhen zu greifen."

Ina klang unverändert skeptisch. „Wenn das unser Fall bleibt, müssen wir notgedrungen ganz vorne anfangen. Wer hatte möglicherweise ein Motiv? Was hat Wagner getrieben, dass es jemand auf ihn abgesehen hatte? Das volle Programm!"

„Dann beginnen wir mit den Verwandten, Freunden und seinem Arbeitgeber. Die müssen ohnehin informiert werden, dass Wagner tot ist."

Ina nickte, lehnte sich dann zur Seite und linste aufs Armaturenbrett. „Was machen die Akkus? Wenn wir zeitnah aufbrechen und einigermaßen durchkommen, schaffen wir es vor Mitternacht zur Pension."

„Gleich halbvoll." Jörn schaute grinsend zur Seite. „Hast du verstanden? Halbvoll, nicht halbleer."

Ina grinste ebenfalls. „Als ob das was an der Reichweite ändert, du verkappter Eso-Fritze."

Jörn schüttelte den Kopf und war im Begriff auszusteigen, schließlich musste das Ladekabel gezogen werden. Aber vorher wollte er noch etwas loswerden: „Du hast sie echt nicht mehr alle, Ina!"

***

„Neue Ware ist unterwegs", ertönte es ohne Begrüßung am Telefon.

„Das wird ja langsam Zeit! Wie viel und was genau schicken die uns dieses Mal?"

„Die Infos krieg ich morgen. Ich wollte dir nur Bescheid sagen, weil du es doch gar nicht erwarten konntest. Also … sag deinen Dealern, dass sie lange genug auf der faulen Haut gelegen haben."

„Gibts was Neues von deinem Kontakt bei den Bullen?"

„Die haben zwei Spezialisten angefordert, die sich ausschließlich um den Fall Wagner kümmern. Mehr konnte er mir nicht sagen. Nur, dass es angeblich echte *Super-Bullen* wären, die bislang so gut wie jeden Mordfall aufgeklärt haben."

„Und weiter?"

„Nichts! Aber wenn die uns zu nahekommen, müssen wir sie eben ausschalten."

„Spinnst du? Hast du 'ne Ahnung, was los ist, wenn einer von denen dran glauben muss – oder gleich beide?"

„Immer noch besser, als wenn es uns erwischt. Oder siehst du das anders?"

Kurzes Schweigen. Dann folgte mit einer Mischung aus Wut und Resignation die Antwort: „Kümmer dich lieber um unsere Geschäfte und gib mir Bescheid, wenn du weißt, was auf dem nächsten Transport ist!"

„Okay, aber falls mir die Bullen …"

„Ja, verdammt! Und bis dahin machen wir einfach weiter wie bisher."

8

MITTWOCHMORGEN

Jörn hatte seinen Handy-Wecker auf halb sechs gestellt und wachte auf, als der sich mit schriller Melodie meldete. Er brauchte ein paar Sekunden, um sich zu orientieren. Sein Zimmer unter dem Dach der Pension war klein und dennoch gemütlich. Die Bettwäsche roch nach Weichspüler, die Matratze war für seinen Geschmack vielleicht etwas zu hart, aber wenigstens nicht durchgelegen, wie er es sonst viel zu oft erleben musste.

Nach kurzer Gymnastik in der Horizontalen rollte sich Jörn zur Seite und blieb noch einen Moment auf der Bettkante sitzen. Er hatte seine Reisetasche auf dem Tisch vor dem kleinen Fenster einer Gaube geparkt und war am vergangenen Abend kurz nach Mitternacht wie ein Toter ins Bett gefallen. Er lauschte, hörte um diese Uhrzeit aber noch keine Geräusche aus dem Haus. Also schnappte er sich seinen Kulturbeutel, frische Wäsche und marschierte zum Badezimmer, das am Ende des Flurs lag. Dort erwarteten ihn ein gekipptes Fenster und Reste von Wasserdampf, die nur von jemandem stammen konnten, der vor ihm geduscht hatte.

Ebenfalls frisch geduscht, rasiert und frohen Mutes stieg Jörn eine halbe Stunde später die Treppen ins Erdgeschoss hinunter und bog nach rechts in die Küche ab. Hier hatten Ina und er am Abend zuvor die Formalitäten zum Einchecken erledigt und sich danach eilig in ihre Betten verabschiedet.

Auf dem Tisch fand er lediglich zwei benutzte Kaffeebecher vor. „Hallo?", rief er deshalb.

Nichts.

„Hallo!", versuchte er es abermals und um einiges lauter.

Er vernahm leises Japsen. Dazu Gekicher, das nur von Frauen stammen konnte. Quer durchs ganze Haus folgte er den Geräuschen und stieß auf eine angelehnte Tür, hinter der das Kichern gerade zu einem Lachen anschwoll.

„War ja klar", stöhnte Jörn kurz darauf. Links im Raum saß Karin Lohmann, die Wirtin der Pension, auf einem Stuhl. Der Frau von Mitte fünfzig waren jahrzehntelange Arbeit und viele Strapazen deutlich anzusehen. Zu Jörns Füßen, in einer Art überdimensionalem Laufstall, hockte Ina auf ihrem Hosenboden und war mit den sechs Welpen beschäftigt. Einer lag in ihrem Schoß, ein anderer suchte Körperkontakt an ihrem rechten Oberschenkel. Der Rest hatte es sich paarweise in zwei plüschigen Körben gemütlich gemacht. In unregelmäßigen Abständen erklang Fiepen oder zaghaftes Bellen. Und so schnell, wie sich eins der winzigen Augenpaare öffnete, schloss es sich wieder, um gleich die nächste Fahrkarte ins Reich der Träume zu lösen.

„Ihre Kollegin hat sich für den Braunen entschieden", berichtete Karin Lohmann lachend.

„Da haben Sie was missverstanden. Ich nehme alle sechs!", korrigierte Ina mit gespielter Empörung. „Sie glauben doch nicht, dass ich auch nur einen zurücklasse."

Jörn trat an den Rand des Laufstalls, woraufhin die stolze Hundemutter, die bisher auf einer Decke hinter der Tür gelegen hatte, neben ihm Position bezog. „Na, du passt wohl auf deine Kleinen auf?"

„Keine Angst! Polly ist total entspannt. Es ist ihr erster Wurf, aber sie regelt das alles wie eine erfahrene Mutter", beruhigte Frau Lohmann.

Jörn sah die Wirtin bewundernd an. „Wie schaffen Sie das alles? Ich meine die Pension und dann noch die ganze Arbeit mit der kleinen Welpenbande?"

„Sie sind momentan meine einzigen Gäste. Ausgebucht bin ich erst wieder rund um Weihnachten."

Jörn lächelte, konnte sich allerdings einen Hinweis, der sich an Ina richtete, nicht verkneifen. Dabei tippte er auf seiner Uhr herum. „Ich würde gerne in Ruhe frühstücken, bevor wir aufbrechen …"

„Hast ja recht!" Ina nahm den Welpen, der es sich in ihrem Schoß bequem gemacht hatte, ganz behutsam hoch und legte ihn in eins der gepolsterten Nester zu seinen Artgenossen. Einer davon gähnte herzhaft und gab winzige spitze Zähne frei. Einen Atemzug später befand sich der kleine Racker wieder im Tiefschlaf.

Auf dem Weg in die Küche erklärte die Wirtin: „Bis auf einen sind alle reserviert. Ich darf sie aber erst nach zwölf Wochen abgeben."

„Züchten Sie schon länger?", fragte Jörn.

Was erst mal ein verzweifeltes Lachen zur Folge hatte. „Ich züchte überhaupt nicht und bin praktisch wie die Jungfrau zum Kinde gekommen."

Weitere Erklärungen übernahm Ina, die am Küchentisch saß und an ihrem zweiten Becher Kaffee nippte. „Frau Lohmann hat Polly von der Tiernotfallhilfe und niemand wusste, dass sie trächtig ist."

„Sie war fürchterlich abgemagert und halb tot, als sie hier ankam", setzte die Wirtin fort. „Am Anfang hab ich mich noch gefreut, als sie immer dicker wurde, doch dann kam mir die Geschichte irgendwann seltsam vor. Also bin ich zum Tierarzt und … die Welpen sind mir natürlich ans Herz gewachsen, aber ich bin auch froh, wenn es vorbei ist und wieder Ruhe einkehrt."

„Falls Sie den letzten nicht loswerden, finde ich garantiert jemanden, der Interesse hat", bot Ina an. Ihr Blick fand Jörn.

Der reagierte völlig entsetzt. „Wer? Ich? Ganz bestimmt nicht!"

„Ich rede von deiner Ex-Frau – meiner Schwester! Heike ist doch schon ewig auf der Suche nach 'nem neuen Hund."

Eisiges Schweigen machte sich breit.

„Und Sie sind also von der Polizei?", mischte sich Karin Lohmann ein. Die hatte offenbar ein feines Gespür für Schwingungen, denn beim jetzigen Stand in puncto *letzter Welpe* kam Ablenkung sicher gut gelegen.

Ina griff den Faden auf. „Wir wohnen beide in Flensburg, sind aber überall zwischen den Meeren unterwegs. Im Prinzip unterstützen wir sämtliche Dienststellen, wenn Not am Mann ist."

„Oder an der Frau", ergänzte die Wirtin mit strenger Miene.

Jörn stand mit seinem Kaffeebecher am Küchenfenster und sah hinaus. Die Pension lag im Lübecker Stadtteil Schlutup, direkt am Ufer der *Trave*. Jörn konnte das teilweise zugefrorene Wasser erkennen und auch einen Steg, an dem nur noch ein Boot lag, das man dort entweder vergessen hatte oder das dem Winter aus anderem Grund trotzte. „Über Nacht hat's nur wenig geschneit", fing er mit seinem Wetterbericht an. „Wenn die Straßen einigermaßen frei sind, sollten wir relativ schnell zum Präsidium kommen."

„Geht es um den Toten von gestern Morgen?", fragte Frau Lohmann. Sie sah Jörn an, der hartnäckig schwieg. „Entschuldigung … wahrscheinlich dürfen Sie darauf gar nicht antworten, oder?"

Ina hob beschwichtigend die Hände. „Dass wir Teil der Ermittlungen sind, dürfen wir Ihnen bedenkenlos verraten. Aber ansonsten …"

„Ist der Tote wirklich Thomas Wagner?", unterbrach die Wirtin.

Inas Gesicht verzog sich. Bevor sie antworten konnte, übernahm Jörn: „Klingt, als würden Sie Herrn Wagner kennen."

„Den kennt hier doch fast jeder."

„Wie das?"

„Er war früher Koch im *Voltaire*, einem Sternerestaurant in Niendorf, das letztes Jahr Pleite gemacht hat. Soweit ich weiß, kocht er seitdem für einen neuen Gourmettempel in Scharbeutz. Fragen Sie mich aber bitte nicht nach dem Namen, das ist deutlich über meiner Preisklasse", folgte es schüchtern lächelnd.

„Und woher wissen Sie, dass es sich bei der Leiche um Thomas Wagner handelt?", erkundigte sich nun Ina.

Was einen Hauch von schlechtem Gewissen verursachte. „Auf dem Priwall reden die Leute über nichts anderes. Gestern Abend hat mir eine Freundin geschrieben und meinte, bei Wagner stünde haufenweise Polizei."

„Da haben Sie eins und eins zusammengezählt", vollendete Jörn. Weil das vielleicht ein wenig zu vorwurfsvoll klang und er sich gleich zwei empörten Blicken gegenübersah, ruderte er ein Stück zurück. „Ist ja in Ordnung. Aber lassen Sie uns doch erst mal mit den Ermittlungen beginnen, bevor man sich auf dem Priwall auch schon über den Mörder einig ist."

„Also war es tatsächlich Mord?", reagierte Frau Lohmann postwendend.

Ina wiegelte ab, und jetzt war sie es, die mit strenger Stimme anhob: „Falls Sie von Unterhaltungen zwischen mir und meinem Kollegen zufällig etwas aufschnappen, sollte das diese vier Wände nicht verlassen. Kriegen Sie das hin oder müssen wir uns eine andere Unterkunft suchen?"

„Natürlich nicht! Ich wollte ja nur …"

„Wir brechen auf!", beschloss Jörn und platzierte seinen Kaffeebecher auf der Spüle.

„Aber Sie haben doch noch gar nicht gefrühstückt."

„Das erledige ich nebenbei … kommt leider häufiger vor."

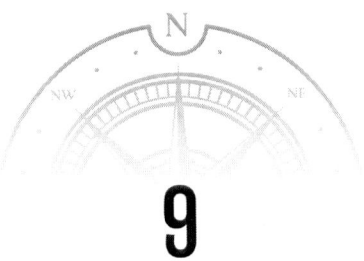

9

„Spring bloß nicht zu hart mit Frau Lohmann um", begann Ina, kaum dass sie auf dem Beifahrersitz hockte. „Die Frau ist wenigstens ehrlich und hat ein gutes Herz. Außerdem ist es völlig normal, dass sich die Leute ihren eigenen Reim auf die Geschehnisse machen und sich das Maul zerreißen."

Jörn winkte ab und setzte den Wagen mit knirschenden Reifen in Bewegung. Erst als sie in Schlutup auf eine der Hauptverkehrsstraßen abbogen, die recht passabel geräumt war, sah er wieder zur Seite. „Ich habe weder mit Frau Lohmann noch mit Leuten, die sich das Maul zerreißen, ein Problem. Mir gehts nur darum, dass zumindest wir einigermaßen professionell bleiben."

„Ich hab ihr doch kein Wort über unseren Fall verraten!", rechtfertigte sich Ina. „Abgesehen davon sind wir mit ihrer Hilfe zu neuen Informationen gelangt. Ich weiß gar nicht, was du hast."

„Hauptsächlich Kohldampf. Und wie bin ich, wenn ich Hunger habe?"

„Unerträglich?"

„Na bitte."

Nach dem Zwischenstopp bei einem Bäcker steuerte Jörn den Wagen in Richtung Lübecker Innenstadt. Links und rechts hatten die Räumfahrzeuge mannshohe Wälle aufgetürmt, hier und dort lugte ein Fahrzeug daraus hervor.

„Die haben es wohl nicht mehr rechtzeitig geschafft", kommentierte Jörn lachend. „Stell dir mal vor, du suchst morgens dein Auto und …" Er verstummte mitten im Satz.

„Was ist denn jetzt los?", fragte Ina. Insbesondere, weil sie stetig langsamer wurden und hinter ihnen bereits ein Hupkonzert anfing.

„Keine Ahnung, was er wieder hat", stammelte Jörn und traktierte das Lenkrad mit Faustschlägen. „Wir haben noch mehr als genug Akkuladung und …" Er verstummte erneut, allerdings nur für einen kurzen Moment. „Jetzt ist alles aus", erklärte er und deutete auf das schwarze Armaturenbrett.

Hinter den beiden stand inzwischen jemand auf seiner Hupe.

Jörn brauchte drei Versuche, um sich abzuschnallen. Wütend stieß er die Fahrertür auf und marschierte ohne Erklärung davon.

Im Inneren des Wagens konnte Ina ihn brüllen hören, schnappte Begriffe wie *Polizei* und *mitten im Einsatz* auf. Zu guter Letzt stiegen zwei junge Männer aus ihrem Wagen und halfen, das Gefährt auf den Betriebshof einer Spedition zu schieben. Dort kam Jörn gerade erst zu Atem, als ein Mann aus dem Bürotrakt auf den Platz stürmte.

„Da können Sie keinesfalls stehen bleiben!", ging es schon aus einiger Entfernung los. „Hören Sie nicht? Fahren Sie gefälligst wieder vom Hof!"

Ina stiefelte dem Mann entgegen und hielt ihren Dienstausweis hoch. „Wir sind von der Kriminalpolizei. Der Wagen ist ein Beweisstück und bleibt hier stehen, bis er nachher abgeholt wird. Und jetzt wäre es nett, wenn Sie uns ein Taxi rufen."

„Oha! Du kannst ja richtig giftig werden", lobte Jörn, als sich der Mann mit eingezogenem Schwanz von dannen machte. „Ich ruf gleich den Pannendienst an. Die sollen das Schätzchen abschleppen und so lange dran arbeiten, bis alles einwandfrei funktioniert. Nicht auszudenken, wenn wir wirklich jemanden verfolgt hätten und liegen geblieben wären. Sowas landet garantiert auf *RTL2* und sorgt am Nachmittag für reichlich Schadenfreude."

„Das wird wohl unser Taxi sein", sagte Ina und zeigte zur Einfahrt der Spedition. Gemeint war ein Mercedes, auf dessen Seite in riesigen Lettern eine Telefonnummer prangte.

Das Seitenfenster fuhr herunter. Ein junger Mann – dem Aussehen nach vermutlich Türke – grinste Ina entgegen. „Wartest du hier auf mich, Baby?"

Ina war total verdattert und schaute in alle Richtungen. Doch ringsum war niemand, deshalb galt diese Frage zweifellos ihr. Unter normalen Umständen hätte sie dem frechen Kerl eine wortreiche Breitseite verpasst, aber dazu fand sie keine Zeit, denn es ging mit einem Angebot munter weiter: „Wenn du Lust hast, können wir zusammen was frühstücken gehen. Du bist eingeladen."

Jörn, der noch ein paar Sachen aus dem Dienstwagen geholt hatte, gesellte sich an Inas Seite und lachte aus vollem Halse. „Klingt doch gar nicht schlecht. Frag mal, ob die Einladung auch für mich gilt."

Offenbar nicht, denn als sich die beiden im Doppelpack näherten, verfinsterte sich die Miene des jungen Türken auf dramatische Weise. „Wie jetzt? Kommt der Typ etwa mit?"

Während Jörn unverändert lachend auf die Rückbank des Taxis fiel, ließ sich Ina auf dem Beifahrersitz nieder. Sie hatte beschlossen, das Ganze ebenfalls mit Humor zu betrachten und entsprechend zu reagieren.

Wobei dieser vorlaute Fahrer ihre selbstverordnete Gelassenheit hartnäckig auf die Probe stellte. Aktuell hielt er Ina seine Rechte entgegen. „Ich bin übrigens Hamza. Das bedeutet stark und tapfer, sagt meine Mutter."

„Freut mich. Könnten wir dann vielleicht losfahren?"

Hamza zeigte nach hinten zur Rückbank, wo Jörn die Arme vor der Brust verschränkt hielt, sich aber scheinbar köstlich amüsierte. „Bist du mit dem Typen da verheiratet?"

Ina spielte mit, drehte sich um und musterte Jörn prüfend. „Schon viel zu lange. Und gefrühstückt haben wir auch längst. Könnten wir dann langsam mal oder müssen wir uns ein anderes Ta...?"

„Wohin?", fragte Hamza leicht verschnupft.

„Polizeipräsidium ... möglichst ohne Umwege!"

„Was wollt ihr denn bei den Bullen?", erklang es in typischem Gangsterslang. „Falls ihr 'n Problem habt – ist alles nur 'ne Preisfrage. Mein Vetter Murat ist hier in Lübeck ganz fett im Geschäft und hat für alles 'ne Lösung."

Jörn beugte sich vor und legte Hamza eine Hand auf die Schulter. „Ich glaube, du hältst jetzt besser die Klappe. Ansonsten hilft dir all deine Stärke und Tapferkeit nichts."

Passend dazu zückte Ina ihren Dienstausweis und steckte ihn in einen der Lüftungsschlitze.

„Scheiße, ihr seid ja auch Bullen!", präsentierte Hamza seine Schlussfolgerung lachend und vom Tonfall her nicht sonderlich beeindruckt. „Was ist denn bei euch los? Seid ihr neu oder bekommt man bei euch kein eigenes Auto mehr?"

„So ähnlich", erwiderte Ina und drehte sich erneut zu Jörn. „Hast du den Pannendienst eigentlich schon erreicht?"

„Der Disponent weiß Bescheid, bin ja inzwischen mit ihm per Du. Er hat die GPS-Koordinaten und schickt demnächst einen Abschlepper raus."

„Falls ihr ein neues Auto braucht, mein ..."

„Ist klar! Du hast garantiert einen weiteren Vetter, der auch ganz dick im Geschäft ist und uns sofort helfen kann. Alles nur 'ne Preisfrage, richtig?", giftete Jörn.

Hamza lehnte sich zu Ina und flüsterte nur. Mit dem Daumen deutete er wieder zur Rückbank. „Ist dein Macker immer so drauf? Ich wette, der hat früher ordentlich was auf die Fresse gekriegt."

Ina lehnte sich ebenfalls zur Seite, ihr Mund war nur eine Handbreit vom Ohr des Fahrers entfernt. „Ist heute noch so, aber verrat's bitte niemandem."

Jörn mischte sich ein: „Am besten parkst du in der Nähe vom Präsidium und kommst gleich mit rein, Hamza."

„Das kannst du vergessen, Alter! Ich geh doch nicht freiwillig zu den Bullen und …"

Ina legte dem jungen Türken eine Hand auf den Oberschenkel und stoppte damit seinen Redefluss. Schließlich war er im Begriff, sich um Kopf und Kragen zu reden. „Lass gut sein! Du bist ein netter Kerl und ich würde nur ungern mit ansehen, wenn du wegen einem deiner Vetter Probleme bekommst."

„Wir sind gleich da, Leute. Soll ich euch vorm Haupteingang absetzen?"

„Kennst du denn noch andere Eingänge?", fragte Jörn höhnisch. „Vielleicht aus eigener Erfahrung?"

„Hab doch bloß Spaß gemacht", erklärte Hamza zum Abschied. Nur auf ein vielsagendes Zwinkern, das Ina galt, konnte er nicht verzichten. „Wenn bei euch beiden der Ofen aus ist, ruf mich an, Süße." Er zupfte eine Visitenkarte unter der Sonnenblende hervor und hielt sie Ina in staatsmännischer Manier entgegen. „Meine Mama sagt, ein junger Mann wie ich muss sich eine ältere Frau suchen, und du bist echt heiß, Baby."

Ina wusste gar nicht, wie ihr geschah. Auf der einen Seite fühlte sie sich geschmeichelt, auf der anderen wurde es ihr mit dem frechen Kerl langsam zu bunt. Für eine Zurechtweisung fand sie jedoch keine Zeit, denn es ging munter weiter: „Und immer dran denken: Hamza, stark und tapfer!"

Als Jörn kurz darauf dem Taxi hinterhersah, schnappte er nach Luft. „Ich kann es gar nicht glauben, Baby!"

„Hör bloß mit dem Scheiß auf!" Ina drohte ihm mit geballten Fäusten. „Sonst erlebst du gleich mal, wie stark und tapfer ich bin."

Jörn hob die Hände, tat so, als würde er sich ergeben. „Trotzdem … netter Kerl, würde ich sagen."

„Ganz genau! Und wenn bei uns der Ofen aus ist …"

„… macht Hamza dich glücklich. Viel Spaß, Baby!"

10

„Moin, Kollegen!", begrüßte Hauptkommissar Kuhnert Ina und Jörn wenig später in seinem Büro. „Wollt ihr Kaffee? Der schmeckt sogar einigermaßen."

Ina nickte, Jörn fiel mit ein. Die beiden ließen sich auf den Stühlen vor Kuhnerts Schreibtisch nieder, während der bereits Becher füllte. Nachdem Einzelheiten wie Milch und Zucker geklärt waren, saß man sich gegenüber. Weil peinliches Schweigen herrschte, fühlte sich Kuhnert berufen, etwas zu sagen: „Die Geschichte von gestern Abend tut mir echt leid. Eigentlich wäre das ja euer Verdienst gewesen, aber ... der Kollege Franke ist eben ein Glückspilz und hat seine Ohren überall."

„Solange es hilft, haben wir nichts dagegen", kommentierte Jörn trocken. „Ist Ihnen bekannt, um wen es sich bei dem Mordopfer handelt?"

„Irgendein Koch", tat Kuhnert belanglos ab. „Wieso? Wisst ihr da etwa auch schon mehr als wir?"

Ina übernahm. „Erst mal wird es höchste Zeit, Wagners Angehörige, Freunde und seinen Arbeitgeber zu informieren. Vorher wüssten wir allerdings gerne, wie es allgemein weitergehen soll."

Der Lübecker Hauptkommissar sah leicht irritiert aus. „Hast du doch gerade selbst gesagt, wir … ist es okay, wenn wir uns duzen?"

„Ina", sagte sie nickend und zeigte auf sich selbst.

„Und Jörn", fügte der mit einer ähnlichen Geste hinzu.

Kuhnert beugte sich vor und streckte den beiden nacheinander seine Rechte entgegen. „Dann bin ich ab sofort Rolf. Und jetzt zurück zu deiner Frage, Ina: Seid ihr so nett und übernehmt die Hinterbliebenen?"

„Ist das damit unser Fall oder mischt ihr euch wieder ein, falls der nächste Pressetermin winkt?"

„Natürlich nicht! Das gestern Abend war purer Zufall und ich dachte, es wäre 'ne gute Idee, euch zu helfen." Kuhnert atmete vernehmlich. „Ich weiß nicht, ob ihr ansonsten informiert seid. Bei uns tobt schon seit Längerem ein Krieg unter Drogendealern. Bis voriges Jahr lief da alles einigermaßen gesittet ab und es gab höchstens mal ein paar gebrochene Knochen. Aber neuerdings wird scharf geschossen – im wortwörtlichen Sinn."

„Redest du von den zwei Leichen, die man hier letzten Monat aus dem Hafenbecken gefischt hat?", lieferte Jörn die Vorlage für eine Fortsetzung.

„Die Typen wurden auf brutalste Weise zusammengeschlagen und anschließend per Kopfschuss hingerichtet. Identifizieren konnten wir sie nur anhand ihrer Zähne." Kuhnert atmete erneut hörbar. „Mittlerweile häufen sich die Probleme rund um synthetische Drogen und Tabletten und es landen immer mehr Kinder auf Intensivstationen … die sind manchmal erst zwölf oder dreizehn und wissen gar nicht, was sie sich mit den bunten Pillen antun." Der Hauptkommissar beugte sich wieder über seinen Schreibtisch und senkte die Stimme. „Und das ist jetzt meine private Meinung: Solange das Scheißzeug nur ein Taschengeld kostet und fast unbegrenzt verfügbar ist, werden wir der Dinge niemals Herr. Ganz davon abgesehen, dass nicht alle zehn Meter ein Polizist stehen kann, der notfalls das Schlimmste verhindert."

Nun holte auch Ina laut Luft. „Dann noch mal fürs Protokoll: Wenn ich Sie ... sorry ... dich richtig verstanden habe, sind eure personellen Kapazitäten voll ausgereizt und ihr wollt euch ausschließlich auf die Sache mit den toten Dealern konzentrieren. Ist das so weit richtig?"

Kuhnert nickte eifrig.

„Also können wir uns darauf verlassen, dass ihr uns nicht wieder ...", Ina machte eine Pause, schaute nach links und sah Jörn an, „... ins Handwerk pfuscht?"

„Wie gesagt, das gestern war bloß ein glücklicher Zufall und wir wollten euch absolut nicht in Verlegenheit bringen oder ..."

„Es geht nicht um gestern, sondern heute, morgen und übermorgen!", stellte Ina klar.

Kuhnert hob die Hände, als würde er in die Mündung einer Pistole blicken. „Ihr habt völlig freie Bahn. Es wäre aber nett, wenn ihr mich regelmäßig informiert, falls jemand von oben nachfragt."

„Und was ist mit deinem ‚Glückspilz', der seine Ohren überall hat'?", wollte Jörn wissen.

„Franke soll sich bei euch raushalten und sofort Bescheid sagen, wenn er tatsächlich was hört." Kuhnert ließ seine Worte einen Moment sacken und fragte dann erwartungsvoll: „Sind wir uns so weit einig? Kann ich euch den kompletten Fall mit gutem Gefühl übergeben?"

„Selbstverständlich", erwiderte Ina.

„Und was habt ihr als Nächstes vor?"

„Ein Restaurant besuchen."

Kuhnert warf einen Blick auf seine Armbanduhr, vermutlich ein Erbstück seines Großvaters. „Isst man bei euch da oben so früh?"

„Es geht um ein Sternerestaurant in Scharbeutz."

„Ach so, ihr wollt Wagners Chef informieren, verstehe."

„Ja, und bei der Gelegenheit möglichst viel über einen Toten erfahren." Ina räusperte sich. „Da wäre allerdings noch etwas ..."

„Nämlich?" Ein Teil von Kuhnerts Erleichterung verflüchtigte sich spontan und machte neuer Skepsis Platz.

„Wir brauchen ein Auto. Unser elektrisches Schmuckstück wird gerade abgeschleppt und wartet ab sofort auf einen Wunderheiler."

Kuhnert grinste, seine gute Laune war zurückgekehrt. „Na, das dürfte kein Problem sein. Hier stehen etliche von diesen neuen Elektrodingern rum, aber niemand will damit fahren. Wahrscheinlich sind sich die Kollegen zu fein dafür, ständig nach der nächsten Ladesäule suchen zu müssen."

„Und was ist mit dir?", bohrte Jörn.

Ohne schlechtes Gewissen, dafür aus voller Überzeugung entgegnete Kuhnert: „Bevor es irgendwann nur noch diese E-Autos gibt, kaufe ich den letzten Verbrenner, der vom Band rollt."

„Apropos", meldete sich Ina zaghaft. „Hast du vielleicht auch einen dieser ‚Verbrenner' für uns?"

„Sorry, nur elektrisch, aber davon ohne Ende!"

„Merkwürdig. Alle wollen was gegen den Klimawandel tun, doch sobald es unbequem wird, fahren sie lieber mit 'nem Stinker herum", begann Ina, als Jörn das neue Gefährt vom Präsidiumsparkplatz lenkte.

„Wir doch auch!"

„Aber nur, weil die Dinger nicht zum Polizeialltag passen und manchmal zusätzliche Probleme verur…"

„Du sagst es!", fuhr Jörn aufgeregt dazwischen. „Nehmen wir mal an, vor 'ner Bank, die gerade überfallen wird, treffen drei batteriebetriebene Streifenwagen ein. Davon sind zwei zufällig leergelutscht und der dritte will ohnehin nicht richtig. Was sollen die Kollegen den Bankräubern denn entgegenschreien? *Halt, stehen bleiben, wir müssen erst aufladen!*"

„Und wenn die Bankräuber auch mit so 'nem umlackierten und abgehalfterten E-Transporter unterwegs sind?", spann Ina die Story lachend weiter. „Dann prügelt man sich um die nächste freie Ladesäule und kann bei der Gelegenheit die Handschellen klicken lassen."

„Das Ganze ist einfach noch nicht ausgereift! In Berlin sollte man bald aufwachen, sonst haben wir irgendwann alle E-Autos vor der Tür stehen, fahren aber zwangsweise Fahrrad."

„Was hältst du von Kuhnert?", versuchte es Ina mit einem anderen Thema.

„Auf dem möchte ich so oder so nicht rumfahren."

„Himmelherrgott! Du weißt doch, was ich …"

„Du meinst, ob er sich in Zukunft tatsächlich raushält und uns freie Hand lässt?"

„Zum Beispiel."

Jörn ließ sich mit weiteren Worten Zeit, auch, weil er im Begriff war, einen Paketdienst-Transporter zu überholen. Der Fahrer hatte sein Gefährt neben einer Schneewehe am Straßenrand abgestellt und blockierte damit fast beide Spuren. Nach einem halsbrecherischen Überholmanöver sah Jörn kurz zur Seite. „Der Kollege Kuhnert ist wie alle anderen: Wartet bloß auf seine Pensionierung und ist froh, wenn der Dienstalltag möglichst wenig Probleme mit sich bringt. Und falls du's genau wissen willst: Mich hat unser Verein auch bald so weit."

„Alles nur wegen deiner batteriebetriebenen Dienstkutsche?"

„Nö, das ist lediglich die Sahne auf der Torte."

11

Gegen Mittag trafen die Ermittler in Scharbeutz vor dem Restaurant *Jaques* ein. Auf dem Parkstreifen davor reihte sich eine Nobelkarosse an die andere. Jörn parkte nicht weit entfernt vor einer Ladesäule, verkabelte das neue Gefährt und nickte zufrieden, als Ina ebenfalls ausstieg.

„Hier ist insgesamt weniger Schnee gefallen", stellte sie nach ein paar Metern fest. „Oder die fahren das Zeug per Lkw weg, damit sich niemand dran stört. Wundern würd's mich nicht."

Jörn blieb stehen und zeigte auf ein Schild, das den Eingang zum Restaurant in weitem Bogen überspannte. „Das letzte, in dem der Wagner gekocht hat, hieß doch *Voltaire*, richtig?"

„Und jetzt *Jacques*", komplettierte Ina. „Offenbar mögen die Leute französische Namen, weil das besonders schickimickimäßig klingt."

„Und ich wette, es ist ein und derselbe Inhaber", sagte Jörn, bevor er die Tür aufzog.

Im Inneren des Restaurants waren die meisten Tische besetzt, an denen von edlem Geschirr gespeist wurde. Jedes Glas und jedes

Besteckteil war penibel poliert, aus unsichtbaren Lautsprechern drang leise klassische Musik.

„Ist das Mozart?", fragte Jörn flüsternd.

„Das sind die *Vier Jahreszeiten*, von Vivaldi", korrigierte Ina ebenso leise, musste dann aber kichern. „Du bist der schlimmste Kulturbanause, der mir je begegnet ist."

Jörn fand keine Zeit mehr, etwas zu erwidern, denn ein Kellner mit schneeweißem Hemd, Fliege und akkurat gebundener Schürze eilte den Ermittlern entgegen und deutete eine Verbeugung an. Wobei sich im glattrasierten Gesicht auch eine Spur von Argwohn breitmachte. Schließlich trug Ina einen dicken Anorak, Jeans und feste Stiefel. Jörn hätte man in Sachen Kleidung ebenso gut mit einem Mitarbeiter der Straßenwacht verwechseln können.

„Herzlich willkommen im *Jacques*! Sie haben reserviert?", kam es leicht zweifelnd hinterher.

Jörn, der längst genug von diesem hochtrabenden Gebaren hatte, zückte seinen Dienstausweis. „Wir würden gerne Ihren Chef sprechen. Möglichst sofort!"

Der junge Mann drehte sich um und schaute zur Küchentür. Weil er dort niemanden vorfand, wirkte er zunächst verwirrt. Als sich gleich darauf die Flügeltür öffnete und ein wesentlich älterer Mann mit zwei großen Tellern hereinschwebte, machte die Verwirrung Erleichterung Platz. „Da ist Herr Oldenburg. Ich sage ihm Bescheid. Sie warten am besten hier."

Nachdem dieser Herr Oldenburg die Teller vor seinen Gästen abgestellt und deren Inhalt ausschweifend und gestenreich erklärt hatte, schob sich der Kellner an die Seite seines Chefs.

Die Ermittler hörten Geflüster, dann begab sich der Mann mit aufgesetztem Lächeln zu ihnen. „Yves sagt, Sie wollen mich sprechen? Ich hoffe, das nimmt nicht allzu viel Zeit in Anspruch ..." Es folgte eine Pause und ein Fingerzeig in die Runde. Wie bestellt wurde das Klirren von Gläsern und Klimpern von Besteck lauter. „Sie sehen ja, wir haben bereits zahlreiche Gäste."

„Können wir uns irgendwo ungestört unterhalten?", fragte Ina. „Ich denke, dann geht es auch ganz schnell."

Eine halbe Minute später hatte man sich zu dritt in einem winzigen Büro versammelt.

Ina hielt ihr Notizbuch in der Hand und machte den Anfang: „Vielleicht beginnen wir mit Ihrem Vornamen, Herr Oldenburg. Sie sind doch der Inhaber?"

„Peter", erklang es kurz angebunden.

„Und das ist Ihr Restaurant?", setzte Jörn nach, da die Antwort auf die zweite Frage noch ausstand.

„Das Restaurant gehört meiner Frau", kam es widerwillig zurück. „Ich hatte früher ein eigenes, aber …"

„Das *Voltaire*?", fragte Jörn, als es nicht weiterging und blickte einen Moment triumphierend in Inas Richtung.

Oldenburg, der davon nichts mitbekam, beließ es bei einem zaghaften Nicken.

„Verstehe", murmelte Ina, die mit ihren Notizen beschäftigt war.

„Sie verstehen überhaupt nichts!", brauste Oldenburg auf. „Wenn Sie hier in Scharbeutz oder da, wo auch nur ein Quadratmeter Strand zu sehen ist, was mieten wollen, bezahlen Sie ein Vermögen. Und wenn jeder Monat – durch Miete, Gehälter, Versicherungen und dergleichen – mit über fünfzigtausend Euro Fixkosten startet, dann möchte ich mal sehen, wie Sie das alles auf die Reihe kriegen. Insbesondere, wenn Corona und Inflation ihr Übriges dazu tun."

„Das war nicht persönlich gemeint", entschuldigte sich Ina, obwohl es dafür kaum einen Anlass gab. „Und es tut mir schrecklich leid, aber ich fürchte, wir haben eine weitere schlechte Nachricht im Gepäck."

Oldenburgs Stirn lag in Falten. „Ich dachte, Sie wären von der Polizei und nicht vom Ordnungsamt."

Jörn wurde es zu bunt. „Einer Ihrer Mitarbeiter, Thomas Wagner … ist tot."

Aus den Stirnfalten wurden tiefe Gräben. „Soll das ein Scherz sein?"

„Mit solchen Dingen scherzen wir bestimmt nicht", übernahm Ina. „Herr Wagner wurde umgebracht und ehrlich gesagt wundert es mich, dass Sie noch nichts davon gehört haben. Hat er heute frei?"

Peter Oldenburg lachte, was absolut nicht zu diesen Neuigkeiten passte. „Nur, um sicherzugehen: Sie reden von Thomas Wagner, meinem Küchenchef?"

„Jaaa", erwiderte Ina gedehnt. „Es sei denn, Sie beschäftigen einen weiteren Koch mit demselben Namen."

Oldenburg überlegte, dann schob er die Tür seines Büros auf und winkte die Ermittler wortlos hinter sich her. Für Protest oder Fragen blieb keine Zeit, zumal diese Reise ohnehin kurz ausfiel und in der Küche endete. Dort wurde es um einiges wärmer, die Luft war derart schwanger von Dampf und unterschiedlichsten Düften, dass man sie fast schneiden konnte. Insgesamt fünf Männer – alle in blütenweißer Arbeitskleidung – waren voll in ihre jeweilige Arbeit vertieft.

„Thomas!", rief Oldenburg gegen den Lärm klappernder Töpfe und Pfannen an. „Thomas!" Er wartete, bis ihm die Aufmerksamkeit des Mannes gehörte. „Hier sind zwei Polizisten, die mal mit dir reden müssten."

Ina fiel auf, dass dieser Thomas beim Wort ‚Polizisten' zusammenzuckte. Aber das galt wohl für die meisten, die mitten aus ihrer Arbeit gerissen und von der Staatsmacht herbeizitiert wurden.

Als der Mann vor den Ermittlern ankam und noch damit beschäftigt war, sich die Hände mit einem Tuch abzuwischen, übernahm Oldenburg die Vorstellung. Erneut lachend: „Da hätten wir dann also Ihr Mordopfer – Thomas Wagner."

***

„Was Neues von unseren Superhelden?", fragte Tobias Franke, als er sich in der Präsidiumskantine zu seinem Chef gesellte. Die hiesige Atmosphäre ließ sich im Vergleich zum *Jacques* geringfügig anders beschreiben: Hier waren die Gläser angelaufen statt poliert, Besteck lag in großen grauen Plastikschütten, und aus verdreckten Lautsprechern über der Ausgabe dröhnte das aktuelle Programm eines Lokalsenders. Das wurde jedoch vom Lärmpegel etlicher Polizisten, die aßen und sich nebenbei unterhielten, mit Leichtigkeit übertönt.

Hauptkommissar Kuhnert stocherte lustlos in seinem Mittagessen herum. „Können Sie mir erklären, wie man bei einem Hühnerfrikassee scheinbar komplett ohne Huhn auskommt? Und wieso schmeckt das Zeug trotzdem danach?"

„Ich hab mich vorsichtshalber fürs Gulasch entschieden", erwiderte Franke. „Vielleicht ist Ihr Huhn noch rechtzeitig aus der Küche geflohen, bevor es im Topf landen konnte."

Kuhnert grunzte, stocherte weiter und wechselte das Thema: „Wir lassen die Flensburger Kollegen ab sofort in Ruhe und widmen uns ausschließlich unserem eigenen Fall. Verstanden?"

„Haben die sich wegen gestern beschwert?"

„Mehr oder weniger. Wie würden Sie denn reagieren, wenn man Sie erst um Hilfe bittet und Ihnen dann in die Suppe spuckt …", Kuhnert zeigte auf Frankes Teller, „… oder meinetwegen auch ins Gulasch."

Darüber breitete Franke schützend seine Hände aus und schaute seinen Chef herausfordernd an. „Nehmen wir mal an, ich hätte trotzdem neue Hinweise …"

„Zum Mordfall Wagner?"

„Unter anderem." Franke sah sich um und hielt Ausschau nach unerwünschten Zuhörern. „Um Wagner geht es dabei nur am Rande, aber …" Er zögerte kurz. „Es sieht so aus, als wäre 'ne neue Drogenlieferung unterwegs und dabei fiel unter anderem auch der Name Wagner."

Kuhnert machte nicht etwa einen zufriedenen, sondern vielmehr besorgten Eindruck. „Können Sie der Sache weiter nachgehen, ohne den Flensburger Kollegen in die Quere zu kommen?"

„Logisch!"

„Dann machen Sie! Aber wenn das wieder für neue Probleme sorgt, dann …"

„Wird es nicht, Chef! Am besten, Sie vertrauen mir einfach."

„Hab ich gestern auch."

„Und?", hakte Franke unbekümmert nach.

„War 'ne ziemliche Bruchlandung."

„Dann kann's ja nur besser werden, Chef."

12

Erneut standen die Ermittler in dem kleinen Büro, dessen Schreibtisch sich unter Prospekten, Lieferscheinen und Papieren jeglicher Art förmlich bog. Dieses Mal fehlte Peter Oldenburg. Der Gastronom hatte regelrecht getobt, als ihm Ina und Jörn klarmachten, dass sie seinen Küchenchef sofort und ausführlicher sprechen müssten.

Thomas Wagner stand vor dem Schreibtisch und tat erstaunt. „Erklären Sie mir bitte, worum es geht? Was hat es mit diesem ‚Mordopfer' auf sich, von dem mein Chef redet?"

Jörn machte den Anfang: „Haben Sie einen Ausweis dabei?"

Nicken. Nach intensiven Bemühungen kam unter der Schürze eine abgewetzte Brieftasche zum Vorschein.

Kurz darauf hielt Jörn einen Personalausweis im Scheckkartenformat in der Hand und las einfach ab: „Thomas Wagner, geboren am 11. Juli 1988."

„Richtig", bestätigte der Chefkoch. „Aber ich weiß immer noch nicht, wieso …"

Jetzt fuhr Ina dazwischen: „Wie haben Sie denn Ihre Gallen-OP überstanden, Herr Wagner? Bemerkenswert, dass Sie schon wieder auf den Beinen sind und arbeiten."

Diese Worte sorgten im Gesicht des Chefkochs für gesunde Farbe, dennoch versteckte er sich hinter einer Mauer des Schweigens.

Unterdessen schaute Jörn ein weiteres Mal auf den Personalausweis. „Wenn ich das Foto so betrachte – Sie haben ziemliche Ähnlichkeit mit jemandem, der gestern Morgen tot aufgefunden wurde. Übrigens ganz in der Nähe von Ihrem Haus auf dem Priwall, falls es Sie interessiert."

Von einem Moment zum nächsten fiel die Maskerade. Thomas Wagner taumelte nach hinten und krachte auf den Schreibtisch seines Chefs. Dabei geriet ein Papierstapel in Schräglage und die Hälfte landete auf dem Boden. „Das kann nur Stefan gewesen sein", erklang es stammelnd.

„Und wer bitte ist Stefan?"

„Mein Bruder, ich hab ihm …"

„Was?", bohrte Ina. Und da offenbar nicht so schnell mit einer Antwort zu rechnen war, versuchte sie sich an einer Fortsetzung: „Ihm Ihre Krankenkassenkarte geliehen, damit er sich an der Galle operieren lassen kann? Bei der Ähnlichkeit war das ja sicher kein Problem."

Wagner nickte. Er hob den Kopf, sah zuerst Jörn und dann Ina an. Obwohl seine Stimme brüchig klang, war er deutlich zu verstehen. „Stefan ist auch Koch, arbeitet allerdings seit Jahren in Prag. Er hatte zuletzt Ärger mit seinem Chef und wusste am Ende nicht, wohin. Soll ich meinen Bruder etwa zum Teufel jagen, wenn er Hilfe braucht?"

Weil schon wieder Schweigen herrschte, probierte es Jörn mit einer Frage: „Ich kenne mich zwar nicht besonders gut damit aus, aber hätte er innerhalb der EU nicht auch seine eigene Krankenversicherung nutzen können?"

„Er war schon länger arbeitslos und … keine Ahnung." Wagner lächelte überheblich und stieß den Atem aus. „Wenn das so einfach gewesen wäre, hätte er mich wohl kaum nach meiner Karte gefragt, oder? Außerdem war er nicht mal zwei Tage bei mir, da lag er nur noch auf dem Sofa und hat sich vor Schmerzen gekrümmt.

Glauben Sie, in dem Moment war mir danach, mich mit irgendwelchen Bürokraten rumzuschlagen?"

„Ihr Bruder ist tot, Herr Wagner", brachte Ina ganz bewusst in Erinnerung.

„Das habe ich verstanden!", fauchte ihr der Chefkoch entgegen. „Und falls Sie fragen wollen, warum – da kann ich Ihnen nicht helfen."

Jörn war wieder an der Reihe: „In Ihr Haus wurde eingebrochen und Sie scheinen davon nicht mal was zu wissen! Wo waren Sie denn letzte und vorletzte Nacht?"

„Bei meiner Freundin, die wohnt hier in Scharbeutz. Jedes Mal nach Feierabend auf den Priwall ist bei dem Wetter fast wie 'ne Weltreise."

„Also haben Sie Ihrem Bruder Ihr Haus überlassen?"

„Wir hatten vereinbart, dass ich ihn aus dem Krankenhaus abhole. Keine Ahnung, wieso er sich nicht gemeldet hat." Wagner stutzte. „Wie ist Stefan überhaupt nach Hause gekommen?"

„Unseren Informationen zufolge mit einem Taxi. Wobei das momentan keine wesentliche Rolle spielt – wir müssen vielmehr herausfinden, wer da etwas gegen Ihren Bruder hatte?"

„Ich weiß es nicht! Woher denn auch?"

Ina meldete sich zu Wort: „Wäre es möglich, dass der oder die Täter es gar nicht auf Ihren Bruder sonst auf Sie abgesehen hatten?"

„Wie kommen Sie denn auf solchen Blödsinn?", entrüstete sich Thomas Wagner. Für weitere Worte fand er keine Zeit, denn es klopfte an die Bürotür.

Peter Oldenburg steckte den Kopf herein. Ihm war anzuhören, dass er alle Mühe hatte, seine Stimme unter Kontrolle zu halten. Und auch der Blick, mit dem er die Ermittler musterte, strotzte vor unterdrückter Wut. „Wissen Sie, was da draußen los ist? Die ersten Gäste verlassen bereits das Restaurant. Ich brauche meinen Chefkoch, sonst kann ich für heute dichtmachen."

Dazu passte Wagners Kommentar: „Vladi soll meine Entenbrüste aus dem Ofen holen, sonst sind die Holzkohle."

„Sind sie längst!" Oldenburg wandte sich mit unterdrückter Wut an die Ermittler: „Können Sie Thomas nicht in zwei oder drei Stunden weiter vernehmen? Ich habe hier ein Restaurant zu führen und …"

„Wir vernehmen Herrn Wagner nicht, wir unterhalten uns lediglich mit ihm", stellte Jörn vorab klar. „Geben Sie uns noch ein paar Minuten, dann gehört er die nächsten drei Stunden ganz allein Ihnen! Ist das okay?"

Oldenburg nickte widerwillig und zog die Bürotür von außen ins Schloss.

Thomas Wagner nutzte die Gelegenheit. „Wo ist mein Bruder jetzt?"

Ina lieferte die Antwort: „Sein Leichnam wurde in die Rechtsmedizin überführt. Wir rechnen in Kürze mit einem ausführlichen Bericht. Wieso fragen Sie?"

„Muss ich da jetzt nicht irgendwas tun? Seine Beerdigung organi…?"

„Für solche Angelegenheiten ist es viel zu früh", unterbrach Ina und sah kurz zu Jörn. Als der bestätigend nickte, fuhr sie fort: „Dann sehen wir uns heute Nachmittag und reden in aller Ruhe. Außerdem wäre es nett, wenn Sie Ihren Chef informieren, dass er sich für heute Abend lieber einen anderen Koch suchen sollte."

„Wen denn?"

„Das gehört nicht zu unseren Aufgaben", betonte wiederum Jörn. „Ich hätte allerdings noch eine Frage, bevor Sie sich um Ihre Entenbrüste kümmern …"

„Ja?"

„Hat Ihnen Ihr Bruder – die Gallenschmerzen mal außer Acht gelassen – von anderweitigen Problemen erzählt? Versuchen Sie bitte, sich zu erinnern, Herr Wagner!"

„Zum Beispiel?"

„Nun … meines Wissens ist Prag ein ziemlich heißes Pflaster. Wäre ja möglich, dass er sich dort mit den falschen Leuten angelegt hat und die den Weg bis nach Deutschland nicht gescheut haben."

Wagner zuckte lediglich mit den Schultern.

„Kommen Sie … ist doch nichts Neues, dass da so einiges aus der Tschechischen Republik zu uns rüberschwappt: Waffen, Drogen … oder hören Sie zum ersten Mal davon?"

„Das mag ja alles sein", brauste Wagner auf. „Ich verstehe nur nicht, was mein Bruder damit zu tun haben soll. Stefan ist … war Sternekoch, kein Dealer, Waffenhändler oder was Sie sich sonst noch einfallen lassen!"

Ina hakte ein, hörbar um Deeskalation bemüht: „Ich schlage vor, wir unterhalten uns später in aller Ruhe. Und vielleicht fällt Ihnen bis dahin ja noch etwas ein, das uns bei der Suche nach einem Mörder helfen könnte. Oder interessiert es Sie etwa nicht, wer für den Tod Ihres Bruders verantwortlich ist?"

„Doch, natürlich, aber wie …?"

Jörn packte den Mann am Arm und stoppte damit seinen Redefluss. „Sie gehen jetzt am besten zurück in die Küche, bevor es weitere Tote gibt, Herr Wagner."

Ina wartete, bis sich die Bürotür hinter dem Küchenchef geschlossen hatte. „Das stinkt doch alles zum Himmel", zischte sie.

„Allerdings! Und spätestens heute Nachmittag erfahren wir hoffentlich, was da so entsetzlich stinkt …"

13

Auf der Straße vor dem Restaurant, in dem mittlerweile jeder Tisch besetzt war, blieben die Ermittler kurz stehen und sahen zurück zum Eingang.

„Wir hätten uns nicht auf die Pause einlassen sollen", knurrte Jörn. „Was fangen wir denn jetzt mit der ganzen Zeit an?"

„Auch was essen", schlug Ina lachend vor. Dabei klapperte sie mit den Zähnen und schlang die Arme um den Körper, denn Sturmtief *Herbert* kam auf seiner Rückseite mit eisiger Luft daher. „Wie blöd – wir hätten dem Oldenburg sagen sollen, dass wir uns die Wartezeit mit seiner Speisekarte verkürzen und die rauf und runter futtern."

„Nennt man das nicht *Vorteilsnahme im Amt*?"

„Ich nenne es Hunger. Wie wär's, wenn wir uns irgendwo 'nen Döner reinziehen und danach ein Taxiunternehmen besuchen?"

Jörn sah Ina prüfend an. „Du willst den Fahrer finden, der Wagner Montag nach Hause gebracht hat. „

„Ja, der wird sich nämlich garantiert an die Tour erinnern. Immerhin dürfte sie ihm bei der Strecke mindestens 'nen Hunderter eingebracht haben."

„Und du hoffst, er erinnert sich an mehr als seine satte Gage?"
Ina, die unverändert mit den Zähnen klapperte, nickte eifrig.
„Lass uns los, sonst frier ich hier am Boden fest!"

„Dass Thomas Wagner noch lebt und es stattdessen seinen Bruder erwischt hat, ist auch echt der Hammer", fuhr Jörn auf dem Weg zum Auto fort. „Wollen wir Kuhnert über die Neuigkeiten informieren?"

„Damit der gleich sein Schoßhündchen einweiht und Tobias Franke uns dämlich grinsend in der Taxizentrale empfängt?"

„Also nicht", resümierte Jörn gleichgültig.

„Machen wir später. Außerdem hab ich wirklich Kohldampf."

***

„Das glaubst du nicht!", ging es am Telefon in entsprechendem Tonfall los. „Stevie war vorhin mit seiner neuen Ische im *Jacques* essen …"

„Hat er die Nuss endlich geknackt oder ziert sie sich immer noch und macht einen auf Lotteriegewinn?"

„Darum gehts doch jetzt gar nicht! Stevie hat mitbekommen, dass die Bullen da waren."

„Na logisch! Schließlich müssen die dem Oldenburg ja irgendwann Bescheid sagen, dass er sich einen neuen Küchenchef suchen muss."

„Muss er nicht!"

„Sekunde … wovon redest du?"

„Wagner lebt! Stevie hat erzählt, am Nebentisch saßen Rentner, die sich unbedingt persönlich für das ach so tolle Essen bedanken wollten. Und wer kommt da putzmunter aus der Küche marschiert, um die Lorbeeren einzuheimsen?"

„Wagner? Das ist unmöglich!"

„Stevie ist sich hundertprozentig sicher."

„Und wer ist dann der Tote vom Priwall?"

„Ich hab sofort meinen Kontakt bei den Bullen angemorst, aber der hat sich selbst nur gewundert. Er hat mir versprochen, Augen und Ohren offenzuhalten."

Eine längere Pause endete mit einem verhängnisvollen Fazit: „Wenn Wagner nicht tot ist, dann müssen wir …"

„… schnellstmöglich dafür sorgen, sonst sind wir am Arsch!"

Erneut Schweigen. „Willst du dem Alten davon erzählen?"

„Hab ich 'ne Wahl?"

„Der wird bestimmt nicht begeistert sein."

„Was du nicht sagst! Sieh lieber zu, dass du das Problem löst. Ansonsten verrat ich dem Alten, wer die Sache verbockt hat."

***

„Wenn man von 'nem Döner schwanger ist, was kommt da am Ende wohl heraus?", fragte Ina und stöhnte, als hätten die Wehen bereits eingesetzt. Sie blieb vor dem Büro der Taxizentrale stehen und rieb sich den übervollen Bauch.

„Kommt drauf an, welche Sorte Fleisch du genommen hast."

„Ich hatte von beiden was – wie immer."

Jörn sah seine Kollegin mit gespieltem Ernst an. „Dann möchte ich mir das Tier lieber nicht vorstellen." Er deutete zur Tür. „Bist du bereit oder sollen wir uns erst auf die Suche nach dem Vater machen? In irgendeinem Stall werden wir schon fündig und …"

„Ist gut!", unterbrach Ina. Sie schob sich an Jörn vorbei und öffnete die Tür. Dahinter lag ein quadratischer Raum, der mit *chaotisch* noch freundlich beschrieben war. Das Kabuff bot Platz für vier Schreibtische und ebenso viele Stühle, auf denen drei Frauen und ein älterer Mann saßen. Unentwegt klingelte eins der Telefone. Gerade brüllte der Mann, der ein Headset trug und zwischen seinen gelben Fingern eine Zigarette hielt, jemanden am Telefon an. Offenbar einen Kunden, der schon zum dritten Mal einen Wagen geordert hatte, jedoch nicht am vereinbarten Ort aufgetaucht war. Das Gespräch endete mit einer Reihe wüster Flüche, nebst Aufforderung, ein Hinterteil zu lecken und künftig einen anderen Taxidienst zu nutzen.

Genervt nahm der Mann noch einen Zug von seiner Zigarette, drückte die Kippe im Aschenbecher aus und schaute dann erstmals in Richtung Tür. Auf den Orden für besondere Freundlichkeit gegenüber potenziellen Kunden durfte er keinesfalls hoffen, denn er begrüßte die Ermittler mit einem knappen „Ja?"

Ina, die im Umgang mit derartigen Zeitgenossen über einen reichhaltigen Erfahrungsschatz verfügte, hielt zunächst kommentarlos ihren Dienstausweis hoch.

Das sorgte wenigstens für zwei Worte: „Ja und?"

Jörn schaltete sich ein: „Es geht um eine Tour, die einer Ihrer Fahrer vorgestern übernommen hat, wahrscheinlich um die Mittagszeit. Abholort war die Uniklinik hier in Lübeck und das Ziel lag auf dem Priwall."

Der Mann sah aus, als zweifle er am Verstand seiner beiden Besucher. Inzwischen gehörte ihm auch die Aufmerksamkeit seiner Kolleginnen, die momentan keinen Kunden an der Strippe hatten. „Habt ihr 'ne Ahnung, wie viele Touren wir jeden Tag vermitteln? Wie sollen wir uns denn da an 'ne einzelne erinnern?"

„Soweit ich weiß, wird jede Fahrt in einem System erfasst. Wie sollte es denn sonst mit der Abrechnung und dem Finanzamt funktionieren?", übernahm nun Ina.

„Ja, das stimmt, aber …" Der Mann verstummte, weil ein Telefon klingelte. Da es sich nur um seinen Apparat handelte, wollte wohl jemand exklusiv mit ihm sprechen. Seine Hand wanderte bereits zur entsprechenden Taste, doch Jörn schritt lautstark ein: „Finger weg! Ansonsten stehen wir in einer halben Stunde erneut hier und haben einen richterlichen Beschluss in der Tasche. Danach können Sie Ihren Laden mindestens bis morgen schließen."

Auf weitere Widerworte verzichtete der Mann und hackte stattdessen auf einer von Kaffeeflecken und Asche übersäten Tastatur herum. „Uniklinik Lübeck, habt ihr gesagt?"

„Das war die Startadresse", bestätigte Ina. „Und die Tour ging zum …"

„... Priwall, hab ich mitbekommen, Schätzchen."

Eine derartige Titulierung hätte Ina niemals ohne Kommentar hingenommen, doch ihr aufkeimender Groll wurde von einer der Frauen erstickt.

„Die Tour hat Wolle übernommen", rief eine ziemlich korpulente Endfünfzigerin. Vermutlich steckte sie zwischen den Lehnen ihres Drehstuhls fest und musste den am Feierabend notgedrungen mit nach Hause nehmen. „Hab ich vermittelt", schob sie eilig hinterher, da sie die Blicke beider Ermittler trafen.

Der Mann ließ von seiner Tastatur ab und grinste vor lauter Genugtuung. Weil das zunächst alles war, unternahm Jörn einen neuen Anlauf: „Und jetzt? Sollen wir etwa kreuz und quer durch Lübeck laufen und nach einem gewissen Wolle fragen?"

„Ne, braucht ihr nicht. Er steht in der Halle und saugt seinen Wagen aus."

Ina nickte zufrieden und deutete auf den Computer. „Dann werden wir uns gleich mal mit diesem Wolle unterhalten. Es wäre nett, wenn Sie uns inzwischen das detaillierte Tourenprotokoll ausdrucken."

Der Mann wollte schon protestieren, was Jörn mit aufgesetzter Freundlichkeit verhinderte: „Besten Dank für Ihre Mühe und bis später."

14

„Kannst du mir mal erklären, was mit den Menschen in dieser Welt los ist?", begann Ina, während sie mit Jörn den Hof der Taxizentrale überquerte. „Ist eigentlich jeder nur noch *aggro* drauf?" Sie lachte, was jedoch kein Anzeichen von Freude war. „Ich erinnere mich an früher: Da hatten die Leute Respekt vor uns Polizisten und heutzutage …"

„… kriegen unsere Kollegen an der Front mit viel Glück nur 'nen Farbbeutel an die Birne", vollendete Jörn. „Ich weiß nicht, ob du's mitbekommen hast: Letzte Woche wurde in Berlin eine Streifenwagenbesatzung angegriffen. Die hat sofort Hilfe angefordert und am Ende ist 'ne Massenschlägerei daraus geworden. Acht verletzte Polizeibeamte, drei Festnahmen und die Angreifer sind alle längst wieder auf freiem Fuß."

„Weil in unseren Staatshotels nicht genügend Platz ist, um jeden Krawallbruder aufzunehmen."

„Ich würde heute mit keinem mehr tauschen, der 'ne Uniform trägt. Wenn das so weitergeht, findet sich bald niemand mehr, der den Job freiwillig macht."

„Das da vorne wird Wolle sein", murmelte Ina und zeigte durch das offene Tor einer Halle. Darin stand mindestens ein halbes Dutzend Fahrzeuge. Bei einem fehlte die Motorhaube, beim nächsten die Scheinwerfer, ein weiterer Wagen stand aufgebockt und ohne Reifen herum.

„Appel und Drews, Kriminalpolizei. Sind Sie Wolle?", fragte Jörn einen untersetzten Halbglatzenträger von geschätzt siebzig.

„Ja. Wolfgang Petersen." Der Mann hielt mit dem Polieren seines Mercedes inne. „Wie der Regisseur, nur leider nicht ganz so erfolgreich."

„Kaum zu glauben, wenn ich mir Ihr Taxi ansehe", konterte Jörn und deutete auf die brandneue S-Klasse, deren Pflege sich der ältere Mann offenbar mit Herz und Seele widmete. „Kriegt hier jeder so ein Auto? Falls ja, würde ich über einen Jobwechsel nachdenken."

Wolle schüttelte den Kopf, lächelte ein wenig verlegen.

Ein Gehabe, das Ina spontan übersetzte: „Ist da etwa jemand Chefs Liebling?"

„Am längsten hier und immer bereit, wenn Not am Mann ist. Aber was will die Polizei überhaupt von mir? Hab ich was verbrochen?", folgte es unverändert lächelnd.

Wenigstens ist mal einer freundlich, dachte Ina. Sie übernahm auch die Antwort: „Uns interessiert eine Tour, die Sie vorgestern gefahren haben."

„Da war ich von morgens bis abends unterwegs", kam es lachend zurück. „Gehts vielleicht etwas genauer?"

Jörn zeigte zum Büro hinüber. „Ihre Kollegin sagte, Sie hätten einen Mann in der Uniklinik abgeholt und zum Priwall gebracht. Bei den heutigen Preisen kommt das ja bestimmt nicht allzu häufig vor, oder?"

„Ach so." Über Wolles faltiges Gesicht huschte ein Schatten, dann hellte es sich wieder auf. „Das war ein Frischoperierter, hat er erzählt."

„Und weiter?"

„Viel geredet hat der mit mir nicht, nur die ganze Fahrt über telefoniert." Wolle tat, als wäre es an ihm, sich für diesen Umstand zu entschuldigen. „Doch, da war noch was: Er hat sich fürchterlich übers Essen beschwert und meinte, er würde sich zu Hause sofort was Ordentliches kochen."

„Und das ist wirklich alles?", fragte Ina, der die Enttäuschung anzuhören war. „Wirkte der Mann irgendwie verängstigt, nervös oder – eben anders als normal?"

Wolle überlegte kurz und schüttelte dann den Kopf.

„Sie meinten, er hätte unentwegt telefoniert", setzte Jörn fort. „Konnten Sie vom Inhalt der Gespräche was verstehen?"

Jetzt ließ sich Wolle mit seiner Antwort etwas mehr Zeit. Seine Miene zeugte dann von einem schlechten Gewissen. „Am anderen Ende war mit Sicherheit 'ne Frau – also, falls der Typ nicht schwul ist. Er hat permanent gesäuselt und irgendwelche Schweinereien geflüstert."

„Und die bekommt man als Fahrer natürlich mit", kommentierte Jörn grinsend.

Zum ersten Mal verfinsterte sich Wolles Gesicht. „Was soll ich denn machen? Mir 'nen Sack übern Kopf ziehen und laut trällern?"

„Ist schon gut", gab Ina Entwarnung. Zuvor hatte sie auf ihrem Smartphone herumgewischt und hielt es dem Taxifahrer nun entgegen. „War das Ihr Fahrgast?"

Wolle machte einen Schritt in Inas Richtung, musste aber erst seine Lesebrille aufsetzen, die an einem dünnen Lederriemen um seinen Hals hing. Danach glichen seine Augen Untertassen. „Joa … denke schon."

Jörn holte tief Luft. „Ist Ihnen was aufgefallen, als der Mann ausgestiegen ist? Hat vielleicht jemand vor seiner Tür gewartet, oder stand da ein Auto … mit ortsfremdem Kennzeichen?"

„Nö."

„Hatte er viel Gepäck dabei?"

„Nö."

Ina unternahm noch einen, von ihrer Seite aus letzten Versuch: „Hat der Mann über etwaige Pläne geredet – abgesehen vom Kochen?" Sie lächelte, um Wolle Verständnis für dessen Zwangslage zu signalisieren. „Solche Hinweise erscheinen einem zwar völlig banal, aber …"

„Was ist eigentlich mit dem Kerl?", fragte Wolle. „Ist das der Tote vom Priwall?"

Diese Frage brachte Jörn auf eine Idee. Er stieß Ina an. „Such mal das Foto vom Fundort raus!"

Anfangs runzelte sie die Stirn, doch dann verstand sie. Als das entsprechende Bild auf ihrem Handydisplay zu sehen war, reichte sie Jörn ihr Smartphone und der hielt es dem Taxifahrer vor die Nase.

„Der sieht aber nicht gut aus", urteilte Wolle beim Anblick eines kreidebleichen Gesichts. „Ist der da schon tot oder …?"

Jörn fuhr rigoros dazwischen: „Können Sie sich erinnern, ob der Mann beim Aussteigen so viel anhatte? Einen Mantel, Mütze und sogar Handschuhe?"

„Der hatte bloß 'nen Jogginganzug und Turnschuhe an. Ich hab noch gelacht und mich gefragt, ob er es in dem Aufzug überhaupt bis zur Haustür schafft." Ein Lächeln huschte über das faltige Gesicht. „Das ist der Typ, über den die ständig in den Nachrichten sprechen, richtig? Und den hab ich gefahren?"

Jörn winkte ab und zog Ina ein Stück beiseite. Erst als die beiden außer Hörweite waren und Wolle sich wieder mit seiner edlen Limousine beschäftigte, fing er zischend an: „Auch wenn die Geschichte mit dem Jogginganzug ganz interessant ist, bringt uns der Auftritt hier keinen Millimeter weiter! Wir sollten uns auf den Rückweg nach Scharbeutz machen und Wagner notfalls mit Gewalt aus seiner Küche zerren. Ich hab nämlich die Schnauze voll, immer nur auf die Interessen anderer Rücksicht zu nehmen."

Ina schielte auf ihre Uhr. „Bis wir ankommen, sind die drei Stunden Schonfrist locker rum."

„Und was tun wir dann noch hier?"

„Uns artig von Wolle verabschieden und ihm einen schönen Tag wünschen. Immerhin ist er der erste Nette, der uns heute übern Weg läuft."

„Was ist denn mit Hamza?", feixte Jörn wenig später auf dem Weg zum Auto.

Ina brauchte einen Moment, um dem Gedankengang zu folgen. „Ach … der Taxifahrer von heute Morgen."

„Stark und tapfer", bestätigte Jörn.

„Dann war Wolle eben der zweite Nette am heutigen Tag – trotzdem mager genug, finde ich."

Ein paar Schritte weiter zeigte Jörn zum Büro der Taxizentrale. „Wollten wir uns nicht noch das Tourenprotokoll abholen?"

Ina blieb stehen. „Bringt uns das irgendwie weiter?" Sie erntete ein Kopfschütteln. „Dann lass uns fahren, sonst vergesse ich mich noch selbst und knall den nächsten unfreundlichen Idioten einfach übern Haufen."

15

Als Ina und Jörn nach einer Dreiviertelstunde erneut das Nobelrestaurant *Jacques* betraten, eilte ihnen dessen Inhaber schon mit hochrotem Kopf entgegen. „Er ist weg!", waren zunächst die drei einzigen Worte.

„Ich verstehe nicht", erwiderte Ina fast ebenso knapp.

Was auf Seiten von Peter Oldenburg für einen Stoßseufzer sorgte. Nun folgte auch eine nähere Erklärung: „Thomas hat nur schnell die zwei Hilfsköche eingewiesen und ist dann durch die Hintertür raus."

„Haben Sie ihn beobachtet oder wissen Sie zufällig, wohin er wollte?"

Oldenburg schüttelte energisch den Kopf. Er krachte vor einem Tisch auf einen der edel bespannten Stühle und wirkte mittlerweile völlig verzweifelt. „Wir öffnen in nicht mal anderthalb Stunden wieder und sind vollständig ausgebucht. Können Sie mir mal verraten, was ich meinen Gästen servieren soll?"

„Zurück zu Herrn Wagner!", ordnete Jörn rigoros an. „Wenn ich Sie richtig verstanden habe, müsste er sich also in spätestens einer Stunde hier einfinden und …"

Oldenburg schaute hoch, was Jörn abrupt verstummen ließ. Der Gastronom lächelte abfällig. „Er müsste die ganze Zeit in der Küche stehen und mindestens hundert Gerichte vorbereiten, damit wir einigermaßen entspannt in den Abend starten können. Selbst wenn er jetzt noch auftaucht, ist das Chaos komplett."

„Hat Herr Wagner ein Auto?", wollte Ina wissen.

„Er fährt so 'nen Ami, ich weiß nicht mal, wie man das Teil nennt. Nur, dass er dafür ein Vermögen hingeblättert hat."

„Können Sie uns das Kennzeichen sagen?"

Zunächst schüttelte Oldenburg den Kopf, hielt jedoch inne und fischte sein Smartphone aus der Tasche. Sein Daumen strich eine Weile durch die Fotogalerie, dann verzog sich seine Miene triumphierend. „Hier müsste alles drauf sein, was für Sie von Interesse ist."

Ina machte es sich leicht und fotografierte den Inhalt des anderen Displays ab. Danach sah sie zu Oldenburg hinunter und empfand dabei einen Anflug von Mitgefühl. „Ist sowas in letzter Zeit schon mal passiert? Sind Sie sicher, dass Herr Wagner nicht zurückkommt?"

„Falls doch, kann er sich auf was gefasst machen. Und nein: Eigentlich ist er ganz zuverlässig."

Jörn war längst mit einem anderen Thema beschäftigt. Er deutete auf Inas Handy, wo immer noch das letzte Foto zu sehen war. „Das ist ein brandneuer Mustang. Verdient man als Koch so gut, dass man sich so ein Auto leisten kann?"

Kurz schien es, als hätte Oldenburg den Sinn dieser Frage überhaupt nicht verstanden. Er sah erst Jörn, dann Ina an und zuckte letztendlich mit den Schultern. „Mit dem Lohn einer Aushilfe hält man auf Dauer keinen Sternekoch."

„Herr Oldenburg! Falls sich Herr Wagner tatsächlich abgesetzt hat, müssen wir schnellstens herausfinden, warum. In dem Zusammenhang spielt es gewiss auch eine Rolle, dass sein Bruder umgebracht wurde."

„Und wenn er sich nur eine Auszeit nimmt?", brachte Ina ins Spiel. Was ihr gleich zwei fragende Blicke einbrachte. „Na ja, hätte ich einen Bruder und der käme gewaltsam zu Tode – keine Ahnung, wie ich darauf reagieren würde."

Jörn sah Oldenburg prüfend an. „Wirkte Herr Wagner nach unserem Besuch irgendwie verunsichert, völlig aufgelöst oder einfach bloß traurig?"

„Er hat in der Küche rumgebrüllt und jeden zur Schnecke gemacht. Das hörte sich für mich nicht so an, als würde er um seinen Bruder trauern."

„War ja auch nur 'ne Idee", flüsterte Ina.

Peter Oldenburg erhob sich blitzartig, beide Ermittler wichen sogar ein Stück zurück.

„Was passiert denn jetzt?", erkundigte sich Jörn.

„Ich muss in die Küche und mich mit meinen Hilfsköchen abstimmen. Vielleicht können wir irgendwas improvisieren, um wenigstens … ach … das hat doch ohnehin alles keinen Zweck. Ohne Sternekoch kann ich den Laden dichtmachen."

„Schon übel", resümierte Ina, nachdem Peter Oldenburg verschwunden war. „Ich hab immer gedacht, in solchen Restaurants wären mehrere Spitzenköche am Start."

„Das kann sich wohl niemand leisten. Aber mal was ganz anderes: Wieso hat sich der Wagner urplötzlich verdünnisiert?"

Ina musterte Jörn. „Denken wir dasselbe?"

„Kommt drauf an. Wenn du mich fragst, ist sein Bruder Stefan nur durch einen dummen Zufall zwischen die Fronten geraten. Das eigentliche Ziel war Thomas Wagner."

Ina überlegte eine Weile und nickte. „Und der hat sich aus dem Staub gemacht, weil er fürchtet, dass der oder die Mörder ihren Fauxpas über kurz oder lang bemerken …"

„… und ihn nachträglich korrigieren wollen." Jörn ließ sich auf dem Stuhl nieder, den Peter Oldenburg bis eben unter Beschlag genommen hatte. „Bleiben zunächst drei wichtige Fragen: Wo ist Thomas Wagner? Warum will ihm jemand ans Leder und …"

„… um wen handelt es sich dabei?", vollendete Ina. Bevor sie fortfahren konnte, öffnete sich leise quietschend die Schwingtür zur Küche.

Aber nicht etwa Peter Oldenburg, sondern der Kellner, den die Ermittler bereits kannten, betrat den luxuriösen Gastraum. Der junge Mann trottete wie geprügelt Richtung Ausgang und blieb erst stehen, als Ina ihn ansprach.

„Irgendwas Neues von Herrn Wagner?"

„Ne."

Ina machte ein paar Schritte, blieb vor dem Kellner stehen und legte ihm eine Hand auf die Schulter. „Yves, richtig?"

Wenigstens diese Frage bewirkte ein kleines Lächeln. „Eigentlich Malte, aber der Chef verlangt, dass wir uns für die Arbeit einen französischen Namen zulegen."

„Und was war da drinnen gerade los?", fragte Ina und zeigte zur Küchentür.

„Wir machen erst mal dicht. Oldenburg meint, wenn wir die Gäste verarschen, sind wir ruckzuck alle los."

„Damit könnte er Recht haben. Aber gut, dass Sie hier sind. Hätten Sie einen Moment Zeit? Wir würden uns gerne mit Ihnen unterhalten."

Yves oder Malte – Ina war es egal – nickte und setzte sich auf einen Stuhl, den Jörn kurzerhand unter dem Tisch hervorzog. Er machte auch den Anfang: „Wie war Ihr Verhältnis zu Herrn Wagner?"

Malte grinste. „Mittelprächtig … haben Sie Erfahrungen mit Sterneköchen?"

Jörn schüttelte den Kopf, Ina tat es ihm gleich.

Vor seinen nächsten Worten drehte sich Malte sicherheitshalber um. „Die halten sich von Haus aus für die Größten, Schönsten und Tollsten – und Wagner ist einer der Schlimmsten."

„Wie viele Sterneköche kennen Sie denn?", hakte Ina nach.

„Persönlich nur drei, aber … na ja … man redet eben hin und wieder mit Kollegen."

Jörn kam mit der nächsten Frage: „Könnte man sagen, dass Herr Wagner allgemein nicht sonderlich beliebt war?"

„Das ist noch untertrieben! Letzte Woche hat er einem unserer Spüler eine gescheuert. Der Typ hatte hinterher ein Problem mit den Ohren und tagelang Schlagseite."

„Hat Herr Oldenburg diesbezüglich etwas unternommen?"

„Klar! Er hat dem Spüler 'ne mündliche Abmahnung verpasst und ihm gesagt, dass er bei der nächsten schmutzigen Gabel acht-kantig rausfliegt. So läuft es eben, wenn man in der Nahrungskette ganz unten hockt."

„Wie lange arbeiten Sie schon hier im *Jacques*?"

„Seit der Laden im Frühjahr aufgemacht hat. Aber für mich ist ohnehin bald Schluss …"

„Warum?", hinterfragte Ina.

„Ich bin demnächst mit dem BWL-Studium fertig und dann lass ich andere für mich arbeiten."

Ina horchte in sich hinein und spürte, wie ihr dieser Malte plötz-lich unsympathisch wurde. Ein Grund mehr, den Druck zu erhö-hen. „Ist Ihnen im Zusammenhang mit Herrn Wagner ansonsten irgendwas aufgefallen? Gab es im Restaurant vielleicht mal mit je-mandem Streit? Hat er häufiger Besuch bekommen oder kam es zu weiteren Handgreiflichkeiten gegenüber Kollegen …"

„… oder dem Chef?", fügte Jörn eilig hinzu.

„Normalerweise arbeite ich wegen des Studiums nur am Wochen-ende", erklärte Malte lächelnd. „Sie glauben gar nicht, wie der La-den da brummt. Aber dem Wagner bin ich wenn möglich aus dem Weg gegangen."

„Das geht als Kellner?", wunderte sich Ina laut.

Was Malte lediglich ein Schulterzucken entlockte.

„Dann brauchen wir nur noch Ihre Personalien", fuhr Jörn nach kurzem Schweigen aller fort. Nachdem die notiert waren, unter-nahm er einen weiteren Vorstoß: „Glauben Sie, wir können nach-einander mit dem Küchenpersonal reden?"

Erneut Schulterzucken, wobei sich Malte erhob. „Das müssen Sie mit dem Chef besprechen."

„Noch eine letzte Frage", rief Ina dem jungen Mann hinterher, der fast den Ausgang erreicht hatte.

Malte blieb stehen und drehte sich um. „Ja?"

„Hat Herr Wagner in Ihrer Gegenwart mal etwas über seinen Bruder erzählt?"

„Ich wusste bis jetzt nicht mal, dass er einen hat."

„Stefan Wagner, unseren Informationen zufolge auch Sternekoch."

„Kann schon sein, aber ich hab nie ..."

Jörn hob die Hand zum Abschied. „Ist okay! Dann viel Erfolg beim Studieren."

16

„Wissen Sie schon Bescheid?", fragte Peter Oldenburg, als er aus der Küche zurückkehrte und sich zu den Ermittlern gesellte. Der Mann sah völlig desillusioniert aus und klang auch genauso. „Wir schließen vorübergehend, bis ich einen neuen Koch gefunden habe oder …"

„Oder was?", erkundigte sich Ina mit leiser Stimme. Sie hatte eine düstere Vorahnung.

„Hab ich Ihnen doch vorhin schon erklärt: Glauben Sie, mein Vermieter verzichtet auf einen Cent der Pacht, weil ich gerade keinen Zauberer am Herd habe? Dazu Gehälter, Versicherungen … ganz zu schweigen von dem, was ich in den nächsten Tagen alles an Lebensmitteln wegwerfen muss, wenn wir nicht öffnen."

Ina lächelte verlegen. „Nehmen Sie es uns bitte nicht übel – wir müssen Herrn Wagner schleunigst finden. Im Idealfall mit Ihrer Hilfe."

Oldenburg lachte kurz auf. „Wie soll ausgerechnet ich Ihnen helfen?"

„Herr Wagner sprach heute Mittag von einer Freundin, die hier in Scharbeutz lebt", machte Jörn weiter. „Kennen Sie die Frau?"

„Beate … sie holt Thomas manchmal ab und lässt sich mit Vergnügen kostenlos bedienen, während sie auf ihn wartet. Kommt nicht mal auf die Idee, einem Kellner Trinkgeld zu geben oder nach Feierabend mit anzufassen, damit es flotter geht und wir alle endlich heim können."

„Hat die geizige Beate auch einen Nachnamen?"

„Ich weiß in etwa, wo sie wohnt. Das ist so ein neues Luxusdomizil mit nur vier Parteien. Sollte also nicht schwer sein, die richtige Adresse zu finden."

Inas Part: „Ihr Kellner Malte – oder von mir aus auch Yves – hat uns gegenüber erwähnt, dass Herr Wagner hier im Restaurant nicht besonders beliebt ist. Stimmt das?"

∙„Er ist 'ne Diva, wie fast jeder Sternekoch. Kennen Sie sich mit …?"

„Nein!", fuhr Jörn genervt dazwischen, schließlich war der Rest der Frage vorhersehbar. „Uns interessieren auch keine Sterneköche im Allgemeinen, sondern einzig und allein Herr Wagner. Bekam er bei der Arbeit oder unmittelbar danach von irgendwelchen Leuten Besuch? Erschien er Ihnen, gerade in letzter Zeit, verändert? Zum Beispiel nervös, abgespannt oder …?"

„… hat er mit Ihnen über seinen Bruder Stefan geredet?", vervollständigte Ina.

Peter Oldenburg schüttelte den Kopf, doch das ging nahtlos in Nicken über. „Ja, gestern zum ersten Mal. Sein Bruder wäre völlig überraschend aus Prag gekommen und würde sich in seinem Haus auf dem Priwall breitmachen. Thomas meinte noch, er würde wohl vorläufig bei seiner Freundin einziehen."

„Hat er Ihnen auch etwas über eine Gallen-OP erzählt?"

„Ich wusste gar nicht, dass Thomas Probleme mit der Galle hat."

„Hat er auch nicht", korrigierte Jörn. „Also, wahrscheinlich nicht", schob er eilig hinterher. „Aber darum geht es jetzt auch nicht, Herr Oldenburg." Jörn war anzuhören, wie viel Anstrengung es ihn kostete, ruhig zu bleiben. Er sah den Gastronomen durchdringend an. „Es tut uns schrecklich leid, dass Sie und Ihr hübsches

Restaurant durch die aktuellen Geschehnisse in Mitleidenschaft gezogen werden. Doch wie meine Kollegin bereits sagte: Wir müssen über Thomas Wagner und dessen Bruder so schnell wie möglich alles Relevante in Erfahrung bringen und ..."

„Thomas hat hier gearbeitet, als Koch einen hervorragenden Job gemacht, und das ist alles! Wir waren weder befreundet, noch haben wir unsere intimsten Geheimnisse miteinander geteilt oder uns nach Feierabend zusammen volllaufen lassen. Ich war sein Chef, er mein Angestellter. Das ist die ganze Geschichte!"

Nach einer ausgedehnten Pause versuchte es Ina mit einer weiteren Frage: „Wussten Sie, dass sein Bruder ebenfalls Sternekoch war?"

Plötzlich leuchteten Oldenburgs Augen. „Ernsthaft? Könnte der vielleicht ...?" Er verstummte mitten im Satz, weil ihn die Ermittler entgeistert ansahen. „Stimmt ja, der Bruder ist tot."

„Und wir fragen uns, ob der Mann nur zufällig – also durch eine Verwechslung – zum Opfer wurde und man es ursprünglich auf Ihren Chefkoch abgesehen hatte."

„Auf Thomas? Wieso sollte jemand ...?" Oldenburg verstummte erneut. „Da fällt mir doch noch was ein."

„Nämlich?"

„Sie haben vorhin nach Leuten gefragt, die zu Thomas wollten. Wahrscheinlich spielt es gar keine Rolle, aber neulich waren zwei so komische Typen hier. Ausgerechnet abends, als Hochbetrieb herrschte", folgte es entrüstet. „Ich kam in die Küche und mein Chefkoch war spurlos verschwunden. Einer der Helfer meinte, Thomas wäre durch die Hintertür und würde sich draußen mit zwei Männern unterhalten."

„Und was haben Sie getan?", bohrte Ina, der es nicht schnell genug ging.

„Ich bin hinterher und hab gefragt, was los ist. Da hat mich einer der Typen – so ein tätowierter Muskelprotz mit Erbsenhirn – gleich angemacht. Ich solle mich verpissen, sonst würden sie Thomas mitnehmen und ... den Rest habe ich nicht mal richtig mitbekommen, weil ich auf dem Absatz kehrtgemacht hab."

„Weiter!", drängte nun Jörn, denn Peter Oldenburg ließ sich mit der Fortsetzung sehr viel Zeit.

„Später hab ich Thomas drauf angesprochen. Er meinte, es wären nur alte Bekannte gewesen, die ihm einen Besuch abstatten wollten. Ich hab da nicht weiter nachgehakt …" Oldenburg lächelte künstlich. „Eine echte Diva lässt sich halt von niemandem reinreden."

„Können Sie diese ‚alten Bekannten' näher beschreiben?"

„Hab ich doch eben schon: tätowiert, ziemliche Kleiderschränke … typische Schläger."

Jörn setzte nach: „Kommt Ihnen das nicht auch irgendwie seltsam vor? Was wollten denn solche Typen von Ihrem Chefkoch? Vielleicht ein 5-Gänge-Menü gratis?"

„Wieso fragen Sie das mich?", brauste Peter Oldenburg zum ersten Mal auf.

Ina zeigte zur Küchentür. „Glauben Sie, es bringt was, wenn wir uns mit Ihren restlichen Angestellten unterhalten?"

Der Gastronom überlegte kurz. „Wäre möglich. Ich bekomme nicht alles mit, was in der Küche passiert, muss Sie allerdings warnen: Zwei meiner Leute sprechen kaum Deutsch und die beiden anderen nur bruchstückhaft."

„Lassen wir es einfach auf einen Versuch ankommen", schlug Jörn vor. „Und falls wir den Eindruck haben, es könnte wirklich interessant werden, finden wir schon einen Dolmetscher."

„Außerdem brauchen wir die Adresse von dieser Beate", ergänzte Ina.

Oldenburg nickte, sah inzwischen um einiges friedfertiger aus. „Falls Sie was von Thomas hören …"

„… dann sagen wir Ihnen auf jeden Fall sofort Bescheid. Versprochen!"

***

Nach seiner überhasteten Flucht in voller Arbeitsmontur war Thomas Wagner eine Weile kreuz und quer durch die Gegend gefahren.

In erster Linie, um sicherzugehen, dass ihm niemand folgte. Irgendwann blieb er rechts am Straßenrand stehen, langte nach seinem Handy und wählte die Nummer seiner Freundin. Mailbox. Nach ein paar wüsten Flüchen erinnerte er sich daran, dass Beate Spätschicht in der Boutique hatte.

Durch deren Glastür marschierte er keine zehn Minuten später und fand seine Freundin hinter der Kasse im Gespräch mit einer Kundin vor. Letztere verzog angewidert das Gesicht, als sie Wagner in dessen Aufzug sah. Was vermutlich auch am Küchengeruch lag, der ihn wie eine Aura umgab.

Nachdem sich die Frau übereilt mit gehauchten Küsschen und edlen Tüten beladen verabschiedet hatte, kam Wagner gar nicht dazu, etwas zu sagen, denn Beate war schneller: „Was soll das denn werden? So, wie du aussiehst, könnte man glatt denken, der Oldenburg hätte dich gefeuert. Was ist los? Wieso …?"

Wagner platzte mit einer Anweisung dazwischen: „Du machst am besten sofort Feierabend. Ich fahr dich nach Hause, du packst ein paar Sachen und … wenn wir schnell sind, schaffen wir es vielleicht noch rechtzeitig."

„Entschuldigung, Thomas, bist du verrückt geworden? Ich bin ganz allein und hab frühestens um acht Schluss. Und wenn du mir nicht gleich sagst, was los ist, dann …"

„Mein Bruder ist tot. Die haben ihn umgebracht."

„Die?"

Wagner spürte eine nie dagewesene Wut in sich aufsteigen. Am liebsten hätte er losgebrüllt, doch er stand innerlich voll auf der Bremse, als er von Neuem ausholte: „Ich kann dir jetzt nicht alles erklären. Schließ einfach den Laden von außen ab und tu, was ich dir sage!"

„Sind das die Leute, mit denen du …?"

„Ja! Kapierst du jetzt endlich, was Sache ist?"

Beate nickte, doch das ging nahtlos in Kopfschütteln über. „Wie stellst du dir das vor? Ich kann hier nicht einfach abschließen. Vielleicht erinnerst du dich: Wenn es weiter so läuft wie bisher und ich ein paar Stunden mehr arbeite, macht mich Carola spätestens nächstes Jahr zur Geschäftsführerin. Was glaubst du, wie sie reagiert, wenn eine Kundin anruft und ihr erzählt, die Ladentür wäre abgeschlossen?"

In Wagners Kopf fochten Wut und Verzweiflung einen erbitterten Kampf. Da seine Freundin den Ernst der Lage nicht erkennen wollte oder konnte und sie ihn immer noch verständnislos musterte, lenkte er notgedrungen ein. „Okay. Dann tu mir bitte den Gefallen und geh nach Feierabend von hier ohne Umwege nach Hause. Dort packst du nur das Notwendigste zusammen und wartest einfach auf meinen Anruf."

„Was ist denn mit dir?"

„Ich mache mich unsichtbar, sorge für einen Unterschlupf und …"

„Du meinst, die wollen dir auch was antun?"

Wagner nickte, war schon wieder kurz vorm Platzen. Doch er schaffte es erneut, sich zwangsweise herunterzufahren. „Mach dir bitte keine allzu großen Sorgen. Ich kümmere mich um alles und melde mich, sobald ich weiß, wo die Reise hingeht …"

Plötzlich geriet offenbar auch Beate ins Grübeln. „Ich könnte Carola anrufen und fragen, ob es okay ist, wenn ich ein oder zwei Stunden früher zumache."

Wagner, der die Ladentür fast erreicht hatte, blieb stehen und drehte sich um. Ein Hoffnungsschimmer machte sich in seinem Gesicht breit. „Dann leg los! Ich melde mich, so schnell wie möglich."

17

„An der Tür vom *Jacques* hängt ein Schild: *vorübergehend geschlossen*", ging es am Telefon abermals ohne Begrüßung los.

„Hast du was von Wagner gesehen?"

„Nö … nur mitgekriegt, wie der Oldenburg draußen ein paar Gäste vertröstet hat. Sein Koch wäre plötzlich krank geworden, aber sie würden bestimmt bald wieder öffnen."

„Wagner hat den Braten gerochen und sich verpisst. Weißt du, wo seine Madame wohnt?"

„Logisch!"

„Ich wette, er ist bei ihr untergekrochen und versteckt sich dort, bis er meint, es wäre Gras über die Sache gewachsen."

„Das meint aber auch nur er", kam es lachend zurück. „So schnell wächst kein Gras und was Wagner betrifft, sollten wir ohnehin kein unnötiges Risiko eingehen."

„Am besten fährst du hin und machst endgültig reinen Tisch. Aber nimm Verstärkung mit."

„Wenn er sich tatsächlich bei ihr verkrochen hat, dürfte klar sein, worauf es hinausläuft …"

„Logisch! Aber erledigt das so leise und diskret wie möglich. Ich weiß zufällig, dass die Bullen schon wegen der letzten beiden Leichen ziemlichen Aufruhr machen."

„Also soll Wagners Madame auch dran glauben?"

„Hast du etwa Bock auf überflüssige Zeugen?"

„Entschuldigung! Man wird doch wohl noch fragen dürfen!"

Protest, der für kurzes Schweigen und dann für eine Rechtfertigung sorgte: „Der Alte sitzt mir im Nacken und stellt neuerdings viel zu viele Fragen."

„Dann kommt der Befehl also direkt von ihm?"

„Wieso spielt das plötzlich 'ne Rolle."

„Nur so …"

„Kümmer dich lieber um den Job und überlass den Alten mir!"

***

Als Ina am frühen Abend neben Jörn im Auto saß, machte sie ihrem Ärger gleich Luft: „Fast zwei Stunden verplempert, und keiner vom sonstigen Küchenpersonal konnte uns auch nur ein Stück weiterhelfen."

„Das sehe ich anders. Immerhin sind sich alle darüber einig, dass Thomas Wagner ein Riesenarschloch ist." Jörn lachte über seine eigenen Worte. „Sowas verstehe ich in jeder Sprache und brauche keinen Dolmetscher."

„Hauptsache, du hast deinen Spaß. Ich hoffe nur, wir erreichen wenigstens was bei dieser Beate Lamprecht."

„Wo hast du denn plötzlich den Nachnamen her?"

„Ich hatte doch von Oldenburg die Adresse, da reichte eine Abfrage im Melderegister."

„Schlaues Mädchen!"

„Im Idealfall hockt Wagner im Wohnzimmer seiner Freundin und verwöhnt uns in netter Atmosphäre mit der Wahrheit. Ich wüsste zu gerne, wieso der große Sternekoch sich klammheimlich davonmacht und seinen Chef mit einem Berg von Problemen zurücklässt."

„Was wissen wir denn sonst so über seine Freundin?", hakte Jörn nach.

„Sie ist Anfang fünfzig und in Eutin geboren. Den Rest darf sie uns selbst erzählen."

„‚Anfang fünfzig'„ wiederholte Jörn nachdenklich. „Thomas Wagner ist doch erst …"

„Mitte dreißig!", fauchte Ina dazwischen. „Na und? Glaubst du etwa, dass wahre Gefühle einen Altersunterschied kennen?"

Jörn sah grinsend zur Seite. „Natürlich nicht, Baby! Denk mal an Hamza und dich! Aus euch könnte was werden, wenn du mi…"

„Da vorne rechts rein", unterbrach Ina.

Als Jörn den Wagen gleich darauf in eine von Schnee befreite Lücke steuerte, wartete Ina mit ihrer nächsten Information, bis die Scheinwerfer verloschen: „Hatte ich eigentlich erwähnt, dass Heikes neuer Freund auch fünfzehn Jahre jünger ist als sie?"

Jörn schüttelte den Kopf. „Wie kommst du darauf, dass mich solche Details interessieren? Heike und ich sind geschieden, von mir aus kann sie mit dem ganzen Fußballteam von *Flensburg 08* in die Kiste hüpfen und es im Internet …"

Dieses Mal sorgte Ina mit einem Boxhieb gegen Jörns Schulter für Ruhe. Auf weitere Worte verzichtete sie und stieg einfach aus. Inzwischen war es längst dunkel. In dieser noblen Ecke von Scharbeutz musste man offenbar keinen Strom sparen, denn so gut wie jedes Fenster war hell erleuchtet.

„Da hat aber jemand Nerven", bemerkte Jörn und zeigte auf einen dunklen SUV, der mitten in der Einfahrt zur Tiefgarage parkte. Alles sprach dafür, dass das noch nicht lange der Fall war.

„Vielleicht residiert der stolze Besitzer ja auch hier und holt nur schnell was aus seiner Wohnung", relativierte Ina. Sie marschierte vorweg und nahm wenig später die Klingelschilder neben der Eingangstür in Augenschein. „Hier, Beate Lamprecht … schätze, sie wohnt oben rechts."

Jörn lehnte sich nach hinten, um einen Blick zu riskieren. „Da brennt überall Licht. Unsere liebe Beate scheint nur in Sachen

Trinkgeld geizig zu sein."

Ina klingelte, drehte sich dann zu ihrem Kollegen um und gähnte herzhaft. „Wenn wir hier fertig sind, ist Schluss für heute. Oder siehst du das anders?"

„Sie macht nicht auf. Wir könnten uns auch aus dem Staub machen und kommen morgen früh ausgeschlafen zurück", erwiderte Jörn.

Ina deutete grinsend eine Ohrfeige an. „Dass sie nicht aufmacht, halte ich erst mal für ein gutes Zeichen …"

„Du meinst, Wagner ist bei ihr und hält sie von unüberlegten Schritten ab?"

„Ich an seiner Stelle würde …" Ina fand keine Zeit, den Satz zu beenden, denn hinter ihr wurde die Eingangstür aufgerissen. Im nächsten Moment flog sie Jörn förmlich entgegen und riss ihn mit sich. Die beiden landeten neben den Stufen, die zur Haustür führten, in einer Schneewehe.

Aus dem Augenwinkel sah Jörn zwei gewaltige dunkle Schatten vorbeihuschen. Während er krampfhaft versuchte, Ina von sich runter zu bugsieren, war an Aufstehen oder gar eine Verfolgung überhaupt nicht zu denken.

In einiger Entfernung erwachte ein Motor grollend. Die Schneewehen verschluckten zwar einen Teil des Sounds, aber es war deutlich zu hören, wie sich dieses Grollen rasant entfernte.

Inzwischen hatte sich Ina aufgerappelt und die höchstens zwanzig Meter bis zum Bürgersteig hinter sich gebracht. Jörn stand gerade erst wieder auf seinen Füßen, als ihn die erwartete Information erreichte: „Die sind mit dem SUV weg. Hast du dir das Kennzeichen gemerkt?"

„Na klar! Wie ich mir das von jedem Wagen merke, der irgendwo rumsteht."

Ina kehrte zurück. Ohne Rücksprache mit Jörn betätigte sie sämtliche Klingelknöpfe auf einmal. Kurz darauf erklang eine Männerstimme aus dem Lautsprecher darüber: „Ja?"

„Kriminalpolizei. Machen Sie bitte sofort auf!"

Trotzdem vergingen einige Sekunden, bis der Summer ertönte.

Ina drückte die Tür auf, verharrte jedoch auf der Schwelle und zog ihre Dienstwaffe.

„Hast recht, das waren vielleicht noch nicht alle", bestätigte Jörn und tat es ihr gleich.

Eine halbe Treppe höher öffnete jemand im Hochparterre eine Wohnungstür. Ein Mann steckte den Kopf ins Treppenhaus. „Was ist denn los? Was will die Polizei hier und wieso ...?"

Ina hastete die paar Stufen nach oben, blieb vor dem graumelierten Playboy-Typ stehen und schob ihn mit sanfter Gewalt zurück. „Schließen Sie die Tür, bleiben Sie in Ihrer Wohnung und rufen Sie bitte einen Rettungswagen!"

Der Mann stand noch immer wie gelähmt und mit offenem Mund da. Er machte keinerlei Anstalten, der Aufforderung zu folgen.

Was sich abrupt änderte, als Ina ihren Worten Nachdruck verlieh: „Sofort!"

Jörn eilte unterdessen die Treppenstufen zum ersten Stockwerk empor. Dort stand die Tür spaltweit offen. Ein leises Stöhnen drang bis in den Hausflur.

„Vorsicht!", mahnte Ina, die Jörn gefolgt war. Sie machte einen Schritt zur Seite und konnte durch den Spalt eine blutverschmierte Hand sehen. Behutsam schob sie sich ins Innere der Wohnung.

Ebenso Jörn, der gleich den ersten Kommentar übernahm: „Sieht so aus, als hätte sich Frau Lamprecht durch ihren ganzen Flur geschleppt und selbst die Tür geöffnet."

Ina kniete längst neben der stöhnenden Frau und sah besorgt zu ihrem Kollegen auf.

Der übersetzte diesen Blick routiniert: „Ich ruf mal bei der Einsatzleitstelle an und frag, wo der Rettungswagen bleibt. Außerdem müssen unsere Streifenkollegen informiert werden, damit die nach 'nem dunklen SUV Ausschau halten."

„Vermutlich einem von hunderten, aber schaden kann es trotzdem nicht." Ina deutete den Flur entlang, neue Sorgen machten sich in ihrem Gesicht breit.

Und auch die verstand Jörn sofort. Er musste die Stimme erheben, um Beate Lamprechts schmerzerfülltes Keuchen zu übertönen: „Hast recht. Ich seh mal nach, ob Herr Wagner auch hier ist …"

18

„Was liegt an?", fragte Hauptkommissar Kuhnert, als Tobias Franke gegen Feierabend bei ihm vorbeischaute.

„Die Kollegen vom Drogendezernat wissen angeblich von nichts. Ich bin mir allerdings sicher, dass die bluffen und sich nur nicht in die Karten schauen lassen wollen – wie immer."

„Und woher haben Sie Ihre sagenhafte Information, dass diese Woche 'ne neue Lieferung ankommen soll?"

„Kontakt aus der Szene", antwortete Franke und ließ sich vor dem Schreibtisch seines Chefs nieder. „Der Typ kennt so gut wie jeden und weiß genau, was wo läuft."

Derlei Kommentare hatte Kuhnert schon häufiger vernommen und schluckte sie für gewöhnlich anstandslos. Doch dieses Mal platzte ihm der Kragen. „Jetzt hören Sie mal genau zu, Franke: Ich bin Ihr Chef, und wenn Sie überhaupt jemanden einweihen, dann mich! Oder haben Sie Interesse daran, demnächst wieder Streifendienst zu schieben?"

„Ich weiß nur, dass er Chris heißt und so was wie ein mittelgroßer Dealer ist."

„Und wie halten Sie Kontakt zu diesem ... mittelgroßen Dealer namens Chris?"

„Wir telefonieren. Über Messenger."

„Haben Sie ihn auch schon mal getroffen?"

Franke schüttelte den Kopf. „In der Szene wollen die meisten mit uns Bullen persönlich nichts zu tun haben. Ich dachte, das wäre klar. Aber ich kann gerne fragen, ob er für Sie 'ne Ausnahme macht und ..."

„Sagen Sie mir lieber, in welchem Zusammenhang der Name Wagner gefallen ist!", grunzte Kuhnert dazwischen.

„Ich hab Chris gefragt, ob er ihn kennt."

„Und weiter?"

„Er wusste sofort, von wem ich rede. Thomas Wagner, Koch im *Jacques* ... für mich klang das so, als hätte dieser Wagner seine Kontakte zur *Schickeria* genutzt, um selbst ein bisschen Schnee zu verticken. Wahrscheinlich unter seinen Gästen."

„Und das ist alles?"

„Vorläufig ja. Aber wenn ich an der Sache dranbleibe, finde ich bestimmt noch mehr heraus."

Kuhnert hantierte kurz an seinem Telefon, bevor er Franke wieder anschaute. „Mich wundert langsam nichts mehr ..."

„Was meinen Sie, Chef?"

„Irgendein Chris hat den Namen Wagner schon mal gehört und lässt nebenbei einen Brocken fallen, der darauf hindeutet, dass diese Woche 'ne neue Drogenlieferung eintrifft." Der Hauptkommissar beugte sich nach vorne und musterte seinen Untergebenen abschätzend. „Jetzt mal ganz ehrlich, Franke: Wenn wir mit solchen Luftnummern unterwegs sind, wie sollen wir da was zustande bringen?"

„Ich bin mir sicher, dass ich demnächst mehr herausfinde!"

Kuhnert nickte. „Dann finden Sie ... und schließen Sie die Tür, wenn Sie gehen!"

***

In Scharbeutz waren inzwischen ein Rettungswagen und auch der Notarzt eingetroffen. Beate Lamprecht lag auf einer Trage und wurde von drei Männern gleichzeitig umsorgt.

„Wie schlimm ist es?", fragte Ina den Arzt flüsternd, nachdem sie an dessen Seite getreten war.

„Die Frau hat einiges abbekommen – es sieht schlimmer aus, als es ist. Wir nehmen sie mit in die Uniklinik. Dort wird man feststellen, ob innere Verletzungen vorliegen, aber ich denke, das ist nicht der Fall."

„Ist sie vernehmungsfähig?", wollte Jörn wissen.

Der Arzt übte vermutlich seinen strengsten Blick. „Nicht vor morgen früh! Lassen Sie die Frau doch erst mal wieder richtig zu sich kommen! Ich habe ihr neben einem starken Schmerzmittel auch etwas zur Beruhigung gespritzt. In den nächsten Stunden wird sie nicht mal ansprechbar sein."

Da die Rettungssanitäter Anstalten machten, mit der Trage durch die Wohnungstür zu entschwinden, traten die Ermittler ein Stück zurück. Als sie kurz darauf wieder unter sich waren, hätte Inas Fazit nicht düsterer ausfallen können: „Eine Verletzte und von Wagner keine Spur. Ich könnte kotzen!"

„Aber wir haben mit unserem Besuch hier ins Wespennest gestochen und allein durch unser Klingeln das Schlimmste verhindert", hielt Jörn gegen. „Stell dir mal vor, die Typen hätten mehr Zeit mit Frau Lamprecht gehabt."

„Die Scheißkerle haben sie gefoltert, so viel steht fest!"

„Um herauszufinden, wo Wagner steckt", verlängerte Jörn. „Womit bewiesen wäre, dass Stefan Wagner tatsächlich nur das Opfer einer Verwechslung war und dafür mit seinem Leben bezahlen musste. Die wollten seinen Bruder Thomas kaltmachen und der weiß ganz genau, was ihm blüht, wenn ihn die bösen Jungs zwischen die Finger kriegen."

„Na, na … wer neigt denn da zu vorschnellen Schlüssen?", ermahnte Ina ihren Kollegen mit erhobenem Zeigefinger. „Wir halten uns für gewöhnlich an Fakten, Herr Appel, und nicht an Vermutungen."

„Dann sag mir, wie es sonst gewesen sein könnte! Das Ganze hier ist kaum Zufall."

Inas Telefon hielt sie von einer Reaktion ab. Sie linste aufs Display. „Kuhnert!"

„Der ist bestimmt neugierig. Willst du rangehen oder ihn noch ein bisschen zappeln lassen?"

Ina ließ Taten sprechen und nahm das Gespräch mit einem Wisch an. „Drews!"

Jörn, der heftig gestikulierte, bis Ina den Lautsprecher aktivierte, bekam nur den Rest des ersten Satzes mit: „… vielleicht euren Fall betrifft."

„Jörn hier, kannst du das bitte wiederholen, Rolf?"

„Der Kollege Franke hat 'ne lauwarme Spur aufgetan, die etwas mit eurem Opfer zu tun haben könnte", wiederholte Hauptkommissar Kuhnert leicht genervt. „Ich weiß nicht mal, ob es sich überhaupt lohnt, drüber zu reden."

„Dann lass Jörn und mich anfangen", schlug Ina vor. „Wir haben nämlich auch einen ganzen Haufen Neuigkeiten." Die zwei brauchten nicht mal fünf Minuten, um den Lübecker Kollegen über eine vermeintliche Verwechslung unter Brüdern, die überhastete Flucht des einen und mutmaßliche Zusammenhänge aufzuklären. Ina schloss mit einem aktuellen Lagebericht: „Wir stehen hier in der Wohnung einer gewissen Beate Lamprecht. Momentan sieht es so aus, als hätten wir ihr durch unser Klingeln das Leben gerettet. Näheres erklären wir dir morgen, wenn wir selbst mehr wissen."

„Und was ist mit diesem Wagner? War der auch dort?", fragte Kuhnert.

„Fehlanzeige!", erwiderte nun Jörn. „Und wenn er hier gewesen wäre, dann lägen jetzt garantiert zwei Halbtote im Krankenhaus."

„Die Geschichte wird ja immer abenteuerlicher. Habt ihr Wagner schon zur Fahndung ausgeschrieben?"

„Ihn und sein Auto … einen brandneuen Mustang. Aber vielleicht kommen wir mal zu dir und deinem Kollegen Franke. Was ist das denn für 'ne lauwarme Spur, von der du eben erzählt hast?"

Kuhnert stöhnte, klang dann, als hätte er sich seine nächsten Worte am liebsten verkniffen. „Franke hat einen Informanten …"

„Was sonst!", unterbrach Ina gleich mit freudlosem Lachen. „Lass mich raten: Er will partout nicht sagen, um wen es sich dabei handelt, richtig?"

„Der Typ heißt Chris und ist wohl ein mittelgroßer Dealer. Dieser Chris hat von 'ner größeren Lieferung geredet, die diese Woche hier in Lübeck eintreffen soll und in dem Zusammenhang ist auch der Name Wagner gefallen."

„Willst du damit sagen, der hat ebenfalls gedealt?"

„Ich will damit gar nichts sagen!", reagierte Kuhnert gereizt. „Als ich Franke auf den Zahn gefühlt hab, wurde die Luft immer dünner. Am Ende meinte er, es wären bisher alles bloße Vermutungen."

„Die aber perfekt zum Rest der Geschichte passen", kommentierte Ina nachdenklich. „Bist du noch im Büro?"

„Ich bin auf dem Sprung nach Hause. Eins meiner Enkelkinder hat heute Geburtstag und ich wollte wenigstens beim Abendessen Präsenz zeigen."

„Dann herzlichen Glückwunsch und guten Appetit!", rief Jörn. Nachdem das Gespräch kurz darauf beendet war, sah er Ina kopfschüttelnd an. „Ich wünschte, ich hätte auch Enkel."

Ina keuchte vor Lachen. „Das wird bei eurer Dini sicher nicht mehr allzu lange dauern."

Jörn sah sie völlig entgeistert an. „Soll das heißen, Dini hat neuerdings auch 'nen festen Freund?"

„Neuerdings'? Das mit diesem seltsamen Leon läuft doch mindestens schon sechs Monate. Wie lange hast du deine Tochter eigentlich nicht mehr gesehen?"

„Wir waren vorletzte Woche zusammen Hotdogs essen. In Dänemark, direkt hinter der Grenze. Da hat sie mir erzählt, sie hätte unheimlich viel für die Schule zu tun und deshalb …"

„Klar, das behaupten sie alle! Fragt sich nur, wie dann die ganzen Schulabbrecher zustande kommen."

„Was ist denn jetzt mit diesem Leon?", ereiferte sich Jörn.

„Keine Ahnung. Glaubst du, ich halte die Lampe, wenn sich die beiden treffen?"

„Und Heike?"

„Kann ich mir nicht vorstellen."

„Was?"

„Na, dass die Interesse am Lampehalten hat."

„Himmelherrgott, Ina! Ich will wissen, ob zwischen meiner Tochter und diesem Leon was Ernsthaftes läuft. Du weißt doch ganz genau, wovon ich rede!"

Ina hüstelte provozierend. „Wie wär's, wenn du mal deinen Job als Vater machst, selbst mit Dini redest und ihr euch nicht nur irgendwo Hotdogs reinzieht? Sonst nimmt demnächst ein anderer sein warmes Würstchen und ..."

„Hör mit dem Blödsinn auf! Das ist eklig, Ina!"

Die zuckte unschuldig mit den Schultern, was Jörn in verzweifeltem Unterton auf den Plan rief: „Meinst du, sie sagt mir die Wahrheit, wenn ich so ein Vater-Tochter-Gespräch in die Tat umsetze?"

„Nö, aber hinterher kannst du wenigstens sagen, du hättest alles versucht. Das nennt man heutzutage Erziehung."

Jörn nickte träge, wobei das höchstens ein weiteres Anzeichen von Resignation war. Er deutete den Wohnungsflur entlang, wo die Blutflecken auf der hellen Auslegeware immer mehr eine bräunliche Farbe annahmen. „Wie gehts hier weiter? Wollen wir die SpuSi alarmieren?"

„Wegen 'ner Körperverletzungssache? Ich denke, wir schauen uns erst mal selbst in aller Ruhe um."

19

„Hier im Bad siehts aus, als wäre Wagner längst bei Frau Lamprecht eingezogen", rief Jörn. „Etliche Sorten Shampoo, Duschgel, Rasierzeug … der braucht mehr Platz als die liebe Beate."

Ina, die bis eben eine Mischung aus Gästezimmer und Büro ausführlicher unter die Lupe genommen hatte, steckte ihren Kopf ins Badezimmer.

„Schau dir allein mal die ganzen Hautcremes an!", fuhr Jörn spöttisch fort und nahm eine winzige Tube zur Hand. „Augencreme für Männer. Hilft angeblich gegen Tränensäcke und Falten." Er sah Ina fragend an. „Haben wir Männer sowas ernsthaft nötig?"

Ina erwiderte seinen Blick. „Also bei dir könnte es definitiv nicht schaden."

Statt einer Reaktion stellte Jörn die Tube zurück zwischen ein paar andere und öffnete kopfschüttelnd den Badezimmerschrank. „Hier drin hätten wir das gleiche Bild: Thomas Wagner scheint 'ne echte Diva zu sein."

„Der Mann ist Sternekoch! Es macht bestimmt keinen guten Eindruck, wenn er die Muscheln aus seinen Tränensäcken serviert."

„Hast du was gefunden?", fragte Jörn lustlos.

Ina zog einen Plastikbeutel hinter ihrem Rücken hervor und wedelte damit direkt vor Jörns Nase. „Wenn das weiße Pulver kein Puderzucker ist und die bunten Tabletten keine harmlosen Spaßmacher – ja, dann könnte Kuhnert mit seiner Vermutung recht haben. Thomas Wagner hat selbst fleißig gedealt."

Jörn ging einen halben Schritt zurück, nahm den Beutel aber dennoch näher in Augenschein. „Das sind mindestens hundert Gramm *Puderzucker*. Wer da wohl einen Kuchen backen wollte?"

„Ich hab schon probiert", berichtete Ina im Tonfall einer DEA-Agentin. „Astreines Koks und die Menge geht niemals als Eigenbedarf durch. Obendrein hab ich reichlich Bargeld gefunden."

„Wo?"

„Da hat sich jemand für ganz schlau gehalten und unter der Schreibtischplatte ein Kästchen festgeschraubt. Beim Öffnen ist der hübsche Brieföffner draufgegangen, aber ich hab es damit aufgekriegt."

„Das mit dem Brieföffner schieben wir den Einbrechern in die Schuhe. Nicht, dass die Lamprecht noch Schadenersatz fordert."

Ina war gedanklich bereits weiter. „Im Schlafzimmer hat unsere kochende Diva auch den halben Kleiderschrank annektiert. Auf Frau Lamprechts Seite hab ich hinter Handtüchern und Bettwäsche die üblichen Schätze gefunden. Ein Sparbuch, einen Zettel mit sämtlichen Passwörtern ... alles wie immer."

Jörn entfuhr ein Lachen. „Und das, wo sich doch jeder Einbrecher zuerst zwischen Handtüchern und Bettwäsche auf Beutesuche macht. Ich frage mich, wieso da nicht endlich mal einer für ordentliche Aufklärung sorgt. Dann würden die Einbruchszahlen rapide nach unten gehen."

„Wohin könnte sich Wagner sonst abgesetzt haben?", überlegte Ina laut.

„Hat sich die Streifenwagenbesatzung schon gemeldet, die wir zu ihm nach Hause auf den Priwall geschickt haben?"

Ina nickte. „Das Haus ist leer, die SpuSi fertig und die Kollegen meinten, es müsste jemand geflogen sein, weil sie auf der jüngsten Schneedecke keine einzige Fußspur entdecken konnten."

„Oha, da wächst wohl der Nachwuchs für *Sherlock Holmes* und *Dr. Watson* heran", merkte Jörn an.

„Mich nervt, dass wir bis jetzt so gut wie nichts über Wagner wissen und im Prinzip nicht mal richtig angefangen haben, sein Leben auf links zu drehen." Ina stöhnte genervt. „Ja, er ist Sternekoch und offenbar ein ziemliches Arschloch. Aber …"

„Davon gibts viele, wenn man dem Kellner glaubt."

„Eben! Und wir stehen mit unseren Ermittlungen ganz am Anfang. Wer hat es auf Thomas Wagner abgesehen und stattdessen seinen Bruder erwischt? War der tatsächlich nur hier, weil ihn in Prag nichts mehr gehalten hat oder hat das noch andere Gründe?"

„Fakten, Frau Drews!", mahnte dieses Mal Jörn. „Stefan Wagner ist tot, sein Bruder auf der Flucht und dessen Freundin musste es heute ausbaden. Das sind drei Fakten."

„Ich verstehe nicht, worauf du hinauswillst."

Jörn lächelte schelmisch. „Was, wenn es ganz anders war, also umgekehrt? Wer sagt denn, dass nicht doch Stefan Wagner das ursprüngliche Ziel war? Weil der womöglich einen Rattenschwanz aus Prag hinter sich hergezogen und ihm hier bei uns jemand die Quittung dafür ausgestellt hat."

„Und Thomas Wagner? Wieso hat der sich abgesetzt und wieso will ihm jemand ans Leder?"

„Wir wissen doch nicht, ob der nur ein Hobby-Dealer ist und in erster Linie seine stinkreichen Gäste mit erstklassigem Koks versorgt. Vielleicht ist er nur zwischen die Fronten geraten und hat Schiss bekommen, als er das von seinem Bruder gehört hat. Darüber mal nachgedacht?"

„Und warum hat es dein *Prager Killerkommando* nicht gleich im Krankenhaus erledigt? Da kannst du heutzutage ganz entspannt reinspazieren, 'ne komplette Station auslöschen und niemand merkt was."

Jörn übernahm die traurige Fortsetzung: „Wie auch? Eine Schwester ist für Dutzende Patienten gleichzeitig zuständig und während die gerade am einen Ende vom Flur 'ne Bettpfanne leert, räumt dein sagenhafter *Terminator* …"

Ina fuhr dazwischen: „Das hilft uns alles nicht weiter! Wo fangen wir an und wie verdammt finden wir Wagner? Falls uns überhaupt jemand Antworten liefern kann, dann er." Jörn holte bereits Luft, doch Ina ließ ihn nicht zu Wort kommen: „Und mal ganz davon abgesehen, hast du leider recht …"

„Inwiefern?"

„Das Ganze ergibt keinen Sinn! Jemand bricht bei Wagner ein, überrascht unseren Frischoperierten und dem bleibt genug Zeit, sich Mantel, Mütze und Handschuhe anzuziehen, damit er auf der Flucht nicht friert? Das ist doch purer Schwachsinn!"

„Wir sollten erst mal 'ne Nacht drüber schlafen und morgen früh in die Uniklinik fahren, um mit Beate Lamprecht zu reden." Jörn zeigte auf den Plastikbeutel, der mittlerweile an Inas Seite baumelte. „Wenn wir es clever anstellen, kann die uns nicht mit Lügen und Halbwahrheiten abspeisen."

„Und vielleicht hat sich ja bis dahin Wagner bei ihr gemeldet", fügte Ina flüsternd hinzu. Sie sah ihren Kollegen an und musste ausgerechnet in diesem Moment gähnen. „Stimmt: Eine Nacht drüber schlafen, ist nie verkehrt."

***

Wieder eine Unterhaltung am Telefon und die fing fluchend an: „Scheiße … der Wagner war nicht bei seiner Tussi und da ist ansonsten auch alles schiefgelaufen."

„Jetzt komm mal runter und sag mir, was los ist!"

„Gleich nach dem ersten Klingeln hat seine Madame brav aufgemacht und uns zuerst nur mit großen Augen angeguckt. Die dachte wahrscheinlich, ihr Macker würde vor der Tür stehen."

„Ja, und?"

„Stevie hat ihr zur Begrüßung eine geballert, danach war sie minutenlang außer Gefecht. Inzwischen haben wir uns überall umgesehen. Da liegt zwar haufenweise Krempel von Wagner rum, aber er selbst war nicht da."

„Habt ihr wenigstens seiner Alten das Licht ausgepustet?"

„Wir haben sie uns ausführlich vorgeknöpft, aber die Tante ist entweder extrem zäh oder wusste tatsächlich nicht, wo sich ihr Stecher verkrochen hat. Und mittendrin hat's geklingelt …"

„Also lebt sie", kam es nach kurzem Überlegen in missbilligendem Ton zurück. „Seid ihr völlig bekloppt? Was ist denn, wenn sie euch beschreiben kann und …?"

„Es ist noch viel schlimmer! Schätze, das waren Bullen, die da gestört haben und … keine Ahnung, ob die sich mein Kennzeichen aufgeschrieben haben."

Die erste Reaktion war ein hämisches Lachen. Aber es folgte auch eine Erklärung: „Wenn, dann würden die längst vor deiner Tür stehen und du müsstest denen verklickern, was du in Scharbeutz verloren hattest."

„Hast recht … wie gehts weiter?"

„Ich ruf mal meinen Kontakt bei den Bullen an und frag, ob die was wissen. Ansonsten können wir nur hoffen, dass wir Wagner vor denen finden."

„Und falls es andersherum läuft?"

„Dann wird uns das 'ne hübsche Stange Geld kosten und ich muss herausfinden, was mein Freund mit Polizeimarke zu tun bereit ist."

„Du meinst, der soll Wagner selbst …?"

„Was bleibt uns denn anderes übrig, wenn ihr euch wie Vollidioten aufführt?"

20

Am nächsten Morgen machten sich Ina und Jörn nach einem ausgiebigen Frühstück und reichlich Streicheleinheiten für eine Welpenschar auf den Weg zur Uniklinik. Mittlerweile kannten sie sich auf deren Gelände einigermaßen aus und fanden ohne fremde Hilfe die richtige Station.

Vor der Tür zum Krankenzimmer von Frau Lamprecht stand eine blutjunge Kollegin in Uniform. Die ließ sich – exakt nach Vorschrift – die Ausweise der Ermittler zeigen und deutete dann über die Schulter. „Ist das wieder eins der typischen Opfer? Hat da ein Ehemann vor lauter Glück die Keule geschwungen?"

„So ähnlich", murmelte Ina. „Gabs heute Nacht irgendwelche besonderen Vorkommnisse, und wieso sind Sie allein?"

Im Gesicht der jungen Polizistin machte sich ein schlechtes Gewissen breit. „Hier ist rein gar nichts passiert, und mein Kollege ist nur schnell runter in die Cafeteria, Frühstück holen. Wir waren bis eben immer zu zweit, ehrlich."

„Ist ja gut", gab Jörn Entwarnung. „Hat sich schon ein Arzt blicken lassen?"

„Die Visite ist gerade durch. Ich hab nicht viel mitbekommen, aber der Frau scheint es so weit ganz gut zu gehen. Wenn ich mich nicht verhört hab, darf sie spätestens übermorgen wieder nach Hause."

Davon wollte sich Ina selbst ein Bild machen. Sie langte zur Klinke und stand kurz darauf neben Jörn vor dem einzigen Bett im Zimmer. Beate Lamprecht döste im Halbschlaf vor sich hin, öffnete nun jedoch langsam die Augen.

Weil die Frau nichts von sich gab, machte Ina notgedrungen den Anfang: „Mein Name ist Drews und das ist mein Kollege, Herr Appel. Erinnern Sie sich an uns?"

Beate Lamprecht nickte, wobei ihr das Schmerzen zu bereiten schien, denn sie verzog das Gesicht. „Sie haben bei mir geklingelt", erklang es leise.

„Und Ihnen auf diese Weise vermutlich das Leben gerettet", fügte Jörn der Form halber hinzu. „Keine Ahnung, was die Kerle sonst noch mit Ihnen angestellt hätten."

Bedanken wollte sich die Frau anscheinend nicht, schaute stattdessen die Ermittler abwechselnd an, als könne es sich bei denen ebenso gut um die Urheber ihrer zahlreichen Verletzungen handeln.

„Was wollten die Männer von Ihnen?", fragte Ina geradeheraus.

Das Resultat war lediglich ein Kopfschütteln.

„Wenn wir die Täter finden sollen, benötigen wir Ihre Hilfe, Frau Lamprecht. Und ich denke, Sie wissen ganz genau, wer Ihnen da gestern einen Besuch abgestattet hat. Oder irre ich mich?"

Weil auch diese Frage unbeantwortet blieb, lieferte Jörn einen Nachschlag: „Ihr Freund, Herr Wagner … er ist in Lebensgefahr. Sind Sie sich wenigstens darüber im Klaren?"

„Ich weiß nicht, wovon Sie reden." Beate Lamprecht hatte inzwischen Kraft gesammelt, denn ihre Stimme klang deutlich fester. „Diese Männer haben mich überfallen, waren wohl auf Wertgegenstände aus. Vielleicht kann ich sie beschreiben, aber … das wird nicht einfach, mir dröhnt nämlich immer noch der Schädel."

„Dann leiden Sie scheinbar unter Gedächtnisverlust", nahm Jörn den Faden auf. Sein höhnischer Unterton bewies, dass diese spontane Diagnose nicht ernst gemeint war. „Wir haben in Ihrer Wohnung einen nicht unerheblichen Drogenvorrat gefunden, dazu über zehntausend Euro Bargeld. Alles in einer Box, die jemand unter den Schreibtisch geschraubt hat. Ferner liegen uns erste Hinweise vor, dass Ihr Lebensgefährte seine Gäste nicht nur mit erstklassigem Essen, sondern nebenbei auch mit anderen Spezialitäten versorgt."

Ein Haufen Andeutungen, die im Gesicht von Beate Lamprecht keine nachhaltigen Spuren hinterließen.

Deshalb langte Ina nach einem nächsten Trumpf, den sie im Laufe des Morgens mithilfe einiger Telefonate sorgsam vorbereitet hatte. „Sie arbeiten halbtags in einer Boutique an der Strandpromenade von Scharbeutz, nicht weit von Ihrer Wohnung entfernt. Und wo wir gerade beim Thema sind: Drei Zimmer in derart exponierter Lage kosten doch mindestens zweitausend Euro kalt im Monat. Wie funktioniert das mit einem Halbtagsjob?"

Jörn mischte sich ein: „Und bevor Sie es jetzt wieder mit einem Märchen versuchen, verrate ich Ihnen, dass wir ganz schnell herausfinden werden, wer für die Miete aufkommt."

Zunächst herrschte weiter Schweigen. Irgendwo auf dem Stationsflur erklang lautes Geschepper, gefolgt von wütenden Flüchen. Als es dort wieder leiser wurde, hob Beate Lamprecht an: „Thomas ist kein schlechter Kerl ... und ein hervorragender Koch", folgte es mit leuchtenden Augen. „Leider reicht das nicht, wenn man neben allem anderen für eine Ex-Frau und zwei Kinder Unterhalt zahlen muss. Die wohnen in München und er hat sie seit Jahren nicht mehr gesehen."

„Das ändert nichts an der Unterhaltsverpflichtung", fügte Ina mürrisch hinzu. „Und es gibt niemandem das Recht, nebenher ..."

„Thomas ist da allmählich immer tiefer reingerutscht", fuhr Beate Lamprecht mit dem Plädoyer der Verteidigung fort. „Anfangs war es nur hier und dort ein Tütchen Koks zum Nachtisch. Wie groß die Sache inzwischen geworden ist, weiß ich selbst nicht, aber ..."

„Was?", bohrte Jörn.

„Genaueres kann ich Ihnen nicht sagen. Thomas erzählt mir ohnehin kaum was darüber, aber in letzter Zeit hatte er wohl häufiger Ärger mit seinen Lieferanten. Die wurden von Monat zu Monat gieriger und haben ihm bei jeder Lieferung mehr Stoff aufgezwungen." Ein trauriges Lachen folgte. „Ich hab ihn gewarnt, weil er manchmal nichts anderes mehr als Drogen im Kopf hatte."

„Hat er selbst auch konsumiert?", erkundigte sich Ina.

„Vielleicht hin und wieder mal 'ne Line Koks … auf keinen Fall regelmäßig! Dafür musste er viel zu viel arbeiten."

„Und was ist mit Ihnen?", hakte Jörn nach.

„Ich hab das Zeug nie angerührt."

„Lassen aber zu, dass Ihr Lebensgefährte Ihre Wohnung als Lager missbraucht", stellte Ina klar.

Es folgte ein leises Geständnis: „Er zahlt immerhin den größten Teil der Miete. Wie sollte ich denn da Nein sagen?"

Nach einer ausgedehnten Pause hob Ina deutlich lauter von Neuem an: „Hand aufs Herz! Wissen Sie, wo Herr Wagner steckt?"

Kopfschütteln, allerdings verbarg sich dahinter etwas.

„Okay, dann noch mal im Klartext, Frau Lamprecht: Ihr Freund befindet sich in akuter Lebensgefahr! Die Männer, die hinter ihm her sind, haben offenbar keinerlei Skrupel. Das haben Sie doch gestern Abend am eigenen Leibe erfahren müssen."

„Er war nachmittags bei mir, in der Boutique." Beate Lamprechts Stimme war kaum mehr als ein Hauch. „Trotzdem hab ich keine Ahnung, wo Thomas ist! Nur, dass er untertauchen wollte."

„Was er Ihnen wie erklärt hat?"

„Er meinte, sein Bruder sei tot … wäre umgebracht worden."

„Kennen Sie diesen Bruder?"

„Nicht persönlich. Ich weiß bloß, dass der sich hier in Lübeck an der Galle hat operieren lassen. Wer da plötzlich was gegen ihn hatte, kann ich Ihnen leider nicht sagen."

„Wir denken, dass es sich schlichtweg um eine Verwechslung handelte", ergänzte Ina ganz bewusst schnippisch.

Aus dem Gesicht vor ihr wich jegliche Farbe. „Heißt das, die waren tatsächlich hinter Thomas her?"

„Das lässt sich nicht mit Sicherheit sagen, aber mein Kollege und ich haben bisher keine andere Erklärung gefunden."

„Wir wollen heiraten, spätestens nächstes Jahr", schwärmte die Frau unerwartet mit strahlenden Augen. „Thomas träumt davon, irgendwann sein eigenes Restaurant zu eröffnen, und spart fleißig dafür."

„Drogengelder?", fragte Jörn und torpedierte somit diesen Traum.

„Sein Bruder wollte ihm helfen, erst mal auch ohne Gehalt kochen und zusammen mit Thomas was aufbauen. Angeblich hat Stefan …"

„Was?", drängte Ina aufgrund des erneuten Schweigens.

„Ich kann nur wiedergeben, was mir Thomas erzählt hat. Stefan hat in Prag ganz neue Standards gesetzt und egal, wo er gekocht hat … die Leute haben dem Restaurant die Türen eingelaufen."

„,Neue Standards gesetzt'", zitierte Ina frustriert. Ihre Miene verfinsterte sich. „Das hilft uns alles nicht weiter, Frau Lamprecht."

Jörn fuhr fort: „Können Sie die Männer von gestern Abend wenigstens grob beschreiben? Wir schicken nachher einen Profi vorbei, der mit Ihrer Hilfe Phantombilder erstellt."

„Der eine war groß und der andere … noch größer. Einer kahlgeschoren, der andere hatte unterm Auge 'ne riesige Nabe."

„Rechts oder links", fragte Ina, die sofort ihr Notizbuch zückte.

Beate Lamprecht beschäftigte sich länger mit dieser Frage und gestikulierte, um die Richtung einzuordnen. „Ich glaube, rechts – könnte auch links gewesen sein."

„Das ist in diesem Stadium auch nicht von Bedeutung", erklärte Jörn und sah zu, wie sich vor ihm ein Gesicht entspannte. „Können Sie uns ansonsten irgendwelche Namen nennen? Von wem hat Ihr Lebensgefährte den Stoff erhalten? Hat Herr Wagner Sie in irgendeiner Weise mit einbezogen, sind Sie jemandem persönlich begegnet oder …?"

„Ich weiß überhaupt nichts! Thomas hat immer ein großes Geheimnis um alles gemacht. Wahrscheinlich, weil er mich schützen wollte. Oder haben Sie andere Ideen, weshalb er …?"

„Einige!", unterbrach Ina. „Doch die erspare ich Ihnen lieber."

21

Aus der weiteren Unterhaltung mit Frau Lamprecht ergaben sich keine neuen Hinweise. Weder auf den momentanen Aufenthaltsort von Thomas Wagner noch, was eventuelle Hintergründe betraf. Deshalb saßen die Ermittler inzwischen in der Krankenhaus-Cafeteria, wo am Vormittag nicht viel los war. Am Tisch nebenan schluchzte eine Frau mit gesenktem Kopf leise vor sich hin. Plötzlich sprang sie wie vom Blitz getroffen auf – rotgeweinte Augen wurden sichtbar – und raste hinaus.

„Ich möchte mir gar nicht vorstellen, was dahintersteckt", kommentierte Jörn diese überhastete Flucht.

Ina beachtete ihn gar nicht. Sie war auf ein Mädchen von zehn, höchstens elf fixiert, das mit einem Plastiktablett in den kleinen Händen vor dem Nachbartisch stehen blieb. Die Kleine schaute sich suchend um, wirkte verwirrt, nahezu wie betäubt.

Ina erhob sich. „Falls das eben deine Mutter war, ist sie nach draußen gelaufen."

Das Mädchen sah Ina an. Noch war nicht erkennbar, ob die vorangegangene Information überhaupt ihren Verstand erreicht hatte.

Doch jetzt öffnete sich ihr Mund. „Wahrscheinlich ist sie rauchen. Sie qualmt ununterbrochen, seit Papa hier ist."

„Ist dein Papa krank?", erkundigte sich Ina flüsternd und strich dem Kind vorsichtig übers Haar. Weil das Tablett, auf dem ein Teller und ein Glas standen, immer mehr in Schräglage geriet, langte Ina danach und platzierte es auf dem Tisch.

Obwohl ihr das Mädchen dabei zusah, schien sie sich in einer anderen Welt zu befinden.

Ina stand mit hängenden Schultern herum und wollte gerade wieder etwas fragen, da kam von der Kleinen leise eine Antwort: „Die Ärzte sagen, es dauert nicht mehr lange."

„Kann ich irgendwas für dich tun?", fragte Ina und schaute hilfesuchend in Jörns Richtung.

Der hatte alles mitgehört, sprang auf, war aber ebenso machtlos wie seine Kollegin.

„Vielleicht schaust du mal, ob du draußen deine Mama findest", schlug Ina halbwegs aufmunternd vor. Sie zeigte auf das Tablett. „Und keine Angst, ich pass schon drauf auf."

„So ein Scheiß", flüsterte Jörn, als die Ermittler wieder an ihrem Tisch saßen.

„Ich hab mich noch nie derart hilflos gefühlt", steuerte Ina bei. In ihren Augen schimmerten Tränen. „Hast du bemerkt, wie tapfer die Lütte ist? Stell dir mal vor, du steckst in ihrer Haut und …"

„Das kann man gar nicht." Auch Jörn sah aus, als wäre ihm nach Heulen zumute. Doch plötzlich verzog sich seine Miene wütend. „Und wir haben es nur mit Leuten zu tun, die das Leben anderer gewaltsam beenden. Das ist doch total verrückt!"

Ina wischte das Vorangegangene mit einer energischen Handbewegung beiseite. „Zurück zu unserem Fall: Wir fangen noch mal von vorne an! Da uns die Fakten nicht weiterbringen, wird es Zeit für ernsthafte Vermutungen …"

„Und zwar?"

„Frau Lamprecht hat uns längst nicht alles erzählt. Ich wette, sie hüllt sich in Schweigen, um ihren Freund und sich selbst zu schützen."

„Aber was sie über Stefan Wagner sagt, klingt schon plausibel. Der kehrt Prag den Rücken, kommt her, um seinem Bruder beim Kochen zu helfen und …"

„… setzt völlig neue Standards", äffte Ina Beate Lamprecht theaterreif nach. „Das halte ich auch für erstunken und erlogen. Vermutlich hat Stefan Wagner in Prag einen ordentlichen Reibach gemacht und musste sich absetzen, weil ihm die Sache auf die Füße zu fallen drohte. Was, wenn er jemandem ans Bein gepinkelt hat und der sich damit nicht abfinden wollte?"

„Wieder die Geschichte mit dem Prager Killerkommando", stöhnte Jörn.

„Kannst du das Gegenteil beweisen?"

„Nö … aber dann müssten deine Killer gewusst haben, dass sich Stefan Wagner nach Deutschland absetzt."

„Gehen wir zunächst mal davon aus." Ina schaute kurz zur Schiebetür, durch die das Mädchen seiner Mutter nach draußen gefolgt war, und konzentrierte sich dann wieder voll auf Jörn. „Bleibt die Frage, ob sich da jemand vor Wagners Haus dauerhaft auf die Lauer gelegt oder einen Tipp bekommen hat."

„Von wem?"

Ina zuckte die Schultern. „Aus dem Krankenhaus?"

„Kann ich mir nicht vorstellen. Außerdem lag hier offiziell Thomas und nicht Stefan Wagner."

„Stimmt! Wer käme ansonsten infrage?"

„Der Taxifahrer?"

„Welches Interesse sollte der denn an einem der Brüder haben?", fragte Ina.

Jetzt war es an Jörn, mit den Schultern zu zucken. „Wir stochern bloß im Nebel herum und sollten uns mal ausführlich mit Wagners Nachbarn auf dem Priwall unterhalten. Du weißt doch, wie es in solchen Siedlungen zugeht. Da weiß jeder ganz genau, wer mit wem oder wer mit wem nicht mehr oder …"

Inas Rechte schnellte empor. „Wenn du so weitermachst, dreht sich gleich alles in meinem Schädel. Trotzdem hast du recht: Vielleicht kann uns einer der Nachbarn sagen, ob er beispielsweise ein Auto bemerkt hat, das dort nicht hingehörte."

„Am besten eins mit Prager Kennzeichen", scherzte Jörn. Der Frohsinn kam ihm jedoch schnell abhanden, weil sich von links Mutter und Tochter näherten.

Die Ermittler sahen zu, wie das heulende Duo am Nebentisch Platz nahm und dort mit gesenkten Köpfen vor sich hin schwieg.

Ina wirkte fast noch verzweifelter als ein paar Minuten zuvor. Sie erhob sich zentimeterweise, fiel dann aber wieder zurück auf ihren Stuhl. Doch plötzlich verselbstständigten sich ihre Beine und sie erhob sich wie von allein.

Jörn sah erschrocken zu ihr auf und flüsterte: „Was hast du vor? Du kannst nichts für die beiden tun. Wie auch?"

Trotz dieser Warnung setzte sich Ina roboterartig in Bewegung. In letzter Sekunde gelang es Jörn, sie am Ärmel festzuhalten. Und er ließ nicht los, bis sie wieder auf ihren vier Buchstaben saß. Sie sah wie ein Häufchen Elend aus.

„Du kannst nichts tun", zischte Jörn durch zusammengebissene Zähne.

Ina nickte, und selbst das schien ihr ungeheure Kräfte abzuverlangen. Sie warf einen kurzen Blick zur Seite, nickte erneut und zeigte dann zum Ausgang der Cafeteria. „Lass uns, sonst komm ich doch noch auf dumme Ideen."

Draußen vor der Schiebetür tat sie einen Atemzug, als wäre es der erste seit Ewigkeiten.

Jörn betrachtete sie lächelnd. Weil sich Inas Mund mehrfach öffnete, jedoch nichts herauskam, versuchte er es mit einer Entlastung: „Da gibt es nichts zu sagen. Und jetzt lass uns ins Präsidium fahren, Kuhnert wartet bestimmt schon auf Neuigkeiten …"

22

„Wir haben vielleicht 'ne Spur", jubelte Hauptkommissar Kuhnert, als Ina und Jörn eine halbe Stunde später vor dessen Schreibtisch saßen. „Aber wartet kurz, ich rufe den Kollegen Franke hinzu."

„Geht das nicht auch ohne ihn?", fragte Ina.

„Der Tipp stammt von Franke. Ich denke, wir sollten …"

„Ist gut!", unterbrach Jörn und stieß Ina von der Seite an. „Immer schön freundlich bleiben, Baby!"

„Das Baby verpasst dir gleich eine", zischte Ina, während Kuhnert telefonierte.

„Er kommt sofort rüber", fuhr der Lübecker Hauptkommissar nach dem Auflegen fort. „Und jetzt erzählt mal der Reihe nach! Wie läuft's bei euch?"

„Von dem Überfall gestern Abend in Scharbeutz hatte ich dir ja schon am Telefon berichtet", fing Ina an. „Wir haben heute Morgen Wagners Freundin in der Uniklinik besucht und sind inzwischen davon überzeugt, dass die Frau mauert und Informationen zurückhält – warum auch immer. Als Nächstes wollen wir zurück zum Priwall und …" Weiter kam Ina nicht, denn es klopfte an die Tür.

„Hört euch erst mal an, was Franke zu sagen hat", triumphierte Kuhnert. „Vielleicht könnt ihr euch danach den Weg zum Priwall auch sparen."

Tobias Franke schwebte förmlich herein, schien die erwartungsfrohen Blicke zu genießen und pflanzte sich mit seinem halben Hinterteil auf die Schreibtischkante seines Chefs. Zur Begrüßung entließ er lediglich ein knappes „Moin!"

Weil Ina keine Anstalten machte, reagierte Jörn. „Moin … Ihr Chef meinte, Sie hätten neue Hinweise?"

Die Franke zunächst noch für sich behielt, um seinen großen Moment entsprechend auszukosten. Erst nach einem geräuschvollen Räuspern von Ina legte der junge Oberkommissar los. Allerdings mit nur zwei Worten: „Morgen Abend."

„Da haben wir bis jetzt noch nichts vor", erwiderte Jörn sarkastisch. „Wo soll's denn hingehen?"

„Jetzt machen Sie's doch nicht so spannend, Franke!", maulte Kuhnert.

Was Wirkung zeigte. „Morgen Abend soll eine neue Drogenlieferung eintreffen – die mit Abstand größte seit Jahren, heißt es. Wir wissen, wo und wann. Davon abgesehen finden sich wohl auch ein paar Verantwortliche ein, um die Ware persönlich in Empfang zu nehmen."

Weil Jörn neben ihr geduldig auf die Fortsetzung wartete, übernahm Ina das Ruder. „Dürfte ich erfahren, was das mit unserem Mordfall zu tun hat?"

„Ach so!" Franke schlug sich mit der flachen Hand gegen die Stirn. „Die Kollegen vom Drogendezernat planen schon seit Wochen 'ne umfangreiche Razzia und haben uns heute endlich eingeweiht. Mehr oder weniger steht fest, dass euer Wagner zu den bösen Jungs gehört und schon länger im größeren Stil dealt."

„Thomas oder Stefan?"

„Keine Ahnung."

„Und weiter?", drängte Ina. Der Unmut in ihrer Stimme war nicht zu überhören.

Von einer Sekunde zur nächsten machte sich in Frankes Gesicht leichtes Unbehagen breit. „Das war's eigentlich schon. Ich dachte, das Ganze würde euch interessieren und … wäre doch möglich, dass Wagner morgen Abend auch auftaucht, um seinen Teil der Ware sofort zu übernehmen."

„Könnte sein", murmelte Jörn. Wobei dessen Miene verhieß, dass er ebenfalls mit wesentlich mehr gerechnet hatte.

„Ich weiß nicht, ob das für euch von Belang ist", fuhr Franke übereilt fort. „Die vom Drogendezernat haben inzwischen herausgefunden, dass hier in Lübeck einiges an Stoff von Taxifahrern ausgeliefert wird. Noch wissen die nicht, welche Unternehmen daran beteiligt sind, bleiben aber an der Sache dran."

„Von Taxifahrern ausgeliefert',", wiederholte Jörn und tauschte einen vielsagenden Blick mit Ina.

Franke nickte eifrig. „Sobald feststeht, wer sich da ein hübsches Zubrot verdient, sorgen wir für einen Durchsuchungsbeschluss. Das kann aber ein paar Tage dauern und ich denke, wir warten erst mal morgen ab und sehen, was bei der Aktion herauskommt."

„Wie soll die Geschichte denn ablaufen?", wollte Ina wissen.

„Die Ware kommt über den Hafen in Travemünde rein. Auf einem Trailer, der vor dreieinhalb Wochen in Weißrussland gestartet ist und mittlerweile über Danzig, Warschau und Prag in Lettland angekommen ist."

„Nette Rundreise", lobte Jörn.

Franke nickte aufgeregt. „Der Trailer wird in Liepāja auf die Fähre verladen. Bei der Abfertigung gibt es dort sicher keine Probleme, weil die bösen Jungs mit dem lettischen Zoll kooperieren."

„Das gilt garantiert auch für die deutsche Seite", fügte Ina bissig hinzu. „Es findet sich immer jemand, der finanziell am Glockenturm hängt und besonders gut im Wegsehen ist."

„Wie dem auch sei", haspelte Franke. „Wenn's gut läuft, gehen uns einige Schwergewichte ins Netz. Und wenn wir mit denen fertig sind, wissen wir hoffentlich auch, wer für unsere beiden Leichen letzten Monat gesorgt hat."

„Dann drücken wir euch die Daumen", kommentierte Jörn nach einer Weile peinlichen Schweigens.

Das hatte offenbar auch Tobias Franke registriert, denn der löste sein Hinterteil von der Schreibtischplatte und sah seinen Chef fragend an. „Wenn das alles ist, würde ich gerne weitermachen. Außerdem ist gleich Mittag und …"

„Ist in Ordnung!", unterbrach Kuhnert. „Guten Appetit!"

Nachdem der junge Oberkommissar das Büro verlassen hatte, machte sich erneut Stille breit. Kuhnert sah Ina und Jörn abwechselnd an. „Das war wohl nicht ganz das, was ihr euch erhofft habt."

„Ich weiß nicht mal, worauf genau wir gehofft haben", übernahm Jörn die Antwort, weil Ina beharrlich schwieg. „Ansonsten macht es anscheinend doch Sinn, wenn wir uns mal ein bisschen auf dem Priwall umhören. Wenn man so will, stehen wir mit unseren Ermittlungen noch ganz am Anfang."

„Und wenn uns dieser Wagner morgen Abend doch ins Netz geht?"

„Dann könnte das zwar einiges ändern, aber ob wir hinterher wissen, wer seinen Bruder auf dem Gewissen hat, steht in den Sternen."

23

Keine fünf Minuten später saß Ina neben Jörn im Auto und fing sofort zu schimpfen an: *„Vielleicht … wer weiß … wir hoffen* – wenn es in Lübeck immer so zugeht, bin ich froh, dass wir nur zu Besuch sind."

„Wie sich das anhört", erwiderte Jörn lachend. „Aber zugegeben: Das ist alles ziemlich nebulös und kaum erfolgversprechend."

„Das sehe ich anders!", widersprach Ina und lieferte umgehend eine Erklärung dafür: „Denk mal an die Geschichte mit den Taxifahrern, die für Drogentransporte genutzt werden. Und dass der Trailer, den sie morgen Abend hopsnehmen wollen, unter anderem über Prag gefahren ist, wird auch kaum Zufall sein."

„Du meinst, der Kreis schließt sich langsam?"

„Was meinst du denn?"

Jörn überlegte einen Augenblick. „Wenn im Zusammenhang mit diesem Trailer tatsächlich der Name Wagner gefallen ist, könnte es sich um jeden der Brüder handeln. Gehen wir mal davon aus, dass von Stefan die Rede war …"

„… dann hat der in Prag womöglich selbst beim Beladen geholfen und ist seiner Ware nach Deutschland gefolgt, um hier gleich den Lohn einzustreichen", vollendete Ina.

„Und falls es um Thomas ging?" Jörn selbst lieferte die Fortsetzung: „Dann ist der weit dicker im Geschäft, als wir bisher angenommen haben. Wäre auch logisch. Wer nur nebenbei ein paar Tütchen Koks und bunte Pillen vertickt, kann sich niemals eine Ex-Frau nebst Nachwuchs, ein Haus, eine Luxuswohnung und einen brandneuen Mustang leisten."

„Da kann derjenige noch so gut kochen", fügte Ina gehässig hinzu. „Aber solange wir nicht wissen, um welchen Bruder es geht, kommen wir nicht wirklich voran."

Jörn nickte zwar, war aber offenbar anderer Ansicht. „Die Geschichte mit den Taxis geht mir nicht aus dem Kopf. Vielleicht haben wir ja an der richtigen Tür geklopft und nur die falschen Fragen gestellt."

„Dem unfreundlichen Chef und seinem Fahrer? Wie hieß der noch?"

„Wolfgang Petersen." Jörn grinste. „Wie der Regisseur, nur nicht so erfolgreich."

„Glaubst du etwa, wir marschieren da ein zweites Mal rein und kriegen nach ein paar Fragen zu hören, dass die da in erster Linie Koks spazieren fahren?"

Jörns Augen verengten sich zu Schlitzen. „Ich würde nicht mit dem Chef, sondern mit dem lieben Wolfgang anfangen. Der war doch ganz umgänglich und gehört bestimmt nicht zu den bösen Jungs."

Jetzt war es an Ina zu grinsen. „Seit wann erkennt man die allein an ihrem Äußeren? Dann würde man uns doch den ganzen Tag vor 'nen Monitor setzen und wir hätten wenigstens pünktlich Feierabend."

Jörn sah zur Seite und signalisierte, dass es Zeit zum Aufbrechen wurde. „Was ist denn jetzt, Frau Drews? Priwall oder Taxi?"

„Erst mal Döner."

„Dir ist doch der von gestern schon nicht bekommen."

„Grund genug, es heute noch mal zu probieren." Ina holte tief Luft. „Man muss seinen Körper mit solchen Herausforderungen konditionieren und nicht gleich beim ersten Mal …"

„Ist ja gut! Aber danach will ich wissen, wie's weitergeht!", moserte Jörn, während er den Wagen vom Revierparkplatz lenkte.

„Kein Problem, fahr einfach!"

***

„Das eben war nicht unbedingt der große Durchbruch", begann Kuhnert, nachdem er sich in der Kantine neben Tobias Franke niedergelassen hatte. „Als Sie mir heute Morgen dieselbe Geschichte erzählt haben, klang das alles irgendwie deutlich … vielversprechender."

Franke, der mit Messer und Gabel versuchte, eine Rinderroulade zu zähmen, reagierte nicht unmittelbar, sondern steckte sich erst ein Stück in den Mund und schluckte es herunter. „Ich weiß gar nicht, was die Flensburger Kollegen wollen. Falls die Wunder erwarten, sind sie bei uns an der falschen Adresse."

„Das glaube ich langsam auch", brummte Kuhnert. Der Hauptkommissar zeigte auf seinen Teller. „Wie ist die Roulade?"

„Zäh wie Schuhsohle, aber dafür geschmacklos."

Nachdem etwa die Hälfte davon in Kuhnerts Magen gelandet war, schob er den Teller beiseite und fing von Neuem an: „Jetzt mal unter uns Ordensschwestern … was springt bei der Aktion morgen für uns raus?"

„Hab ich doch gesagt: Im Idealfall verhaften wir ein paar große Nummern. Und Sie wissen ja selbst, wie das ist. Die sind für einen Deal mit der Staatsanwaltschaft immer bereit, kleinere Fische über die Klinge springen zu lassen."

Kuhnert hatte es sich anders überlegt und zog den Teller wieder zu sich heran.

„Hunger ist der beste Koch", kommentierte Franke dieses Gehabe lachend. „Und da ist übrigens noch was, Chef: Ich hab mit Fischer vom Drogendezernat abgesprochen, dass wir zwei Hübschen mit aufs Foto kommen, wenn der größte Drogenfund der letzten Jahre gefeiert wird."

„Wenigstens was. Aber Fischer erwartet doch hoffentlich nicht, dass wir an vorderster Front mitkämpfen, oder?"

Franke dachte einen Moment lang nach. „Wenn ' s nach mir geht, halten wir uns schön im Hintergrund und treten erst in Erscheinung, wenn die bösen Jungs in Handschellen am Boden liegen."

Ein Plan, der Kuhnert zufrieden nicken ließ. Jetzt schob er den Teller ein gutes Stück weiter und somit endgültig von sich. „Wenn das 'ne Roulade ist, bin ich *Elvis Presley*."

Franke schnappte nach Luft. „Sollte es nächste Woche was zu feiern geben, können wir ja zur Abwechslung mal auswärts essen."

„In dem Fall sind Sie sogar eingeladen. Ich hoffe nur, dass …" Kuhnert verstummte, weil sein Handy, das vor ihm auf dem Tisch lag, klingelte. Auf diesen Anruf hatte er gewartet, wollte ihn allerdings unter vier Ohren abhandeln. Also stand er auf, stopfte sich das unverändert bimmelnde Smartphone in die Hosentasche und griff nach dem Plastiktablett.

„Alles in Ordnung?", fragte Franke, als sich sein Chef kommentarlos davonmachen wollte.

„Wollen wir's hoffen."

24

„Du kannst auch lügen wie gedruckt", stellte Jörn nach einem Telefonat von Ina lachend fest.

Die rutschte noch eine Weile auf dem Beifahrersitz herum und
drehte sich dann mit todernster Miene in seine Richtung. „Aber
nur, wenn es für einen guten Zweck ist. Die Frau in der Taxizentrale meinte übrigens, ich hätte Glück. Wolfgang Petersen hat gerade
eine Rentnerin vor deren Haustür abgeladen, bloß ein paar Straßen
weiter. Ich hab ihr gesagt, mein *Lieblingsfahrer* soll mich genau hier,
wo wir stehen, abholen."

„Ich glaube, da kommt er schon mit seiner S-Klasse angerauscht",
sagte Jörn und zeigte nach vorne. „Wie wollen wir vorgehen?"

Ina überlegte kurz. „Wie wär's für den Anfang mit 'ner kleinen
Stadtrundfahrt auf Staatskosten?"

„Wir kennen uns doch", rief der Taxifahrer, als Ina auch in dessen
Wagen den Beifahrersitz bestieg.

Jörn nahm seinen Stammplatz auf der Rückbank ein, steckte aktuell zwischen den Vordersitzen und hielt Petersen seine Rechte entgegen. „Immer noch Appel und immer noch Kriminalpolizei."

„Ina Drews, ich spiele für denselben Verein." Nachdem auch sie die Hand des Taxifahrers geschüttelt hatte, war dessen Stimme eine Mischung aus Skepsis und Verwunderung.

„Seid mir bitte nicht böse, Leute. Meine Rente ist erbärmlich und ich fahre Taxi, um wenigstens einigermaßen über die Runden zu kommen. Vielleicht können wir uns nach Feierabend noch mal treffen oder ..."

„Fahren Sie einfach los", unterbrach Ina freundlich. „Ich hab meinem Kollegen eine Stadtrundfahrt versprochen. *Vater Staat* zahlt, wir dürfen nur am Ende die Quittung nicht vergessen."

„Was wollt ihr denn sehen", fragte der Fahrer, setzte gleichzeitig den Blinker und fädelte sich in den fließenden Verkehr ein.

„Was würden Sie uns denn empfehlen, Herr Petersen?", kam es von Jörn.

„Oh Gott ... nennen Sie mich bitte Wolle, sonst komme ich mir so alt vor."

Ina musste lachen. „Wie alt sind Sie denn, wenn ich fragen darf?"

„Seit gestern vierundsiebzig und ich fahre seit meinem ersten Tag hinterm Steuer unfallfrei", erklang es mit stolzem Unterton.

„Kompliment und Glückwunsch nachträglich!", rief Jörn von hinten. Weil sich Lübeck bislang nicht von den Schneemassen erholt hatte und das Nobelgefährt mehr stand, als rollte, präsentierte Jörn eine Idee: „Was halten Sie davon, wenn wir Sie auf einen Kaffee einladen, Wolle? Und wer so lange unfallfrei fährt, kriegt auch ein Stück Kuchen obendrauf."

In Wolles Gesicht machte sich statt Freude Unsicherheit breit.

Die Ina treffend interpretierte: „Keine Angst, das Taxameter läuft weiter, während wir Geburtstag feiern."

„Echt nett von Ihnen", schmatzte Wolle, als die drei ein paar Minuten später in einer Bäckerei nahe dem *Niederegger Marzipanmuseum* in der Innenstadt saßen. „Ist das bei der Polizei normal? Also ... hab ich mir irgendwie anders vorgestellt."

„Eigentlich trinken wir den ganzen Tag nur Kaffee und mampfen Kuchen. Falls tatsächlich mal was anliegt, schicken wir die Hiwis an die Front", erklärte Jörn.

Wolles Grinsen machte klar, dass er dieses Lügenmärchen als solches entlarvt hatte. Inzwischen wirkte er deutlich ernster. „Und worum geht es wirklich, Herrschaften?"

Ina strich dem Taxifahrer über eine seiner faltigen Hände. „Vielleicht essen Sie erst mal auf."

„Gerne!" Wolle zeigte zum Verkaufstresen der Bäckerei, hinter dessen Glasscheiben hunderte Köstlichkeiten auf Abnehmer warteten. „Mit meiner kleinen Rente kann ich mir Kuchen schon seit Ewigkeiten nicht mehr leisten. Erst recht nicht bei den heutigen Preisen."

„Sind Sie seit jeher Taxi gefahren?", fragte Ina, um den unbeschwerten Gesprächseinstieg etwas in die Länge zu ziehen.

Wolle schüttelte den Kopf, sah beinahe empört aus. „Ich bin gelernter Dreher und war bereits mit Ende zwanzig Schichtleiter. Damals haben wir uns sehnlichst Kinder gewünscht, aber es sollte wohl nicht sein …" Im Gesicht des Taxifahrers breiteten sich dunkle Gewitterwolken aus. „Meine Helga hatte 'ne Fehlgeburt und sich nie wieder richtig davon erholt. Ich hab sie knapp fünfzehn Jahre rund um die Uhr gepflegt, den Job dafür geschmissen und …" Das Ende dieser traurigen Erinnerungen blieb zunächst unausgesprochen.

Bevor Ina etwas loswerden konnte, fuhr Wolle energisch fort: „Nach Helgas Tod hab ich mich in meinem Job wie ein Fremdkörper gefühlt. Hab nie verstanden, wie diese ganzen modernen Maschinen funktionieren und … dann ist es eben ein Taxi geworden. Die Bezahlung ist mies, aber man lernt jeden Tag neue Leute kennen."

Weil Ina beharrlich schwieg und auch Jörn nichts sagte, klang Wolle zum ersten Mal ungeduldig. „So, Leute … jetzt mal Butter bei die Fische! Wir hocken doch nicht hier, weil ihr euch für die Lebensgeschichte eines alten Mannes interessiert. Gehts wieder um meine Tour zum Priwall?"

Ina nickte schwerfällig. Am liebsten hätte sie sich noch ein Stück Kuchen gegönnt, Wolles Erzählungen gelauscht und hinterher ab durch die Mitte. Zur Abwechslung mal nicht über Verbrecher und Mörder der schlimmsten Sorte sprechen.

Diese Stimmungslage war ihr anzusehen, deshalb ergriff Jörn das Wort. Er versuchte es mit einem der ältesten Tricks aus der Ermittlerkiste: „Können Sie sich vorstellen, warum wir heute hier sind?"

Wolles Augen, in denen sich über siebzig Jahre Höhen und Tiefen widerspiegelten, fingen zu leuchten an. „Hat das was mit Strebkowski zu tun, meinem Chef?"

„Was könnte das denn sein?", setzte Jörn nach.

Es war deutlich zu sehen, wie es im Kopf des Taxifahrers ratterte. Er schien das Für und Wider seiner nächsten Worte intensiv abzuwägen. „Die Drogengeschichten?"

„Sie wissen davon?", fragte Ina verwundert. In ihrem Gesicht machten sich postwendend Sorgen breit.

„Keine Angst, junge Frau! Ich hab nichts damit zu tun", versicherte Wolle. „Strebkowski wollte mir solche Touren schon ein paarmal unterjubeln."

„Erfolglos?"

„Ich bin all die Jahre ehrlich und mit erhobenem Haupt durchs Leben gegangen. Daran will ich auch zum Ende hin nichts mehr ändern." Wolle lächelte, wodurch seine Falten noch tiefer wurden. „Wenn ich irgendwohin bestellt wurde, bloß um Päckchen abzuholen und die woanders hinzubringen, bin ich jedes Mal umgedreht und hab Strebkowski seinen Drogenmist auf den Schreibtisch geklatscht. Und die Frauen im Büro wissen übrigens von nix. „

Inas Stirn kräuselte sich. „Obwohl Sie ihm den – wie haben Sie es so schön genannt? – Drogenmist auf den Schreibtisch geklatscht haben?"

„Nur spät abends, wenn er allein in seinem Büro hockt. Da laufen ohnehin die meisten seiner krummen Geschäfte."

„Wissen Sie etwas über sonstige Hintermänner? Für wen Ihr Chef die Transporte übernimmt und ob auch andere Taxiunternehmen involviert sind?"

Wolle dachte kurz nach und schüttelte im Endeffekt den Kopf. Zudem schien es, als würde ihn etwas ganz anderes belasten. „Wenn Sie Strebkowski hochnehmen, bin ich meinen Job los und ein bisschen zu alt, um mich noch mal an einen neuen zu gewöhnen. Oder was meinen Sie?"

Ina, die heute bereits in weit schlimmeren emotionalen Notlagen gesteckt hatte, lächelte entschuldigend. „Ich befürchte, darauf können wir keine Rücksicht nehmen. Aber falls das tatsächlich passiert, dann …"

„Lassen wir das Thema!", unterbrach Wolle. Sein sehnsüchtiger Blick traf den letzten Happen Kuchen auf seinem Teller. „Es wird wohl langsam Zeit, dass ich mich in den Ruhestand verabschiede und endlich meiner Helga folge."

„Machen Sie bloß keinen Scheiß!", empörte sich Ina künstlich. „Wenn ich Sie so ansehe, haben Sie gerade den richtigen Reifegrad erreicht und stehen noch voll im Berufsleben. Und wissen Sie was …?"

Wolle sah sie verdutzt an und zuckte mit den Schultern.

„… sollten Sie durch uns wirklich arbeitslos werden, dann sorgen mein Kollege und ich dafür, dass Sie ganz schnell einen neuen Job haben."

„Tun wir?", rutschte es Jörn heraus. Dabei sah er Ina mindestens genauso verwirrt an wie der Taxifahrer.

„Sie haben mein Wort, Herr Petersen!" Ina sprang auf und schien vor Tatendrang zu strotzen. „Jetzt müssen wir aber zurück zum Auto. Auf uns warten der Priwall und hoffentlich ein paar neugierige Nachbarn …"

25

„Bin mal gespannt, wie du das anstellen willst. Nächstes Jahr wird der liebe Wolle fünfundsiebzig. Hast du vor, ihm einen Posten als Türsteher im Altersheim zu besorgen?", kicherte Jörn, der am frühen Nachmittag wieder selbst hinterm Lenkrad hockte.

„Positiv denken, Herr Appel! Bei deiner Lebenseinstellung könntest du dir gleich beim Pensionseintritt 'ne Holzkiste bestellen. Die 75-Jährigen von heute sind nicht mehr wie die von früher. Die treiben Sport, gehen tanzen … manch einer fängt erst richtig zu leben an, wenn er die Arbeit hinter sich gelassen hat."

„Dann möge deine Wundertüte auch bei Wolle funktionieren." Jörn stoppte den Wagen an einer Ampelkreuzung und klang mittlerweile besorgt. „Kann es sein, dass dir die Geschichte vom Vormittag im Krankenhaus nicht aus dem Kopf geht und du deshalb …?"

„Es wäre doch zu schön, um wahr zu sein, wenn wir wenigstens mal einem Menschen wirklich helfen könnten!", platzte Ina dazwischen. „Bloß einem, dann bin ich zufrieden und finde mich mit dem restlichen Mist klaglos ab. Versprochen!"

Lange Zeit herrschte Schweigen. Da dem Auto ein röhrender Verbrennungsmotor fehlte, waren lediglich die Abrollgeräusche der Reifen zu hören. Erst nachdem sie auf der *B75* die Trave durch den *Herrentunnel* unterquert hatten, erwachte Jörns Stimme aufs Neue: „Also meiner Meinung nach sind wir ein ganzes Stück weiter als heute Morgen. Mit Wolles Hilfe werden wir der Bande schon zu Leibe rücken …"

„Ich kann nur hoffen, dass wir den alten Mann nicht in Gefahr bringen. Nehmen wir mal an, dieser Strebkowski betreibt tatsächlich ein Nebengewerbe als Drogen-Spediteur. Wer seinen kriminellen Chef ans Messer liefert, geht damit ein erhebliches Risiko ein."

„Liegt doch an uns, Wolle zu schützen", erwiderte Jörn verhältnismäßig unbekümmert.

Ina sah zur Seite und musterte ihren Kollegen, der davon gar nichts mitbekam. „Wenn es nur an uns läge, hätte ich kaum Angst um unseren Spion im Rentenalter. Aber leider werden wir die Aktion rund um die Taxizentrale bestenfalls als Zaungäste miterleben. Und was haben wir heute Morgen noch über unsere Lübecker Kollegen gelernt?"

Jörn präsentierte lachend die Antwort: *„Vielleicht … wer weiß … wir hoffen."* Er machte eine Pause, um Luft zu holen. „Dein neuer Lieblingsrentner fungiert doch nur als Informant. Sobald es ernst wird, soll er sich halt krankschreiben lassen."

„Und du glaubst, einer wie Wolle spielt da mit?" Jetzt lachte Ina auf. „So, wie ich den einschätze, war er wahrscheinlich in seinem ganzen Leben keine Woche am Stück krank. Das ist einer von der alten Schule, in puncto Arbeit ein Dinosaurier, die es in der Form heute gar nicht mehr gibt."

Jörn musste an der nächsten Ampel halten und nutzte die Gelegenheit, um Ina durchdringend anzusehen. „Was sollen wir denn stattdessen machen, Frau Drews? Den Hinweis einfach für uns behalten, nebenbei schön mit Opa Kaffeetrinken gehen und auf die nächste Chance warten?"

„Du bist ein Arsch!", konterte Ina, verschränkte die Arme vor der Brust und starrte von nun an mit stoischer Ruhe aus dem Seitenfenster.

„Ein Arsch, der es nur gut mit dir meint – und mit Wolle", rechtfertigte sich Jörn nach dem Anfahren. „Die Frage ist doch, wie wir jetzt vorgehen und wann wir Kuhnert in unser Wissen einweihen."

„Vielleicht kommen wir ja in anderer Hinsicht weiter." Ina zückte ihr Smartphone und wischte eine Weile darauf herum. Dabei nuschelte sie vor sich hin: „Ich hab Clemens um Hilfe gebeten. Schließlich hat es mein zarter Hintern in den letzten Tagen kein einziges Mal an einen Schreibtisch geschafft."

„Hat dein Freund beim LKA in Kiel nichts Besseres zu tun, als unsere Büroarbeit zu erledigen?"

„Er hilft mir gerne, hat er gesagt."

Was Jörn prustend kommentierte: „Das kann ich mir lebhaft vorstellen! Wie oft wart ihr in den letzten zwei Monaten zusammen essen? Viermal?"

„Spionierst du mir etwa hinterher?"

„Ich passe nur auf dich auf! Gerade dann, wenn so ein typischer *Schreibtisch-Tarzan* seine Finger nach dir ausstreckt."

Ina fuhr kopfschüttelnd fort: „Clemens sollte alles über Thomas und Stefan Wagner herausfinden."

„Und … hat dein Verehrer wenigstens was rausgefunden?", fragte Jörn, der schon wieder halten musste, weil die Schneemassen außerhalb von Lübeck eher halbherzig beiseite geräumt waren. Weiter vorne hatte sich jemand festgefahren, was bereits für Stau und ein Hupkonzert sorgte.

„Die Brüder sind seit drei Jahren Vollwaisen. Deren Eltern haben in Südfrankreich gelebt und sind beide bei einem Autounfall ums Leben gekommen. Clemens konnte einen Onkel erreichen, der in Würzburg lebt und wohl nicht besonders viel Interesse am Tod seines einen und dem Verschwinden seines anderen Neffen gezeigt hat."

„Klingt für mich nach 'ner Sackgasse. Oder sollen wir uns nach Würzburg aufmachen, um dort einem Rabenonkel mehr Familiensinn einzubläuen?"

„Das ist nicht witzig! Ich hoffe immer noch, dass wir auf 'ne andere Spur stoßen und nicht einen netten Kerl wie Wolle zum Kanonenfutter machen müssen."

„Jetzt übertreibst du aber wirklich ein bisschen, Ina! Der Mann soll sich keine Maschinenpistole umschnallen und selbst zur Tat schreiten, sondern uns lediglich ein paar Insiderinformationen liefern. Wenn ein MEK zuschlägt und die Taxizentrale stürmt, hock ich mich von mir aus mit Wolle bei Kaffee und Kuchen hin und hör mir seine Lebensgeschichte ein zweites Mal an."

„Ich weiß nicht, inwiefern uns das weiterbringen soll."

„Was jetzt genau? Ich bin ein guter Zuhörer und …"

„Die Geschichte mit der Taxizentrale, du Aushilfsenkel!" Ina räusperte sich. „Falls du's vergessen hast: Wir sind hier, um einen Mord aufzuklären und nicht, um die Arbeit anderer zu machen. Am Ende reiben sich die Kollegen vom Drogendezernat die Hände, Kuhnert und Franke stehen als große Helden da und wir …"

„Das hängt doch alles miteinander zusammen. Und es ist bestimmt kein Zufall, dass Stefan Wagner ausgerechnet mit einem von Strebkowskis Wagen nach Hause gefahren wurde."

Ina nickte bedächtig. Man konnte fast hören, wie es in ihrem Kopf ratterte. „Wolle hat doch gesagt, dass die Frauen keine Ahnung von den kriminellen Machenschaften ihres Chefs haben. Vermittelt wurde die Tour allerdings von der Matrone, die im Büro neben Strebkowski hockt."

„Na und? Dann hat der eben den Namen Wagner oder die Adresse mitgekriegt. Solche Typen hören von Berufs wegen auf fünf Ohren gleichzeitig."

„Was bedeuten würde, Strebkowski ist in alles eingeweiht und wusste auch, dass es jemand auf einen der Brüder abgesehen hatte. Oder er ist sogar der Drahtzieher."

„Möglich wäre beides. Bleibt nur die Frage, weshalb dem lieben Stefan genug Zeit blieb, um sich in Ruhe anzuziehen, bevor er die Flucht ergriffen hat. Der ist ja nicht in Jogginganzug und Turnschuhen getürmt, so wie ihn Wolle abgesetzt hat.“

„Und wenn es ganz anders war?“, murmelte Ina.

„Wovon redest du?“

„Jemand verschafft sich gewaltsam Zutritt zu Wagners Haus, um einen der Brüder oder gleich beide umzubringen. Das Haus ist leer. Was tue ich also als professioneller Killer? Ich warte geduldig, schaue nebenbei in den Kühlschrank, genehmige mir ein Bierchen, den Rest vom Kartoffelsalat und …“

„Du siehst eindeutig zu viele Krimis, Ina!“

Diesen Hinweis tat sie mit wegwerfender Geste ab. „Stefan Wagner war kurz draußen – logischerweise dick angezogen –, kommt nichts ahnend nach Hause und dort wartet sein Mörder schon auf ihn. Die Spuren beweisen, dass es ein Handgemenge gab, er durch die Terrassentür in den Garten geflohen ist und sich eilig davongemacht hat …“

Jörn hob wie in der Schule den Finger.

„Was ist denn?“, tadelte Ina ihn dazu passend wie eine Lehrerin.

„Dürfte ich erfahren, was dein Stefan vorher draußen wollte? Frisch an der Galle operiert und gerade aus dem Krankenhaus entlassen? Mich würde es in dem Moment aufs Sofa oder ins Bett, aber bestimmt nicht nach draußen ziehen. Erst recht nicht bei dem Schietwetter.“

„Vielleicht hat er ja nur einen kurzen Spaziergang gemacht oder sich vor der Tür mit jemandem getroffen, um …“

„Um was?“

„Ich weiß es doch selbst nicht!“ Anstelle weiterer Worte beschäftigte sich Ina mit ihrem Smartphone. „Clemens hat übrigens auch Informationen über Beate Lamprecht eingeholt. Die Frau war bis letztes Jahr in der Privatinsolvenz, hat die ganze Zeit artig kleine Raten gezahlt und wurde rechtskräftig vom Rest ihrer Schulden befreit.

Der Mietvertrag in Scharbeutz läuft tatsächlich auf Thomas Wagner. Ob er den monatlich in bar oder per Überweisung bedient, wird sich herausstellen."

„Das klingt auch nicht unbedingt nach 'ner heißen Spur", wagte Jörn zu bemerken.

Was Ina um einiges wütender auf den Plan rief: „Aber es bestätigt zumindest die eine oder andere Vermutung. Und wenn du mich fragst, sollten wir uns die Frau morgen noch mal in aller Ruhe vorknöpfen. Sie weiß garantiert, wo sich Wagner verkrochen hat."

„Und falls nicht, meldet er sich mit Sicherheit regelmäßig bei ihr."

„Eben!" Ina warf einen Blick auf ihre Uhr. „Jetzt knöpfen wir uns Wagners Nachbarn nacheinander vor und ab morgen fahren wir die Krallen aus."

„Miauuu!", ließ Jörn es gedehnt ertönen.

Was für ein wenig Entspannung und einen Lacher auf Inas Seite sorgte. „Du solltest lieber aufpassen, Freundchen, sonst erwischt dich eine der Krallen."

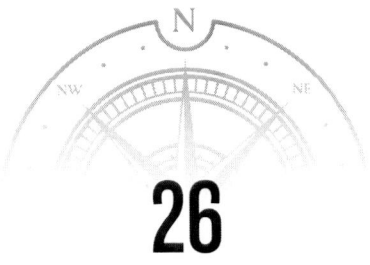

26

FREITAGMORGEN

„Bei der Aktion heute Abend sind über hundertsiebzig Beamte und mindestens zehn Spürhunde im Einsatz", berichtete Hauptkommissar Kuhnert, als Ina und Jörn an diesem neuen Tag vor seinem Schreibtisch saßen. „Wir kooperieren ab sofort mit dem Drogendezernat und hoffen, dass dabei auch für uns was abfällt. Idealerweise ein Doppelmörder, damit wir unseren alten Fall endlich vom Tisch kriegen und nach vorne blicken können."

„Wollt ihr die Fähre gleich nach dem Anlegen auf den Kopf stellen?", fragte Jörn.

„Gott bewahre!", kam die Antwort von röhrendem Lachen begleitet. „Man muss das in Travemünde mal selbst erlebt haben. Wir lassen zunächst artig alle Touristen und Lkw von Bord. Die unbegleiteten Trailer werden ohnehin erst ganz zum Schluss von der Fähre gezogen und schön in Reih und Glied abgestellt. In dem Moment liegen unsere Kollegen längst auf der Lauer und warten mit dem Zugriff, bis was passiert."

„Vermutlich mitten in der Nacht und im Schutz der Dunkelheit", fügte Ina wenig begeistert hinzu. Und sie war noch nicht fertig, wobei sie vor ihren nächsten Worten die Stimme senkte. „Mal drüber nachgedacht, ob die bösen Jungs vielleicht auch in den Reihen der Lübecker Polizei einen Spitzel haben? Bei solchen von langer Hand geplanten Aktionen sickert doch immer was durch."

„Für meine Mitarbeiter lege ich jederzeit die Hand ins Feuer", widersprach Kuhnert inbrünstig.

Ina dachte daran, wie viele andere sich im Zuge solcher Handlungen bereits die Finger verbrannt hatten, schwieg jedoch vorsichtshalber.

„Wie siehts denn bei euch aus? Habt ihr euch gestern noch auf dem Priwall umgehört?", wollte der Lübecker Hauptkommissar wissen.

Ina nickte, verzichtete aber auf Erklärungen. Deshalb musste Jörn herhalten: „Fast bis halb elf", begann er stöhnend. „Rausgekommen ist dabei nur, dass Thomas Wagner auch bei seinen Nachbarn nicht sonderlich beliebt ist. Besser gesagt: Die Leute können ihn nicht ausstehen."

„Hat das spezielle Gründe?"

„Einer meinte, Wagner würde seine leeren Mülltonnen oft tagelang an der Straße stehen lassen. Und sein direkter Nachbar hat sich beschwert, dass die Hecke zwischen den Grundstücken schon seit Jahren nicht geschnitten wurde."

„Also die üblichen Probleme unter Nachbarn", übersetzte Kuhnert.

Weil daraufhin Schweigen herrschte, mischte sich Ina schweren Herzens ein. Auf dem Weg zum Präsidium hatte sie mit Jörn ausführlich diskutiert, ob und inwieweit sie ihren Kollegen über Wolle und ein ortsansässiges Taxiunternehmen in Kenntnis setzen wollten. Richtig einig geworden waren sie sich nicht, wobei ihr Jörn im Prinzip einen Freischein in jeglicher Form erteilt hatte. Den sie jetzt widerwillig einlöste: „Vielleicht wissen wir, wer die Drogentransporte hier bei euch organisiert."

„Die Geschichte mit den Taxis? Das wäre schon ein starkes Stück, wenn an der Sache was dran ist."

Ina nickte, wollte mit weiteren Informationen fortfahren, doch Kuhnert befreite sie mit einer lässigen Handbewegung von der Notwendigkeit. „Momentan sind alle Kapazitäten für den Einsatz heute Abend gebunden. Ich denke, wir reden Montag darüber und entscheiden dann, ob und wie wir diesen Taxiladen auf links drehen."

Ein Vorschlag, der zumindest bei Jörn auf Widerstand stieß. „Es spricht viel dafür, dass der Inhaber – ein gewisser Günter Strebkowski – in alles verwickelt und womöglich sogar einer der Drahtzieher ist. Ich an deiner Stelle würde lieber früher als später …"

Inas Handy klingelte. Sie sah sich zwei neugierigen Blicken gegenüber und entschuldigte sich mit einem schüchternen Lächeln. „Sorry, da muss ich ran, ist mein … Opa."

„Ihr ‚Opa'?", hinterfragte Kuhnert, nachdem Ina dessen Büro beinahe fluchtartig verlassen hatte.

Jörn zuckte mit den Schultern und beließ es auch dabei. Schließlich hatte er eine Vermutung, um wen es sich bei diesem Pseudo-Opa handelte.

„Der muss dann aber schon ziemlich alt sein", resümierte Kuhnert. „Wie alt ist deine Kollegin eigentlich?"

„Ina ist Mitte vierzig, also in den besten Jahren. Aber jetzt mal ernsthaft, Rolf: Willst du die Sache mit dem Taxiunternehmen wirklich bis Montag liegen lassen?"

„Ich hab ganz andere Sorgen", gestand Kuhnert nach ausgedehntem Schweigen.

Jörn lächelte aufmunternd. „Möchtest du die mit jemandem teilen oder für dich behalten?"

„Ich fürchte, Ina hat recht", ging es widerwillig weiter. „Es scheint nämlich so, als hätten wir tatsächlich einen Maulwurf … nicht in meiner Abteilung."

„Sicher?" Jörn dachte an Tobias Franke, wollte seinen Gedanken aber keinesfalls laut aussprechen. Und weil Kuhnert lediglich eifrig nickte, blieben auch die nächsten Worte an Jörn hängen: „Ist denn bekannt, um wen es sich handelt?"

„Wenn wir das wüssten, wäre der Maulwurf längst Vergangenheit …"

***

Ein Stück entfernt, mitten auf einem schmucklosen Flur, dessen Bodenbelag eine gründliche Reinigung vertragen konnte, meldete sich Ina atemlos. „Ich musste erst mal einen Ort finden, wo ich ungestört telefonieren kann. Entschuldigung, Herr Petersen."

„Immer noch Wolle, wenn ich bitten darf. Und bei mir sieht es übrigens ähnlich aus."

„Wie darf ich das verstehen?"

„Sie haben doch gesagt, ich soll Augen und Ohren offenhalten. Deshalb bin ich gestern Abend ziemlich spät noch mal in die Firma. Strebkowski war hinten in der Halle zugange und hat telefoniert. Meinte wahrscheinlich, meine Ohren wären zu schlecht, um irgendwas mitzubekommen."

Ina war plötzlich hellwach und fühlte sich wie elektrisiert. „Klingt, als hätte er sich getäuscht. Was Ihre Ohren betrifft, meine ich."

„Nicht ganz", kam es hustend zurück. „Aber ein paar Brocken hab ich aufgeschnappt. Da ging es um 'ne neue Lieferung, die demnächst reinkommen soll."

„Haben Sie mitgekriegt, wie genau und wann? War da vielleicht von Travemünde die Rede?"

„Tut mir echt leid, mehr konnte ich nicht hören. Oder doch: Er hat auch über einen gewissen Wagner gesprochen … mindestens zweimal."

„Und das ist ganz sicher?", vergewisserte sich Ina, obwohl es ihr unangenehm war.

„Absolut!"

„Sonst noch was?"

„Strebkowski will schon wieder neue Autos kaufen. Fünf auf einmal und alle in nobelster Ausstattung. Wir tauschen spätestens alle drei Jahre durch und er hat noch nie einen Wagen finanziert."

„Sie meinen, er weiß gar nicht, wohin mit seinem Geld?"

Wolle zögerte, klang inzwischen beschämt. „Ich wollte Ihnen nur alles sagen."

„Das haben Sie genau richtig gemacht!", betonte Ina Wort für Wort, um den alten Mann zu entlasten. „Und Sie machen bitte genauso vorsichtig weiter, bis wir Sie endgültig aus der Schusslinie nehmen."

Diesen Hinweis überging Wolle dezent. „Was hab ich denn noch groß zu verlieren, junge Frau?"

„Ihr Leben! Und ich würde mir niemals verzeihen, wenn Sie …"

„Ich melde mich sofort, falls ich mehr höre."

„Das ist nett, danke. Aber Sie unternehmen nichts, was …" Ina verstummte und starrte fassungslos auf ihr Handy, das jetzt wieder den Startbildschirm zeigte. Kopfschüttelnd marschierte sie den Flur entlang und klopfte an Kuhnerts Tür.

Dahinter wurde sie von zwei betrübten Gesichtern empfangen. Weil der Hausherr nichts sagte, blieb die Erklärung an Jörn hängen: „Du hattest wahrscheinlich recht, was den Maulwurf betrifft …"

Da Ina nicht sonderlich beeindruckt aussah, lieferte Kuhnert einen Nachschlag: „Außer mir und 'nem Kollegen von der Inneren weiß bis jetzt nur die Chefetage davon. Noch ist alles inoffiziell, aber sicher ist bereits, dass hier aus dem Präsidium sensibelste Daten nach außen dringen. Dienstpläne, Informationen über außerplanmäßige Zugriffe und …"

„… dann macht ihr euch ernsthaft Hoffnungen, dass eure heutige Aktion ein Erfolg wird?", fragte Ina, die sich einen ketzerischen Unterton nicht verkneifen konnte. „Falls hier einer Wetten annimmt, bin ich dabei und setze einen Hunderter auf 'ne Totalpleite."

„Ich auch!", fügte Jörn hinzu.

Was bei Kuhnert für ein Aufbrausen sorgte: „Die Aktion plant unser Drogendezernat wohl schon seit Monaten und dort hat man nur auf einen finalen Hinweis gewartet. Soll ich die Kollegen etwa anrufen und denen erzählen, dass sie sich alles ebenso gut sparen können?"

Ina dachte an ihr Telefonat mit Wolle und daran, dass der alte Mann beim Lauschen nichts von Travemünde mitbekommen hatte. Während sie hin und her überlegte, waren zwei Augenpaare voll auf sie fixiert. Sie fuhr ungewohnt zurückhaltend fort: „Und wenn ich Informationen hätte, die darauf hindeuten, dass die Sache heute Abend ganz bestimmt ein Schlag ins Wasser wird?"

„Was für Informationen?", hakte Kuhnert augenblicklich nach.

Ina kam sich inzwischen selten dämlich vor und ruderte zurück. „Nichts Handfestes. Sorry!"

Diese Entwarnung ließ Kuhnert in die Hände klatschen. „Vielleicht haben wir ja Glück und es kommt ganz anders!"

Ina brachte nicht mehr als ein gequältes Lächeln zustande. „Dann Weidmannsheil!"

Kuhnert klatschte erneut in die Hände. „Weidmannsdank!"

27

„Hast du die wagen Informationen von deinem Opa?", fragte Jörn schelmisch. Die Ermittler saßen am späten Vormittag in der Präsidiumskantine, waren unter sich und konnten ganz offen reden.

Trotzdem nickte Ina nur flüchtig.

„Und hat dir dein Opa noch mehr erzählt? Vielleicht was richtig Handfestes?"

„Hör bloß auf! Ich hab das Gefühl, Wolle riskiert Kopf und Kragen, um uns irgendwie zu helfen." Danach brauchte Ina keine Minute, um Jörn aufs Laufende zu bringen.

Er mühte sich ein wenig unbeholfen um Entwarnung: „Ganz entspannt, Frau Drews! Der Mann wird nächstes Jahr fünfundsiebzig. Wer traut denn so einem zu, dass er für unseren Verein spioniert?"

Ina knurrte eine Weile unverständliches Zeug, dann war sie wieder zu verstehen und mit einem ganz anderen Thema beschäftigt: „Ich glaube, Kuhnert und seine Kollegen vom Drogendezernat laufen ins offene Messer."

„Wie kommst du darauf?"

„Falls da tatsächlich was über Travemünde liefe, hätte Wolle doch was mitgekriegt. Der Mann ist schon ein bisschen älter – ja! –, aber bestimmt kein Idiot. Die große Nummer heute Abend wird ein grandioser Schuss in den Ofen und ...“

„Sekunde! Solche Aktionen haben wir alle schon zigmal erlebt. Jeder weiß, dass nichts dabei rauskommt und rennt trotzdem brav seinen Befehlen hinterher. Das ist nicht nur hier in Lübeck so. Außerdem ... wie würdest du denn als Verantwortliche reagieren, wenn du monatelang versuchst, einen Drogenhändlerring zu zerschlagen und hast plötzlich 'ne heiße Spur? Egal, ob die Travemünde oder sonst wie heißt.“

„Ich würde mir zumindest anhören, was andere möglicherweise darüber wissen.“

„Ach so! Und einen akribisch geplanten Einsatz mit hundertsiebzig Beamten abblasen, weil dir jemand erzählt, dass sein Opa mehr weiß als du. Ist klar, Ina.“

„Du hast die zehn Hunde vergessen.“

Jörn runzelte die Stirn.

„Hundertsiebzig Beamte plus zehn Spürhunde!“, löste Ina auf. „Wobei die bestimmt froh sind, wenn sie nichts zu tun haben und einfach nur Hund sein dürfen.“

„Das alles ändert an unserer eigenen Misere Nullkommanix! Und deshalb sollten wir uns Frau Lamprecht noch mal ausgiebig vorknöpfen. Wie du selbst festgestellt hast, verheimlicht die uns was.“

Ina nahm ihr Smartphone und wischte darauf herum.

„Wen rufst du an?“, fragte Jörn.

„Uniklinik. Ich will ... ja, Drews hier, Kriminalpolizei, Moin. Können Sie mir sagen, ob Beate Lamprecht noch bei Ihnen ist?“ Ina verstummte kurz, dann wurde ihre Stimme deutlich lauter und drängender. „Nein, ich möchte keine näheren Informationen über Frau Lamprecht. Nur wissen, ob sie sich noch bei Ihnen befindet oder ...“ Wieder eine Pause. „Ja, okay ... danke für die Info.“

„Und?“, fragte Jörn, obwohl er die Antwort bereits in Inas Gesicht ablesen konnte.

„Sie wurde heute Morgen direkt nach der Visite auf eigenen Wunsch entlassen. Ich kann's gar nicht fassen! Die macht sich doch im Handumdrehen vom Acker und verschwindet genauso spurlos wie der Wagner."

„Nicht ‚wie der Wagner', sondern zum Wagner!", korrigierte Jörn. „Die weiß ganz genau, wo Ihr Freund steckt und hat nichts Besseres zu tun, als irgendwo 'ne große Wiedersehensparty zu schmeißen."

Ina sah nachdenklich aus. „Auf 'ne Party werden die wohl verzichten, aber ansonsten hast du wahrscheinlich recht."

„Und was haben wir dann noch hier verloren?" Jörn sprang im selben Moment auf. „Lass uns los! Die wird bestimmt zu Hause vorbeifahren und ein paar Sachen packen, bevor sie sich – wie du so schön sagst – vom Acker macht."

„Glaubst du, sie geht wirklich so ein Risiko ein?"

„Da halte ich es mal mit dem Kollegen Kuhnert: Wir müssen ja auch mal Glück haben."

Mit diesem Glück war es zunächst nicht allzu weit her, denn auf dem Parkplatz des Präsidiums wartete schon das nächste Desaster.

„Völlig tot! Der sagt keinen Mucks", fluchte Jörn und zeigte wütend aufs Armaturenbrett.

„Haben wir denn genug Ladung?"

„Das Teil hängt doch die ganze Zeit an der Strippe und war bereits vorhin, als wir ankamen, fast voll. In der Mistkarre steckt auch der Wurm drin."

„Und ich hab langsam echt die Schnauze voll!", schloss sich Ina den Flüchen an. Ihre Hand verschwand in der Innentasche ihres Anoraks und kehrte von dort mit einigen Visitenkarten zurück.

„Was hast du vor?"

„Ich rufe uns ein Taxi. Wenn unser Dienstherr nicht imstande ist, uns ein funktionstüchtiges Auto zu stellen, dann … ja, hier ist Ina. Hi!"

Jörn war erneut zum Zuhörer degradiert und musste mit ansehen, wie seine Kollegin allmählich ins Schwitzen geriet.

„Ina Drews, die Polizistin!" Sie machte eine Pause, schüttelte vor Verzweiflung den Kopf. „Ja, ganz genau … du hast uns hier vorm Präsidium abgesetzt. Richtig … meinen Mann und mich."

„Oh Gott! Was das wohl noch wird", murmelte Jörn und schnaubte vor Verzweiflung in die Hände. „Wieso können wir kein anderes Taxi rufen", zischte er Ina an.

Die war mit den Nerven auch fast am Ende. „Nein, Hamza, es geht wieder um uns beide. Kannst du uns bitte hier am Präsidium abholen und dir den Rest des Tages nichts vornehmen? Wir brauchen einen Fahrer, und zwar …" Abermals eine Pause. „Ja, wenn eines Tages mit ihm Schluss ist, gehe ich mit dir essen. Versprochen!"

Nachdem Ina das Gespräch beendet hatte, konnte Jörn vor Lachen nicht mehr. „Wenn er hier ankommt, sag ich ihm, dass ich eben mit dir Schluss gemacht hab. Guten Appetit, Frau Drews!"

„Einen Teufel wirst du tun! Und falls dir was an deinem Leben liegt, dann …"

„Macht sich dein Verehrer wenigstens gleich auf den Weg?"

„Er hat was von drei oder vier Minuten gefaselt. Wahrscheinlich fliegt er neuerdings einen Raumgleiter."

Jörn schwieg eine Weile. „Mit der Taxiquittung marschierst du aber in die Rechnungsstelle und klärst das mit den Hyänen, die jedes Mal so tun, als wär's ihr eigenes Geld."

„Wollen wir 'ne Streife anfordern, die in Scharbeutz das Schlimmste verhindert?"

„Du meinst, falls Beate Lamprecht wirklich nach Hause gefahren ist und sich mit dem Packen beeilt?"

Ina zuckte mit den Schultern. „Die Frau festzunehmen, ist keine gute Idee, aber im Notfall könnten sich die Kollegen ja an sie ranhängen."

„Woraufhin die liebe Beate genau wüsste, dass es eine ganz schlechte Idee wäre, zu ihrem Freund zu fahren. Vorausgesetzt, wir liegen mit unseren Vermutungen richtig."

„Hast recht. Wir wissen zwar nicht, wann sie in der Uniklinik aufgebrochen ist, aber sie hat 'ne ordentliche Strecke vor sich – wesentlich länger als wir. Womöglich sind wir sogar vor ihr da."

Jörn runzelte die Stirn. „Sie wurde von einem Rettungswagen hingebracht. Vielleicht finden wir irgendwie heraus, ob sie von einem Taxi abgeholt wurde und wer …"

„Da kommt unseres übrigens", warf Ina dazwischen und zeigte durch die Frontscheibe.

Jörn reckte beide Daumen empor. „Dann lass uns schnell umsteigen, Baby!"

28

„Das ist nicht euer Ernst, Leute!", empörte sich Hamza, als ihm Ina die besonderen Umstände dieser Fahrt schilderte. „Ich soll für euch den Hilfssheriff machen? Stellt euch mal vor, das erfährt jemand, dann bin ich hinterher …"

„Von uns erfährt keiner was", unterbrach Ina.

Was den jungen Türken allerdings nicht zu beruhigen schien. „Und wenn mich einer sieht oder ich in ’ne Schießerei verwickelt werde?"

„Dann sag ich, du warst rein zufällig vor Ort, wenn es dich erwischt", steuerte Jörn belustigt von der Rückbank bei. „Du sollst uns nur nach Scharbeutz bringen! Und falls wir dort keinen Erfolg haben, fährst du uns zurück nach Lübeck, machst dann wieder einen auf *Gangsta-Rapper* und wir suchen uns einen anderen Fahrer."

Hamza hielt an einer roten Ampel und sah Ina an. „Dein Typ kann manchmal richtig witzig sein."

„Früher war er witziger", schwärmte Ina künstlich.

„Habt ihr Kinder?"

„Jetzt reichts aber!", brauste Jörn auf. „Fahr endlich und sorg dafür, dass wir lebendig in Scharbeutz ankommen! Oder ist das zu viel verlangt?"

Ina war mit etwas ganz anderem beschäftigt. „Würdest du mal in deiner Zentrale nachfragen, ob bei euch jemand 'ne Tour von der Uniklinik nach Scharbeutz übernommen hat? Eine Frau, mit demselben Ziel wie wir."

„Wieso willst du das denn wissen?"

„Himmelherrgott!", kam es schon wieder von der Rückbank. „Kannst du nicht einfach mal machen und …"

„… bitte ganz lieb nachfragen?", vollendete Ina um einiges freundlicher.

Hamza drückte einen Knopf am Lenkrad, nach einem Piepton nuschelte er: „Zentrale anrufen."

„Wie bitte?", erwiderte eine weibliche Computerstimme.

„Zentrale anrufen!", wiederholte Hamza bedeutend lauter.

„Du hattest dich doch für den Rest des Tages abgemeldet", erklang kurz darauf die Stimme einer jungen Frau aus den Lautsprechern.

„Ich brauch bloß schnell 'ne Info, Baby. Kannst du mir sagen, ob …?"

„Nur, wenn du endlich mit dem bescheuerten ‚Baby' aufhörst. Das geht mir sowas von auf den Keks!"

Hinten prustete Jörn, eine Reihe weiter vorne blieb Ina todernst.

„Ist okay, bleib mal locker!", fuhr Hamza wenig beeindruckt fort. „Hast du heute 'ne Tour von der Uniklinik nach Scharbeutz angenommen? Wahrscheinlich 'ne einzelne Frau."

„Wieso? Planst du schon wieder dummes Zeug?"

Hamza erwiderte im Gangsterslang: „Jetzt guck einfach nach, Baby, ich hab heut noch mehr aufm Zettel."

Einen Moment lang war das Getippe auf einer Tastatur zu hören. „Ich nicht und Biggi auch nicht. Vielleicht machst du mal deinen Job und lässt zur Abwechslung die Finger von den Frauen."

Ina mischte sich ein. „Drews hier, Entschuldigung. Ich bin von der Kripo und Ihr Kollege fährt uns heute."

Am anderen Ende der Leitung war Kichern zu hören. „Der Casanova hat schon von Ihnen erzählt. Ich glaube, er wartet nur darauf, dass Sie sich endlich scheiden lassen."

„Mal abgesehen davon", antwortete Ina unverändert ernst. „Können Sie irgendwie herausfinden, ob ein anderer Taxidienst so eine Tour angenommen hat?"

„Ich kann zwei, drei Disponenten anrufen, die ich kenne und die ständig zur Uniklinik fahren. Das wird aber ein bisschen dauern."

„Mach hinne, Baby … wir sind im Einsatz!", erklärte Hamza.

Was am anderen Ende der Leitung für herzhaftes Lachen sorgte. „Können Sie den kleinen Schwachkopf behalten und dafür sorgen, dass er mich in Ruh lässt?"

„Ich tue mein Bestes!", rief Ina und lachte ebenfalls. „Melden Sie sich, falls Sie was herausfinden?"

„Natürlich, dann bis später vielleicht."

„Die ist nett", kam Ina nach Gesprächsende unmittelbar zu einem Ergebnis. „Und klingt, als wäre sie ungefähr in deinem Alter. Wieso fragst du sie nicht, ob sie mit dir essen geht?"

„Die ist fast noch 'n Kind", protestierte Hamza. An der nächsten Ampel sah er zu Ina und musterte sie augenzwinkernd. „Ein Mann wie ich braucht 'ne echte Frau an seiner Seite und kein …"

Inas Linke schnellte empor und hätte Hamza beinahe im Gesicht getroffen. „Immer dran denken: Ich bin glücklich verheiratet!"

„So glücklich nun auch wieder nicht", plärrte Jörn von hinten.

„Manchmal muss man ihm erklären, wie gut er es hat", knurrte Ina und drehte sich dabei langsam um. „Und weil er es mitunter vergisst …" Sie zog ihren Anorak ein Stück beiseite, wodurch ihr Schulterholster sichtbar wurde. „… hilft von Zeit zu Zeit 'ne kleine Erinnerung."

„Boah, das ist echt scharf! Ne Ausnahmebraut mit 'ner richtigen Knarre. Ohne Scheiß … für 'ne Bitch wie dich würde ich sterben."

„Das kannst du sofort haben, wenn du mich nochmal Bitch nennst!"

Jörn mischte sich ein: „Du solltest keinen Mann vor den Kopf stoßen, der bereit ist, für dich zu sterben. Immerhin …"

„Ich kann hier auch sagen, was ich will", schimpfte Ina dazwischen. „Wenn ihr beide nicht auf der Stelle Ruhe gebt, dann …" Ein Klingeln aus den Lautsprechern unterband den Rest dieser vermeintlichen Drohung.

Hamza nahm das Gespräch an. „Was gibts?"

„Demnächst was an die Ohren", begann die junge Frau aus der Taxizentrale. „Und ich hab 'ne Info für Frau Drews. Hören Sie mich?"

„Klar und deutlich!"

„Ich hatte gleich beim ersten Mal Erfolg. Heute Vormittag, um Viertel nach zehn, hat 'ne Kollegin einen Wagen zur Uniklinik geschickt. Ziel Scharbeutz."

„Hat Sie Ihnen auch die genaue Adresse mitgeteilt?"

„Logisch!"

Als kurz darauf Straße und Hausnummer folgten, spürte Ina, wie es in ihren Eingeweiden zu kribbeln anfing. „Das war ganz tolle Arbeit, vielen Dank! Falls Sie nichts dagegen haben, spendieren wir als Dankeschön ein Frühstück."

„Gern geschehen", erwiderte die Frau und legte im nächsten Moment auf.

Mittlerweile steckte Jörn zwischen den Vordersitzen. „Sieht so aus, als hätten wir wirklich Glück."

Ina nickte zwar, sah allerdings nicht restlos zufrieden aus.

„Was ist los? Das ist unsere Chance!", hob Jörn hervor.

„Aber nicht, wenn wir bei ihr klingeln und gleich Alarm schlagen. Wenn sie sich wieder dumm stellt und angeblich von nichts weiß, ist sie definitiv gewarnt und macht sich keinesfalls auf den Weg zu Wagner."

„Dann warten wir eben, bis sie rauskommt und folgen ihr."

„Cool!", schwärmte Hamza. „Verfolgungsjagd, oder was?"

„Unauffällig hinterher und am besten nicht bemerkt werden", revidierte Jörn ungnädig. „Kriegst du das hin oder müssen wir uns dafür einen Profi suchen?"

Hamza tippte mit den Daumen auf seiner eigenen Brust herum. „Alter … ich bin Experte in sowas. Was glaubst du, wen sie für Beschattungen fragen?"

„Ich komm mir vor wie im Irrenhaus", jammerte Ina.

Hamzas Rechte wanderte bereits zu ihrem Oberschenkel, doch dann zog er sie eilig zurück. „Keine Angst, Baby! Lass mich einfach machen. Und glaub mir: Dein Macker kann noch 'ne Menge von mir lernen …"

29

„Sie wollten mit mir reden?" Tobias Franke stand mitten in Kuhnerts Büro. Weil der Hauptkommissar nicht sofort reagierte, war ein Räuspern vonnöten, bis er den Kopf hob. „Ich wollte gerade in die Kantine, da gibts heute Sauerbraten mit Rotkohl und Knödeln. Wie siehts bei Ihnen aus, Chef?"

Der deutete auf den Stuhl vor seinem Schreibtisch. „Setzen Sie sich, Franke! Mal abwarten, ob Sie hinterher immer noch Appetit haben."

„Was ist denn los?"

„Es heißt, wir hätten hier im Präsidium 'ne undichte Stelle. Ich habe Befehl, sämtliche Mitarbeiter meiner Abteilung näher unter die Lupe zu nehmen und im Zweifelsfall umgehend zu melden."

Franke wich selbst im Sitzen ein Stück zurück. „Sekunde … wird das hier so 'ne Art Verhör, oder was?"

„Ich hatte eben einen weiteren Anruf, damit ist es amtlich: Die undichte Stelle existiert seit Monaten. Da sind bergeweise Daten abgezapft und den falschen Leuten in die Hände gespielt worden. Was im Klartext bedeutet, dass wohl inzwischen jeder Taschendieb weiß, wann unsere Zivilermittler in der *Königstraße* Jagd auf den

Abschaum machen. Von den richtig bösen Jungs und dem, was die mit solchen Infos anrichten, mal ganz abgesehen."

„Darf ich fragen, was das mit uns zu tun hat?"

„Es gibt auf jeden Fall ein Leck beim Drogendezernat. Jetzt wissen wir auch, warum das Zeug hier seit Jahren tonnenweise ankommt und alle größeren Aktionen nur mit der nächsten Pleite enden."

Frankes Miene verriet, dass er mit etwas ganz anderem beschäftigt war. „Und deshalb sollen Sie auch in Ihrer Abteilung nach undichten Stellen suchen?"

Kuhnert nickte. „Zwei Etagen über uns erwartet man von mir einen Bericht über jeden einzelnen Mitarbeiter aus meinem Dezernat." Der Hauptkommissar hielt ein paar Blätter hoch, die doppelt zusammengetackert waren. „Das hier ist ein Fragebogen, den alle beantworten und unterschreiben müssen. Von mir aus können wir das auch bei Sauerbraten, Rotkohl und Knödeln abhandeln."

„Was ist denn mit unseren beiden Flensburger Kollegen? Wäre es möglich, dass die …?"

Kuhnerts Rechte schoss in die Höhe. „Die undichte Stelle besteht seit Monaten, vermutlich schon seit Jahren!"

„Und was treiben unsere Helden sonst so?", erkundigte sich Franke, nachdem er sich erhoben hatte.

„Die jagen ihren Mörder, und ich hab das Gefühl, die kommen bei den Ermittlungen deutlich schneller voran als wir."

Diesen Hinweis nahm Tobias Franke recht unbekümmert zur Kenntnis und fuhr in anderer Sache fort: „Wenn der Dampfer mit dem Trailer drauf heute Abend in Travemünde eintrifft, wollte ich mir die Geschichte mit eigenen Augen ansehen. Was ist mit Ihnen? „

Kuhnert schaute Franke erstaunt an. „Soll das ein Date werden?"

„Aber ohne Annäherungsversuche und Knutscherei. Machen Sie sich bloß keine Hoffnungen, Chef!"

„Dann sollten wir uns zuerst mal um den Sauerbraten kümmern. Wer weiß, wie lange das nachher dauert und wann wir wieder was Vernünftiges zwischen die Zähne kriegen."

„Auf den Namen Beate Lamprecht ist kein Auto zugelassen", vermeldete Jörn, als das absonderliche Trio noch nicht mal eine Minute vor dem schmucken Wohnhaus in Scharbeutz stand. Den Schnee der vergangenen Tage hatte man hier mittlerweile zu Bergen aufgeschichtet.

„Hast du es auch mit Thomas Wagner versucht?", fragte Ina. Ihr Blick haftete an der Eingangstür.

„Schon vor der Lamprecht selbst. Die hiesige Adresse hab ich mit dem Melderegister und wiederum mit den Zulassungsdaten abgeglichen. Zwei der Bewohner fahren Porsche, einer BMW."

Hamza, der Jörn fasziniert beobachtete, deutete auf dessen Smartphone. „Cool, Alter … kannst du da auch umgekehrt Nummernschilder checken? Neulich hat einer das Auto von meinem Kumpel Jussef geschrammt und hinterher die Biege gemacht. Wir haben das Kennzeichen und wüssten gerne, wer …"

„Wieso ist denn dein Kumpel nicht einfach zur Polizei und hat Anzeige erstattet, wenn er das Kennzeichen hat?", hakte Ina nach.

Allein diese Frage brachte Hamza in sichtbare Bedrängnis. Anstelle einer Antwort zeigte er wieder auf Jörns Handy. „Checkst du die Nummer für mich? Hinterher hast du bei mir und Jussef was gut, Ehrenwort!"

Jörn ignorierte das Angebot vollständig und wandte sich an Ina. „Ich hab es auch mit Stefan Wagner probiert, mit dem Oldenburg, seinem Restaurant … überall Fehlanzeige." Er wies zur Haustür, die alle permanent im Auge behielten. „Vier Wohnungen, drei Autos, die unter der Adresse zugelassen sind. Vielleicht hat die Lamprecht ja wirklich keins und lässt sich grundsätzlich von Wagner oder einem Taxi durch die Gegend kutschieren."

Ina zeigte die Fassade hoch. „Hinter dem zweiten Fenster von rechts – dem schmalen, das zum Bad gehört – ist eben Licht angegangen. Jetzt ist es wieder aus, also ist jemand zuhause."

Hamza musste sich weit über Inas Schoß lehnen, um etwas zu erkennen. „Wo denn? Ich sehe nix."

„Aber gleich Sterne, wenn du nicht sofort wieder auf deinem Sitz landest und dort bleibst!" Ina war noch eine Weile mit Kopfschütteln beschäftigt. Doch sie erstarrte förmlich, als sich keine zwanzig Meter weiter die Haustür öffnete. Beate Lamprecht trat mit einer Tasche in der Hand ins Freie. Sie schaute sich nicht um, marschierte auch nicht etwa in Richtung Straße, sondern war im Begriff, das Wohnhaus zu umrunden.

„Mist!", fluchte Jörn und riss am Türgriff. „Wieso geht das dämliche Teil nicht auf?"

„Kindersicherung!" Bevor sich Hamza eine fangen konnte, betätigte er schleunigst den entsprechenden Knopf und sah mit an, wie Jörn aus dem Wagen sprang, um Beate Lamprecht in gebückter Haltung zu folgen.

„Dein Typ ist krass drauf. Falls er erschossen wird, könnten wir zwei Hübschen ja …"

Ina wirbelte herum. Allein das reichte, um für Schweigen zu sorgen. Sie deutete nervös zur Hausecke, um die Jörn kurz zuvor verschwunden war. „Du weißt nicht zufällig, wo es da hingeht?"

„Zum Strand! Im Sommer bin ich fast jeden Abend hier und schau mir die scharfen …" Dieses Mal verstummte Hamza von ganz allein und fuhr dann mit einem anderen Thema fort: „Dieser Wagner will seine Braut bestimmt an der Promenade einsammeln und sich über die *B76* ausm Staub machen."

„Kannst du uns dorthin bringen? Möglichst diskret?"

„Logisch, Baby! Aber ich glaube, wir haben ein Problem …" Hamza zeigte nach vorne, wo Jörn plötzlich hinter einem der Schneeberge zum Vorschein kam. „Dein Mann sieht nicht gerade happy aus."

„Was ist?", drängelte Ina, noch bevor ihr Pseudo-Ehemann keuchend auf die Rückbank fiel.

„Sie ist weg!", stieß er hervor. Sein wütender Blick traf Hamza. „Hättest du früher an die Kindersicherung gedacht, wäre das wahrscheinlich nicht passiert."

„Ey, immer schön friedlich! Weißt du, wie viele Zwerge ich jeden Tag zur Schule bringe oder abhole? Stell dir mal vor, einer von denen springt mir aus dem Auto und …"

„Jaaa!", grunzte Jörn. Danach winkte er ab und starrte nur noch aus dem Seitenfenster.

Ina wandte sich an Hamza, der ein wenig geknickt wirkte. „Bringst du uns zur Promenade? Vielleicht haben wir ja ein weiteres Mal Glück."

30

„Das darf doch nicht wahr sein!", knurrte Jörn, als er das Chaos in der Strandallee an der Scharbeutzer Promenade sah. Auch hier hatte der Räumdienst etliche Schneeberge aufgetürmt, in ihrer Not standen Autos kreuz und quer verteilt, sodass kaum ein Durchkommen war.

Ina klang um einiges ruhiger. „Sollte die Lamprecht tatsächlich hierher sein, trifft sie sich irgendwo mit Wagner. Also komm lieber runter und halt Ausschau nach 'nem gelben Mustang!"

Keine fünfzig Meter entfernt bestieg eine edel gekleidete Frau gerade einen riesigen SUV und startete dessen Motor mit grollender Begleitmusik.

„Die kommt da niemals raus", feixte Hamza.

Und er behielt recht: Nach endlosem Hin und Her, das jedes Mal von einem der Schneeberge ausgebremst wurde, stieg die Frau wieder aus, um sich das Dilemma näher anzusehen. Jetzt bemerkte sie das Taxi, von dessen Insassen sie sich offenbar Hilfe versprach.

Während Hamza beharrlich schwieg, übersetzte Ina die pantomimische Darstellung der Frau. „Ich glaube, sie will, dass wir ihr beim Schieben helfen."

„Das kann sie vergessen", stellte Jörn klar. „Rund um ihren Hausfrauenpanzer sieht alles spiegelglatt aus. Wenn sich da einer von uns beim Schieben langmacht, endet das im besten Fall mit gebrochenen Knochen oder ..."

Hamza meldete sich aufgeregt zu Wort und zeigte durch die Frontscheibe in die Ferne. „Sag mal, sucht ihr nicht nach so 'ner gelben Ami-Prollkiste?"

„Nach einem gelben Mustang", korrigierte Jörn leicht pikiert.

„Der war da vorne eben kurz zu sehen und ist in den Kreisverkehr rein."

Jörn steckte mal wieder zwischen den Vordersitzen. „Warum gibst du dann kein Gas und fährst hinterher? Und falls wir ihn jemals einholen, wäre es toll, wenn du ein bisschen Abstand hältst."

Als sie wenig später den SUV und dessen Inhaberin passierten, ließ Hamza das Fenster herunter.

Die Frau – Anfang dreißig und viel zu dick geschminkt – lächelte und hoffte vermutlich immer noch auf Hilfe.

Diese Hoffnungen machte Hamza kurzerhand zunichte. „Bei dem Wetter solltest du lieber zu Hause bleiben, Baby!"

Ein Stück weiter drehte sich Jörn um und sah durch die Heckscheibe, wie die Frau ihren ausgestreckten Mittelfinger emporhielt.

„Da vorne ist der Kreisverkehr", lenkte Ina die Gedanken aller aufs Wesentliche. „Wir können nur geradeaus, nach rechts oder zurück in unsere Richtung."

Hamza stoppte den Wagen und wartete auf Anweisungen.

Hinter ihm übte sich Jörn in seiner aktuellen Lieblingsdisziplin und fluchte: „Es ist zum Verrücktwerden!" Er stieß Hamza von hinten an. „Wohin gehts geradeaus?"

„Direkt auf die *B76* ... sind keine hundert Meter. Ist aber verboten, weil das da oben nur 'ne Ausfahrt ist. Wenn euer Typ nach rechts ist, muss er den Hang hoch, ein ganzes Ende in die andere Richtung und ist auch auf der Bundesstraße."

„Und worauf wartest du dann noch? Fahr nach rechts und …"

„Ich denke, der Wagner hat ganz andere Probleme als 'nen möglichen Strafzettel", unterbrach Ina ihren Kollegen. „Bei den Straßenverhältnissen würde ich an seiner Stelle den kürzesten Weg nehmen, um mich vom Acker zu machen."

Jörn zögerte. „Okay … geradeaus und bitte mit Vollgas!"

***

„Hast du was von deinem Kontakt bei den Bullen gehört?", ging es am Telefon wie üblich ohne Begrüßung los.

„Der Volltrottel geht nicht mal an sein Handy. Schätze, da herrscht Aufregung wegen der großen Aktion heute."

Ein hämisches Lachen erklang. „Die werden schön blöd gucken und zuerst gar nicht begreifen, dass sie gelinkt wurden. Und jetzt sag mir, was mit Wagner ist!"

„Der Vogel hat sich verdünnisiert und seither bei niemandem mehr gemeldet. Meine Leute wissen Bescheid, aber solange Wagner keinen Mucks von sich gibt oder irgendwo auftaucht, werden wir ihn nicht finden."

„Ist dir eigentlich klar, dass der Scheißkerl uns mit Leichtigkeit ans Messer liefern und alles kaputtmachen kann?"

„Das ändert nichts daran, dass er untergetaucht ist."

Zum ersten Mal wurde es am Telefon lauter. „Der muss doch was essen, also wird er auch irgendwo einkaufen. Sein Auto ist nicht zu übersehen und …"

„Jeder, den ich kenne, ist auf der Suche nach seinem gelben Mustang. Aber wenn der nirgends auftaucht, können wir nichts tun!"

„Was ist mit seiner Madame?"

„Die lag über Nacht mit Polizeischutz im Krankenhaus und ist garantiert immer noch da. Schließlich war sie ziemlich übel zugerichtet."

Nun wurde der Ton um einiges schärfer. „Mit anderen Worten: Du hast keine Ahnung, ob sie im Krankenhaus liegt, tot ist oder sich längst mit Wagner getroffen hat, um sich gemeinsam mit ihm abzusetzen.“

„Bleib mal friedlich, Alter!“, kam es ähnlich aufgebracht zurück. „Während du in deinem warmen Büro hockst und dir den Sack kratzt, bin ich mit meinen Leuten an der Front. Falls du die Rollen tauschen willst, bin ich jederzeit bereit und …“

„Kannst du wenigstens mal im Krankenhaus nachfragen?“, ging es deutlich friedfertiger weiter.

„Und was, wenn sie noch dort liegt?“

„Dann müssen wir uns die Tante krallen – Polizeischutz hin oder her.“ Ein Lachen der bösen Sorte ertönte. „Wenn sich Wagner überhaupt von irgendwas aus der Reserve locken lässt, dann ist das seine Madame.“

„Also war es ja vielleicht doch nicht so verkehrt, dass wir sie gestern Abend nicht kaltgemacht haben.“

„Du sagst es, und jetzt zurück an die Front!“

31

Wie befohlen raste Hamza mit Vollgas die Abfahrt von der *B76* in die falsche Richtung hinauf und hätte es fast bis zu deren Ende geschafft, als ihm ein Auto entgegenkam. Selbst aus einiger Entfernung konnte man die weit aufgerissenen Augen des Fahrers erkennen. Der versuchte noch zu bremsen, krachte aber dennoch frontal in einen Schneeberg. Danach war vom vorderen Teil des Wagens nichts mehr zu sehen, denn der steckte bis zur Windschutzscheibe im Schnee.

„Halt an! Sofort!", brüllte Jörn.

Hamza stoppte sein Taxi und ließ die Seitenscheibe herunter. Eine Tirade von wüsten Flüchen, die von einem Mittvierziger – dem Aussehen nach Vertreter – stammten, schwappte herein.

„Jetzt halt mal die Klappe!", schrie Hamza zurück. „Wir sind Bullen und mitten im Einsatz. Sieht man das nicht?"

Ina lehnte sich weit über den Schoß des jungen Türken, was der sichtbar zu genießen schien und hielt ihren Dienstausweis aus dem Fenster. „Er hat recht – zumindest in gewisser Weise. Haben Sie zufällig einen gelben Mustang gesehen?"

Diese Frage sorgte im Gesicht des anderen Fahrers zunächst für Verwirrung. Und er wollte wohl erneut schimpfen, besann sich jedoch eines Besseren und deutete über die Schulter. „Ist mir entgegengekommen, Richtung Timmendorfer Strand. Können Sie mir mal verraten, was hier los ist? Wie soll ich denn jetzt …?"

„Wir schicken Ihnen einen Abschlepper!", rief Ina. Sie richtete sich auf, was Hamza zweifellos gerne verhindert hätte, und saß danach kerzengerade auf dem Beifahrersitz. „Fahr!"

Auf der Rückbank war Jörn bereits mit der Einsatzleitstelle verbunden und orderte einen Abschlepper. Nachdem er das Gespräch beendet hatte, beugte er sich nach vorne und tippte Ina auf die Schulter. „Wir können nur hoffen, dass das für uns nicht in Handschellen endet."

Unterdessen war Hamza einem Polo, dessen Fahrerin nicht viel schneller als im Schritttempo unterwegs war, bis auf die Stoßstange aufgefahren. „Jetzt mach schon, Mutti!", fluchte er und scherte immer wieder ein Stück nach links aus, bis der Gegenverkehr endlich eine Lücke ließ. Er gab Vollgas und zeigte der Fahrerin beim Überholen einen Vogel.

„Könntest du das bitte lassen", forderte ihn Ina entnervt auf. „Fahr einfach so schnell wie möglich, früher oder später werden wir den Mustang schon einholen."

Das passierte bereits ein Stück hinter dem Ortsausgang von Scharbeutz. Offensichtlich hatte auch Thomas Wagner mit dem aktuellen Verkehr zu kämpfen und war nur langsam vorangekommen.

„Perfekt!", jubelte Jörn, der seinen Platz zwischen den Vordersitzen nun dauerhaft eingenommen hatte. „Wagner fährt drei Autos vor uns und ein Transporter gibt uns Deckung – besser könnte es gar nicht laufen."

„Was ist denn, wenn euer Wagner richtig Gas gibt und uns davonrast? Soll ich das Ding lieber überholen?", fragte Hamza.

Jörn packte ihn an der Schulter und rüttelte kräftig daran. Ein Wunder, dass der Wagen stabil auf der Straße blieb. „Du hältst dich schön hinter dem Transporter und linst hin und wieder dran vorbei. Tu einfach so, als ob du überholen willst, es aber nicht hinkriegst."

Hamza warf zwar einen vielsagenden Blick in den Rückspiegel, beschränkte sich jedoch auf ein widerwilliges Nicken.

„Pass auf, der Transporter wird langsamer", mahnte Ina kurz darauf. „Was ist denn da vorne los, verdammt?"

Die Antwort ließ nicht lange auf sich warten. Während der Fahrer des Transporters wieder Gas gab, sah das Trio, wie ein gelber Mustang rechter Hand zwischen zwei Schneebergen verschwand.

Hamza musste eine Vollbremsung hinlegen. Sein Taxi geriet ins Schlingern, aber er hatte es schnell wieder unter Kontrolle und bog ebenfalls ab: „Wo will der Idiot denn hin? Dort ist doch nur Wald und …"

„Und was?", bohrte Ina.

„Gewächshäuser, ein kleiner Friedhof … da ist absolut nix!"

„Bleib auf Abstand und verlier ihn bloß nicht ganz aus den Augen!", knurrte Jörn. „Der hat Heckantrieb und extrem breite Schlappen drauf. Selbst wenn das Winterreifen sind, hat er keine Chance, uns davonzufahren."

„Er ist nach rechts abgebogen, mitten in den Wald", meldete Ina, die unentwegt auf ihrem Smartphone herumwischte, um über die aktuelle Position informiert zu bleiben. Ansonsten klang sie beinahe so nervös wie Jörn. „Hinterher, aber schön langsam!"

Nach dem Abbiegen wurde es im Auto schlagartig dunkler, denn der schmale, jedoch einigermaßen von Schnee befreite Weg führte zwischen riesigen Bäumen hindurch. Deren Äste und Zweige waren schneeweiß und vor Frost erstarrt.

„Da vorne kommt 'ne Linkskurve, ich sehe seine Bremslichter", kam es erneut von Ina.

Hamza hatte keinerlei Probleme, seinen Wagen in der Spur zu halten, wobei Allradantrieb und Winterräder dieses Unterfangen etwas leichter machten.

Im Gegensatz zum gelben Mustang, denn der hatte sich hinter der Kurve offenbar festgefahren. Das Heck brach immer weiter in Richtung eines schmalen Grabens aus.

„Das war's dann wohl, Herr Wagner!" Dieses Fazit stammte von Jörn, der schon wieder an Hamzas Schulter rüttelte. „Halt an! Und falls die Kindersicherung noch aktiviert ist, stellst du sie lieber jetzt gleich ab."

Hamza stoppte sein Taxi etwa fünfzig Meter hinter dem Mustang. Der steckte mit dem linken Hinterreifen inzwischen vollständig in einem Graben. Der Unterboden lag auf, also würde lediglich ein Abschleppwagen oder Kran helfen.

Jörn war längst ausgestiegen, blieb allerdings mit gezogener Dienstwaffe neben der Beifahrertür stehen. Als Hamza nun ebenfalls Anstalten machte, die Tür zu öffnen, packte Ina ihn am Ärmel. „Du bleibst schön hier und rührst dich nicht vom Fleck! Hast du verstanden?"

Hamza sah sie völlig entgeistert an. „Was ist denn mit dir los, Baby? Ich dachte, wir wären ab sofort ein Team und ..."

Ina schüttelte vehement den Kopf und zog an ihrem eigenen Türgriff. Bevor sie ausstieg, drehte sie sich noch mal um. „Sitzen bleiben! Es sei denn, du willst herausfinden, was das Baby draufhat."

„Ich glaube, Wagner hat aufgegeben", sagte Jörn, der sich neben Ina in Gang setzte. Die Mündung seiner Dienstwaffe zeigte in Richtung Mustang. „Und bemerkt hat man uns auf jeden Fall auch schon."

Schrittweise, ihre Pistolen erhoben und schussbereit, näherten sich die Ermittler dem Mustang, dessen Motor gerade erstarb. Das Beifahrerfenster fuhr herunter, ein Teil von Beate Lamprechts Lockenpracht und ein gewaltiger Kopfverband wurden sichtbar.

„Kommen Sie bloß nicht auf dumme Ideen!", rief Ina. Ihre Stimme hallte zwischen den riesigen Bäumen wider. Vor ihrem Mund bildeten sich bei jedem Wort Kondenswolken.

Jörn übernahm: „Schön langsam aussteigen, die Hände hoch und keine hektischen Bewegungen!" Als nichts passierte, wurde er lauter und drängender: „Es ist vorbei, Herr Wagner! Steigen Sie aus und machen Sie alles nicht noch schlimmer!"

„Er reagiert nicht. Was sollen wir tun?", zischte Ina im Flüsterton.

Jörn blieb unvermittelt stehen. „Falls der Typ bewaffnet ist, kann er uns durch die Fenster locker aufs Korn nehmen. Wir befinden uns hier quasi mitten auf dem Präsentierteller."

Was Ina zum Anlass für eine weitere Aufforderung nahm, die den Insassen des Mustangs galt: „Steigen Sie aus, ansonsten sind wir gezwungen zu schießen! Sofort, verdammt!"

Zuerst schwang die Beifahrertür auf, einen halben Atemzug später auch die Fahrertür. Rechts waren bereits Beate Lamprechts Beine zu sehen. Nachdem ihre Füße stabilen Halt gefunden hatten, stand sie neben dem Mustang. Ihr Interesse galt allerdings nicht den Ermittlern, sondern vielmehr der Fahrerseite, denn sie linste übers Dach.

Jetzt kam dort ebenfalls jemand zum Vorschein. Wobei Ina und Jörn denjenigen als Letzten hier erwartet hätten …

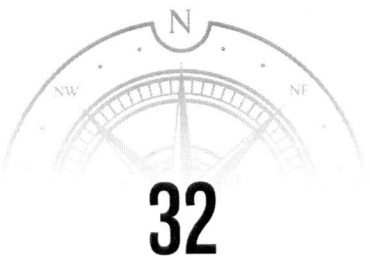

32

Am frühen Nachmittag lenkte Wolfgang Petersen seinen Wagen in die Halle der Taxizentrale, stellte den Motor ab und blieb noch eine Minute hinterm Lenkrad sitzen. Sein Morgen hatte gleich denkbar mies angefangen: Mit einem Kunden, der dringend zum Bahnhof musste und dort angekommen nicht mal die fälligen dreißig Euro berappen konnte. Als Gegenwert für die Differenz hatte Wolle das Foto von einem Personalausweis. Aber wer wusste denn, was das am Ende wert war? Den ganzen Vormittag hatte er miesepetrige oder schweigsame Menschen *von A nach B* befördert. Auf seiner letzten Tour, bevor er schlechtgelaunt in die Zentrale zurückgekehrt war, hatte ihm eine junge Frau die komplette Rückbank vollgekrümelt und zu allem Überfluss auch noch den restlichen Kaffee aus einem Pappbecher verschüttet. *Sowas wäre ihr ja noch nie passiert und es täte ihr schrecklich leid*, hatte sie erklärt. Danach war sie eilig ausgestiegen und ein paar Meter weiter längst wieder mit ihrem Handy beschäftigt.

Kopfschüttelnd stieg Wolle aus und hielt Ausschau nach seinem Putzeimer, den er seit Jahren an derselben Stelle verwahrte. Jeder Kollege, der Interesse an seiner körperlichen Unversehrtheit hegte, ließ die Finger davon. Erst recht, weil in dreifacher Ausführung

Wolle draufstand. Heute – und er konnte sich nicht erinnern, dass das je zuvor passiert war – stand das Teil nicht auf dem Blechspind rechts neben dem Rolltor.

„Das wird ja immer schlimmer. Ich hätte im Bett bleiben sollen", schimpfte Wolle, während er auf der Suche nach seinem Eimer quer durch die Halle schlurfte. Er bog in den hinteren Trakt ab, wo sich das Lager, ein Pausenraum und allerhand technischer Kram befanden. Er schnappte sich gerade eine große Papierrolle und den Handstaubsauger, da hörte er eine Stimme. Seine Ohren waren zwar nicht mehr die besten, doch nachdem er eine Weile gelauscht hatte, wusste er, zu wem die gehörte.

Papierrolle und Staubsauger landeten auf ihren angestammten Plätzen und Wolle schlich auf leisen Sohlen aus dem Raum. Dann blieb er vor einer Stahltür stehen, hinter der sich die Hallenheizung und ein riesiger Kompressor befanden. Momentan schwieg der aber, sodass Günter Strebkowskis Gespräch lediglich von einem dauerhaften Zischen untermalt wurde. „Bist du dir sicher?", fragte der soeben.

Wolle schob sich noch ein kleines Stück nach vorne. Dabei strich der Ärmel seines Anoraks an der grob verputzten Wand entlang und erzeugte leise schabende Geräusche. Er fluchte innerlich über seine eigene Dummheit.

Aber nicht lange, denn hinter der Stahltür ging es weiter. „Hat dein Informant tatsächlich über Wagner gesprochen?" Strebkowski verstummte für eine Weile, die Antwort fiel wohl etwas umfangreicher aus. Seine nächste Reaktion war eine Mischung aus Skepsis und Triumph. „Was bedeutet, der Typ ist wirklich so blöd, sich nicht weit von Scharbeutz mitten im Wald zu verkriechen." Ein höhnisches Lachen folgte. „Wann macht ihr euch auf den Weg, um die Ratte auszuräuchern?" Erneut eine Pause, jedoch kürzer. „Gut! Sag mir Bescheid, wenn Wagner erledigt ist und … ja, natürlich auch seine Madame!"

Von einer Sekunde zur nächsten war dieses Telefonat beendet. Wolle hörte, wie Füße über den Betonboden schlurften. Er legte sofort den Rückwärtsgang ein, wobei der Ärmel seines Anoraks wieder für überflüssige Begleitmusik sorgte. Fast wäre er über seine eigenen Füße gestolpert, taumelte kurz und konnte sich nur auf den Beinen halten, weil er rücklings gegen die Wand klatschte. Mit ein paar – für sein Alter – erstaunlich langen Sätzen schaffte er es auf die andere Seite des Gangs und schlüpfte zurück in den Raum, wo Papierrolle und Handsauger auf ihn warteten. Völlig reglos blieb er stehen und horchte. Er war überzeugt, dass er genug Lärm verursacht hatte, um entdeckt zu werden. Wolles Hände tasteten nacheinander sämtliche Taschen seines Anoraks ab. Auf der Suche nach einem Taser, den er vor einigen Jahren einem Kollegen abgekauft hatte, als der sich in den Ruhestand verabschiedete. Dieser Elektroschocker diente im Notfall als Waffe, die er bis jetzt allerdings noch nie benutzen musste, um sich Räuber oder aufdringliche Kunden vom Leibe zu halten. Erst letzte Woche hatte er die Batterien erneuert und das Teil auf Funktionsbereitschaft geprüft.

Restlos frustriert musste er feststellen, dass der Taser warm und trocken in seinem Handschuhfach lag. Ein schrecklicher Fehler, den er womöglich schon bald aufs Bitterste bereuen würde. Er lauschte in den Flur und vernahm in der Nähe Günter Strebkowskis schweres Atmen.

Ein leises Tuten – für Wolle kaum hörbar – kam hinzu. Dann stand fest, dass Strebkowski die Metamorphose vom kettenrauchenden Chef einer Taxifirma zum *Al Capone*-Verschnitt im Rekordtempo absolviert hatte. Schließlich klang er am Telefon wie der weltberühmte Gangsterboss aus Chicago. „Ich bin's … ja, sieht so aus, als würden wir die Sache doch noch rechtzeitig in den Griff kriegen." Es folgte eine längere Pause. „Nein, der Alte weiß von nichts, das könnte sich aber verdammt schnell ändern." Wieder Ruhe. „Bist du total meschugge? Bevor wir ihn aus dem Weg räumen, muss alles geklärt sein. Ich habe null Ahnung, was er …" Strebkowski verstummte mitten im Satz.

Wolle dachte schon, er wäre aufgeflogen. Von allein ballten sich seine Hände zu Fäusten und ließen erst nach, als sich seine Nägel schmerzhaft in das Fleisch gruben. Wie sehr sehnte er seinen Taser herbei und ärgerte sich erneut über seine eigene Dummheit.

Doch dann ging es vor der Tür mit reichlich unterdrückter Wut weiter: „Ich hab auch schon lange die Schnauze von ihm voll. Aber solange wir nicht wissen, welche Vorsichtsmaßnahmen er getroffen hat, lassen wir lieber die Finger von ihm."

Ausgerechnet in diesem Moment schoss Wolle ein blitzartiger Schmerz durchs rechte Bein. Sein Hausarzt meinte, dafür wäre der Ischias verantwortlich, und hatte ihm Krankengymnastik verordnet. Nur, dass die ihm hier und jetzt nicht helfen würde. Von unbeschreiblichen Schmerzen gepeinigt, machte er zwei Schritte nach hinten und stieß gegen einen blechernen Mülleimer, der umfiel und seinen Inhalt scheppernd auf den Boden ergoss.

Die Tür öffnete sich zentimeterweise und es dauerte nicht lange, da standen sich zwei Männer Auge in Auge gegenüber.

Günter Strebkowski sah Wolle prüfend an, wirkte ein Stück weit verzweifelt und sogar beschämt. „Hast du alles mitgekriegt?"

Wolle beließ es bei einem Nicken, was er umgehend bereute. Schließlich blieb die Frage, wie er es gegen einen deutlich jüngeren und mindestens vierzig Kilo schwereren Mann aufnehmen sollte. Der historische Kampf zwischen *David* und *Goliath* stand bevor.

„Und was jetzt?", setzte Strebkowski nach.

Wolles Kopf wippte hin und her. Er fühlte in sich hinein, doch da war nichts, was er seinem Gegenüber noch zu sagen hatte.

„Dann lässt du mir keine andere Wahl", schlussfolgerte Strebkowski. Und obwohl er insgesamt einen traurigen Eindruck machte, setzte er bereits einen Fuß nach vorne und hob seine fleischigen Pranken.

Wolle spürte ausgerechnet in diesem Moment einen neuen schmerzhaften Blitz, der durch sein Bein schoss. Das machte *Davids* Aussichten nicht unbedingt besser …

33

Inzwischen hatten sich die Ermittler bis auf rund zwanzig Meter zum Mustang vorgearbeitet. „Wie heißt der Typ noch?", fragte Jörn flüsternd.

Ina musste kichern, denn die Situation hatte sich plötzlich entspannt. „Wenn er für den Oldenburg Teller schleppt, Yves ... ansonsten Malte."

„Kannst du mir mal verraten, was der Kellner hier verloren hat? Angeblich hasst der doch Wagner wie die Pest."

Ina, die ihre Dienstwaffe unverändert im Anschlag hielt, machte den nächsten Schritt vorwärts. „Lass es uns herausfinden!"

Jörn übernahm die Anweisungen: „Die Hände aufs Autodach und keine hektischen Bewegungen! Wenn wir alle ruhig bleiben, passiert niemandem was."

Beate Lamprecht folgte seiner Aufforderung umgehend. Ihr war allerdings anzusehen, dass selbst eine halbe Drehung und das Heben der Arme Schmerzen hervorriefen.

„Sie gehören ins Krankenhaus!", urteilte Ina, als sie neben der Frau ankam.

Jörn hatte den Mustang, dessen Heck zur Hälfte im Graben steckte, von vorne umrundet und näherte sich der offenen Fahrertür. „Die Hände aufs Dach, hab ich gesagt!" Nachdem das passiert war, drückte Jörn mit der Linken die Fahrertür zu, wobei er mit seiner Dienstwaffe in der Rechten unverändert auf Malte zielte. „Die Beine ein Stück zurück und weiter auseinander!"

„Hier ist es ziemlich rutschig", jammerte der Kellner. „Vielleicht darf ich erstmal …"

„Weiter auseinander, hab ich gesagt!" Jörn war nicht nach Scherzen zumute. Und solange er Malte nicht auf Waffen hin durchsucht hatte, war er nicht bereit, Entwarnung zu geben.

Auf der anderen Seite vom Mustang ging es ein wenig gesitteter zu. Ina hatte Beate Lamprecht abgetastet und ihr geholfen, sich wieder auf dem Beifahrersitz niederzulassen. Sie stand in der offenen Tür und sah kopfschüttelnd zu der Frau hinunter. „Haben Sie ernsthaft geglaubt, Sie könnten sich aus dem Staub machen und den Problemen einfach davonlaufen?"

„Ich weiß nicht, was ich geglaubt habe."

„Wo sollte Ihre Flucht denn enden?" Ina zeigte den Weg entlang, der Meter für Meter tiefer in das Waldstück hineinführte. Weil so schnell offenbar nicht mit einer Antwort zu rechnen war, spähte sie über das Dach des Mustangs. Dort trug Malte inzwischen Handschellen und lehnte rücklings am Wagen. „Sie wissen doch sicher, wo Sie Frau Lamprecht hinbringen sollten. Oder?"

Malte reagierte nicht sofort, deshalb verpasste Jörn ihm einen Stoß in die Rippen. „Meine Kollegin hat dich was gefragt, also antworte gefälligst, du Möchtegern-Franzose!"

Auch wenn es ihm in Handschellen und bei unsicherem Stand zweifellos schwerfiel, wandte sich Malte zur Seite und deutete mit dem Kinn den Waldweg entlang. „Ist nicht mehr weit", murmelte er lustlos. „Ich sollte die Madame nur abholen und herbringen. Wagner hat mir dafür 'nen Tausender versprochen."

Ina machte einige Schritte nach hinten und entfernte sich auf diese Weise vom Mustang. Ihre Stirn lag in Falten. „An dem Teil kommen wir niemals vorbei", kam sie prompt zu einem Ergebnis.

Für Jörn Grund genug, Malte zu packen und ihn auf den Fahrersitz zu verfrachten, wo der Kellner vom *Jacques* erst nach einer Auswahl geschmackvoller Flüche wieder Ruhe gab. Nachdem Jörn ein paar Meter durch den Schnee gestapft war, blieb er neben Ina stehen und musterte das Dilemma mit eigenen Augen. „Du hast recht. Da landen wir höchstens auf der anderen Seite im Graben und können uns Hamzas dämliche Texte anhören, bis irgendwann ein Abschlepper eintrudelt."

„Sei doch nicht so! Er ist irgendwie drollig und hat uns auf jeden Fall gut hergebracht."

Das sah Jörn offenbar anders. „Er ist ein aufgeblasener Schwätzer und ich wette, was er so von sich gibt, ist alles nur heiße Luft."

Als hätte er mitgehört, ließ der junge Türke in einiger Entfernung die Hupe seines Taxis erklingen. Zudem gestikulierte er aufgebracht hinterm Lenkrad.

„Wollen wir deinem Heißluftföhn Ausgang gewähren?", fragte Ina todernst.

„Haben wir denn 'ne Wahl?"

Statt einer Antwort winkte Ina Hamza herbei.

Die Fahrertür flog auf und es dauerte nicht lange, bis der junge Türke vor den beiden Ermittlern stand. Er stemmte beide Hände in die Hüften, verzichtete jedoch ausnahmsweise auf einen Kommentar und beließ es bei einer wütenden Miene.

Ina deutete zum havarierten Mustang. „Angenommen, wir müssten noch ein Stück weiter in den Wald. Glaubst du, wir kommen an dem da vorbei?"

Hamza verzog das Gesicht, marschierte kurz in die entgegengesetzte Richtung und blieb stehen, um die Platzverhältnisse einzuschätzen. „Das kannste vergessen, Baby!"

Neben Ina prustete Jörn.

„Aber mal was ganz anderes: Was wollt ihr überhaupt mitten im Wald? Ihr habt doch, was ihr wolltet! Oder nicht?"

Nun stemmte Jörn seine Hände in die Hüften, drehte sich zu Ina und tat empört. „Genau, was haben wir eigentlich mitten im Wald zu suchen, Baby?"

In Inas Augen blitzte Mordlust auf. „Du kannst von Glück reden, wenn du den Wald lebendig verlässt." Ihre nächsten Worte galten Hamza und klangen ebenso bedrohlich: „Und du hörst gefälligst mit dem Blödsinn auf, sonst kannst du dich in dein Auto hocken und meinetwegen bis zum Sankt-Nimmerleins-Tag dort warten!"

„Jetzt mal ernsthaft", begann Jörn erneut. „Sollen wir zu fünft durch den Wald spazieren und Wagner in seiner Hütte überraschen?"

„Wir könnten auch Verstärkung rufen", grübelte Ina laut.

Was Hamza, der mitgehört hatte, auf den Plan rief. „Wir sind doch zu dritt, Ba…"

Ina fauchte dazwischen: „Noch ein einziges *Baby* und ich knall dich vor den Augen aller ab! Kannst du nicht einmal wie 'n normaler Mensch reden?"

Der junge Türke schaute geknickt drein und schürzte die Lippen.

„Trotzdem hat er irgendwie recht", mischte sich Jörn ein. „Im Übrigen sollten wir uns Wagner zunächst exklusiv vorknöpfen. Wenn der Blaulicht sieht, macht er womöglich sofort dicht."

Ina wirkte einen Moment unentschlossen. Plötzlich packte sie Jörn und zog ihn immer schneller beiseite. Hamza, der den Ermittlern wie ein treuer Hund folgen wollte, hielt sie mit einer energischen Handbewegung auf Abstand. Außer Hörweite fing sie dann an: „Du meinst, wir präsentieren Wagner seine Freundin und seinen – ich vermute mal – Lieblingskellner und das lässt ihn über kurz oder lang einknicken?"

„Ich würde es zumindest versuchen. Und ich weiß zufällig, dass da eine Hütte im Wald eine andere Wirkung haben kann als ein Verhörraum." Jörn sah zum Mustang hinüber, auf dessen Vordersitzen sich langsam Unruhe breitmachte. „Aber wir lassen die beiden schön in Handschellen marschieren. Wir setzen auf großes Drama, Baby!"

Ina ballte eine Faust und hielt sie Jörn direkt unters Kinn. „Du kriegst gleich dein Drama, du …"

„Ist ja gut! Sag mir lieber, was du von meinem Plan hältst. Und vergiss nicht, was passiert, wenn wir artig den Dienstweg beschreiten!"

„Alles dauert Ewigkeiten und manch ein Verdächtiger stirbt einfach an Altersschwäche, bevor wir zu Potte kommen", grübelte Ina laut. Nach einem Blick in sämtliche Richtungen zuckte sie mit den Schultern. „Was soll uns hier im Wald schon passieren? Könnte höchstens sein, dass jemand stolpert."

„Eben … und Verstärkung können wir immer noch rufen."

34

„Was ist denn jetzt wieder? Ich bin mit Stevie und Longus auf dem Weg nach Scharbeutz. Du hast doch selbst gesagt, wir sollen das Problem Wagner so schnell wie möglich lösen."

„Im Idealfall, bevor die Sache heute Abend steigt", bestätigte Günter Strebkowski. Dessen Stimme dröhnte aus den Lautsprechern der Freisprechanlage. Mit seinem folgenden Satz ließ er sich jedoch Zeit. „Ich hab hier noch ein anderes Problem, das du für mich lösen und hinterher entsorgen müsstest …"

„Wovon redest du, verdammt?"

„Details sind erst mal unwichtig. Am besten kommst du direkt vorbei, nachdem ihr mit Wagner fertig seid."

„Geht klar … sonst noch was?"

„Wo genau seid ihr?", wollte Strebkowski wissen.

„Kurz vor Bad Schwartau. Wir mussten Longus in Reinfeld abholen, weil der Idiot den ganzen Morgen zum Schneeschippen bei seiner Mutter war und seine Karre hinterher nicht mehr ansprang wollte."

„Hauptsache, ihr regelt das im Wald schnell und endgültig. Wenn das mit der Lieferung heute Abend klappt, dann haben wir erst mal für 'ne ganze Weile ausgesorgt. Sag das auch deinen Leuten! Und falls das Ganze reibungslos über die Bühne geht, rücke ich gerne ein paar Riesen extra raus ..."

***

Zur Begrüßung jubelte Ina regelrecht: „So sieht man sich wieder, Herr Wagner!"

Der hatte gleich nach dem ersten Klopfen die Tür der kleinen Hütte bereitwillig geöffnet und anfangs sogar gelächelt. Doch dieses Lächeln erstarb schlagartig, als er in die Mündungen zweier Dienstwaffen sah.

„Ganz langsam zurück und keine hektischen Bewegungen!", forderte Jörn den Mann auf, während er ihn nach hinten ins Innere der Hütte drängte.

Als Thomas Wagner dann in einen uralten Sessel krachte, traten auch seine Freundin, Malte und Hamza ein. Letzterer schloss die Tür und rieb erst mal intensiv die Hände aneinander. Auf einen seiner gewohnten Kommentare konnte er auch nicht verzichten: „Scheiße, ist das kalt draußen! Und alles nur für den Penner da."

Eine Bezeichnung, mit der Thomas Wagner gemeint war. Dessen Augen wanderten unentwegt von einer Person zur nächsten und blieben zuletzt an seiner Freundin kleben. „Alles in Ordnung bei dir, mein Schatz?"

„Nichts ist ‚in Ordnung'!", kam Jörn einer eventuellen Antwort zuvor. „Und wenn Sie uns weiter an der Nase herumführen, droht Ihnen und Frau Lamprecht für lange Zeit eine Aussicht durch Gitterstäbe."

„Wir haben Ihren Drogenvorrat und das Geld gefunden", ergänzte Ina. „Ich würde sagen, leugnen ist zwecklos, Herr Wagner."

Dessen hauptsächliches Interesse galt aktuell Malte, der auf einen fragenden Blick schulterzuckend reagierte. „Ich hab getan, was du gesagt hast! Hab deine Madame an der Promenade eingesammelt und wollte sie herbringen, aber ..."

„… das lief wohl ein bisschen anders als geplant", vollendete Ina genüsslich. Sie deutete auf einen Tisch mit vier Stühlen. Der größte Teil der wenigen Möbelstücke, die in der winzigen Hütte Platz fanden. In deren hinterster Ecke bollerte ein kleiner Ofen, der für wohlige Wärme sorgte. „Am besten setzen wir uns, denn das hier könnte ein bisschen länger dauern." Um Entspannung zu demonstrieren, zog Ina den Reißverschluss ihres Anoraks herunter. Während sich die anderen am Tisch niederließen, steuerte sie auf den zweiten Sessel zu und machte es sich dort bequem. „Fangen Sie einfach an, Herr Wagner … ich kann es gar nicht erwarten."

„Und ich hab keinen blassen Schimmer, was Sie von mir hören wollen!"

Ina linste kurz zu Jörn, der ihr mit einem flüchtigen Nicken auch weiterhin den Vortritt ließ. „Soll das bedeuten, wir haben uns in der Hütte geirrt? Sie handeln gar nicht mit Drogen, Ihr Bruder erfreut sich bester Gesundheit und Sie, der große Sternekoch, verbringen Ihren Urlaub vorzugsweise mitten im Wald?"

Wagner sah Ina an, als würde er an ihrem Verstand zweifeln. „Sie wissen rein gar nichts!", stieß er hasserfüllt hervor.

„Dann erklären Sie es mir! Wir können aber auch gerne Verstärkung rufen, Sie und Frau Lamprecht vorläufig festnehmen und abwarten, wie lange es dauert, bis einer von Ihnen im Untersuchungsgefängnis Besuch bekommt."

Wagners Miene verzog sich sorgenvoll. Was deutlich machte, dass er ein derartiges Szenario längst gedanklich durchgespielt hatte. Das Resultat war offensichtlich blanke Panik.

Diesen Umstand wollte sich Ina zunutze machen und lieferte bereitwillig einen Nachschlag: „Ja, Sie sollten davon ausgehen, dass Ihnen die Kontakte Ihrer Geschäftspartner auch hinter Gefängnismauern Unannehmlichkeiten bereiten. Wahrscheinlich noch leichter als draußen."

„Rede mit ihr!", flehte Beate Lamprecht, die noch immer in Handschellen am Tisch kauerte. Und auch Malte nickte aufgeregt, um dieser Aufforderung Nachdruck zu verleihen. Vermutlich sah er sich als Helfershelfer ebenfalls hinter Gittern und malte sich sein Schicksal in schillernden Farben aus.

Weil dennoch Stille herrschte, erhob sich Jörn von seinem Stuhl, durchquerte mit ein paar Schritten die Hütte und nahm auf der Sessellehne neben Ina Platz. Er musterte Thomas Wagner eingehend. „Meine Kollegin hat recht: Wenn Sie lieber schweigen, bleibt uns gar nichts anderes übrig, als den Dienstweg zu beschreiten. Und der endet für Sie – das verspreche ich Ihnen – auf jeden Fall erst mal im Untersuchungsgefängnis."

„Und wenn ich auspacke? Wer garantiert mir, dass ich nicht so oder so dort lande?"

Eine durchaus berechtigte Frage, wie auch der Blickwechsel zwischen Ina und Jörn verdeutlichte. Letzterer übernahm die Antwort: „Bis Ihre Widersacher selbst hinter Gittern sitzen, kümmern wir uns um Ihre Sicherheit."

„Hast unser Wort drauf, Alter!", fügte Hamza hinzu, der dafür extra aufgestanden war und Anstalten machte, sich auf der anderen Sessellehne neben Ina niederzulassen.

Jörn verscheuchte ihn mit wütenden Gesten und wollte schon fortfahren, doch Thomas Wagner kam ihm zuvor: „Wer ist der Clown eigentlich?"

„Der Clown haut dir gleich was auf die Glocke!", kam es von weiter hinten, wo Hamza inzwischen am schmalen Küchenbuffet lehnte.

„Einfach ignorieren", flüsterte Jörn, während er sich nach vorne beugte. „Und ansonsten sollten Sie endlich loslegen, Herr Wagner!"

„Wird aber ein bisschen dauern", stellte der Sternekoch müde lächelnd in Aussicht.

„Kein Problem!", erwiderte dieses Mal Ina und fiel zurück gegen die Sessellehne. „Solange der Ofen läuft und uns wärmt, haben wir alle Zeit der Welt …"

35

„Was ist das denn für 'ne Scheiße?", fluchte Longus, ein hagerer Typ mit sehnigen Armen, der im SUV auf dem Beifahrersitz hockte.

„Da hilft dir dein Allradantrieb auch nicht", steuerte Stevie von der Rückbank bei.

An einem Taxi, das mitten im Wald vor einem Berg meterlanger Holzstämme stand, kamen sie kurz zuvor gerade so vorbei. Doch ein ebenfalls zurückgelassener gelber Mustang stellte eine unüberwindbare Hürde dar.

„Das ist Wagners Karre", knurrte der Glatzkopf auf dem Fahrersitz, den alle aufgrund seiner ganzjährig vorhandenen Solariumbräune Toaster nannten.

Dieser Toaster spürte eine Hand auf der Schulter. „Ist doch perfekt, Digga! Strebkowski lag richtig: Wagner ist hier und wir krallen uns ein paar Riesen zusätzlich. Ich mach nicht wie beim letzten Mal einen für lumpige fünf Mille kalt."

Vorne auf dem Beifahrersitz hatte Longus ganz andere Sorgen. Er zeigte in den Fußraum. „Ist einem von euch aufgefallen, dass ich nur Turnschuhe anhab? Nach dem Schneeschieben bei meiner Mutter waren meine Stiefel klitschnass."

„Das ist allein dein Problem", kam es wenig mitfühlend von Toaster. Doch plötzlich veränderte sich dessen Stimme und er klang beinahe väterlich: „Außerdem hat Stevie recht … wenn wir den Zaster erst mal haben, kannst du dir auch 'n zweites Paar Stiefel leisten."

Bald darauf stapfte das Trio durch den verschneiten Wald. Stevie blieb kurz stehen und wedelte mit seinem Handy. Die anderen waren schon ein Stück weiter, deshalb musste er fast schreien: „Weiter nach links, sonst laufen wir Idioten an der Hütte vorbei und landen wieder auf der 76!"

Inzwischen dämmerte es. Einen großen Teil vom restlichen Tageslicht verschluckten die Bäume rundherum.

„Für den Mist lassen wir Strebkowski aber richtig bluten!", fluchte Longus und deutete auf Turnschuhe und Hosenbeine, die bis zu den Knien durchnässt waren. „Spätestens übermorgen lieg ich nämlich mit 'ner fetten Erkältung im Bett."

„Dann sag deiner Mutter, sie soll dich gut pflegen", kam es abermals wenig sensibel von Toaster. Der blieb jetzt stehen, drehte sich zur Seite und musterte seinen Kumpel Longus kopfschüttelnd. „Sag mal, was stimmt da oben in deiner Birne eigentlich nicht? Ich hab dir doch am Telefon gesagt, dass es in den Wald geht. Und da ziehst du Hirni Turnschuhe an?"

„Meine Stiefel waren …"

„Deine Stiefel interessieren mich 'n feuchten Dreck! Wenn ich demnächst zuverlässige Leute brauche, ruf ich dich garantiert als Letzten an, du Vollhorst."

„Haltet mal die Klappe!", rief Stevie, der neben einem gewaltigen Baumstamm verharrte. Durch mehrere Stämme zeigte er auf etwas, das die beiden anderen nicht sehen konnten.

Aber die Männer schlossen schnell zu ihm auf und folgten seinem ausgestreckten Finger.

„Das wird wohl die Hütte sein", murmelte Toaster zufrieden. Er klopfte Longus, der neben ihm stand, auf die Schulter. „Vielleicht hast du ja Glück und Wagner hat deine Schuhgröße. Der ist bestimmt nicht so blöd und läuft im Winter mit Turnschuhen rum."

Longus ließ sich die Idee eine ganze Weile durch den Kopf gehen. Am Ende dieser Gedanken grinste er breit und zog seine Pistole aus dem Hosenbund. Mit der hatte er einige Wochen zuvor einen zweiten Lübecker Dealer ins Jenseits geschickt – ebenfalls für läppische fünftausend Euro. Er lachte röhrend. „Dann lasst uns zusehen, dass die Dinger sauber bleiben, wenn wir Wagner das Licht auspusten."

***

Diese Sorgen waren unbegründet, denn im Inneren der Hütte trug Thomas Wagner Hausschuhe. Seine Stiefel standen neben dem Ofen, den Hamza kurz zuvor mit weiteren Holzscheiten gefüttert hatte. Gerade feierte der Ofen sein neues Futter mit lautem Knacken und Poltern, während er unverändert für wohlige Wärme sorgte.

„Fangen wir endlich an, Herr Wagner!", schlug Ina vor. „Inwieweit sind Sie in diesen Drogenhandel verstrickt?"

Ehe er antwortete, schaute Thomas Wagner zu Beate Lamprecht. Die nickte eifrig und konnte dieses Gehabe sogar mit einladenden Gesten unterstreichen, denn Jörn hatte ihr die Handschellen abgenommen. Wagner entließ lautstark den Atem, dann ging es zerknirscht los: „Begonnen hat es mit ein paar Tütchen Koks hier und da. Ich hab mir nichts dabei gedacht, weil doch mittlerweile fast alle reichen Säcke um die Wette koksen."

„Also war es zunächst so eine Art Nebenerwerb?", vergewisserte sich Ina.

Wagner nickte. „Stefan und ich haben am Telefon oft gelacht, weil es in Prag noch viel schlimmer zugeht. Außerdem saß er dort direkt an der Quelle und hat …"

„Was?", fragte Jörn angesichts plötzlichen Schweigens.

„Er hat 'nen Haufen Kohle mit Koks und den vielen bunten Spaßmachern verdient. Sein Gehalt wäre nur noch die Sahne obendrauf, meinte er mal zu mir." Wagner sah erneut zu seiner Freundin, erhielt von der wiederum Bestätigung und sprach mit deutlich festerer Stimme weiter: „Es kam also, wie es kommen musste. Ich hab Stefan gefragt, ob er mir was von dem Zeug schicken kann, damit mein eigener Handel auch ein bisschen lukrativer wird."

„Und? Hat er?", bohrte Ina.

„Als es die erste Zeit nur um mich und meine Kunden ging, reichte ein versteckter Boden in irgendeinem Kofferraum, damit mir der Stoff nie ausgeht."

Jörn stöhnte genervt, weil schon wieder Stille herrschte. „Wenn das in der Geschwindigkeit weitergeht, sitzen wir noch im Frühling hier. Sie sollten langsam mal auf den Punkt kommen, Herr Wagner!"

Der brauchte dieses Mal keinen Austausch mit seiner Freundin und hob nach einem tiefen Seufzer von Neuem an: „Ich hab irgendwann einen Lübecker kennen gelernt, der ziemlich dick im Geschäft ist und so gut wie alle Fäden in der Hand hält ..."

„Günter Strebkowski, den Taxiunternehmer?", fragte Ina.

Was Wagner verdutzt quittierte. „Sie kennen Strebkowski?"

Ina beließ es bei einem Nicken.

„Der Typ hat mich früher mit Stoff versorgt, wurde aber mit der Zeit immer gieriger. Nachdem ich länger nichts von ihm gekauft hatte, stand er plötzlich vor meiner Haustür und hat seltsame Fragen gestellt. Wahrscheinlich wusste er, dass es bei mir von Monat zu Monat besser lief." Wagner schielte zum Tisch hinüber, wo seine angebrochene Wasserflasche stand. „Kann ich vielleicht mal einen Schluck trinken?"

Jörn stemmte sich hoch, grapschte nach der Plastikflasche und warf sie in Wagners Schoß.

Nach ein paar Zügen war die Flasche komplett geleert, dann ging es weiter: „Strebkowski bekam große Augen, als ich ihm erzählt hab, für welche Preise ich den Stoff aus Prag kriege."

„Und aus heiterem Himmel wollte er ebenfalls von dort beliefert werden und hat Ihnen dafür eine saftige Provision garantiert", verlängerte Ina.

„Von da an hat er im Prinzip alles gemanagt. Und weil es immer mehr wurde, hat er das Zeug schon seit Monaten über Travemünde verschiffen lassen. Aber fragen Sie mich bitte nicht, wie genau das funktioniert. Ich bin nur ein kleines Rad im Getriebe."

Ina tauschte einen langen Blick mit Jörn, Letzterer übernahm: „Verraten Sie uns auch, wieso Ihr Bruder sterben musste? Wenn ich Sie richtig verstanden habe, kannten er und Strebkowski sich und man hat gemeinsam Geschäfte gemacht. Wieso …?"

„Da draußen ist jemand!", platzte Hamza dazwischen. Der langweilte sich schon länger und stand an einem der Fenster, das in den immer dunkler werdenden Wald zeigte.

„Wer sollte denn außer uns hier sein?", fragte Jörn mit unterdrückter Wut. Trotzdem erhob er sich und stapfte quer durch die Hütte, bis er neben Hamza ankam. „Ich sehe nichts!"

„Bist du blind, Alter? Da rechts, wo die zwei Bäume …"

Jörn wirbelte zu Ina herum. „Er hat recht, da draußen ist wirklich jemand."

„Könnten das Spaziergänger sein oder …?"

„Und wieso gehen die hinter 'nem Baum in Deckung?"

Jetzt schrillten auch bei Ina sämtliche Alarmglocken. Sie schoss aus dem kleinen Sessel hoch, zwängte sich am zweiten Exemplar, in dem Thomas Wagner wie angewurzelt saß, vorbei und dann die Wand entlang, bis sie seitlich vor einem anderen Fenster ankam. Von dort aus konnte sie lediglich einen kleinen Ausschnitt von Schnee und Bäumen erkennen. Dennoch registrierte sie, wie ein großer Schatten just in diesem Moment von einem Stamm zum nächsten huschte und hinter dem letzten zunächst verharrte.

Plötzlich bollerte es von außen gegen die Tür der Hütte.

Für Ina kam das einem Startschuss gleich. In einer fließenden Bewegung schob sie die linke Seite ihres Anoraks beiseite, öffnete den Sicherheitsriemen an ihrem Schulterholster und zog die *Walther P99* heraus. „Licht aus, Rollos runter!", brüllte sie. „Und wer unbewaffnet ist, sofort flach auf den Boden legen!"

36

„Da war mir der Schnee aber zehnmal lieber", raunte Kuhnert und deutete auf die Temperaturanzeige im Display. „Glauben Sie bloß nicht, dass ich freiwillig aussteige. In spätestens einer Stunde sind es Minusgrade im zweistelligen Bereich. Das ist nichts für einen alten Mann wie mich."

„Ist doch immer so, Chef: Erst fällt reichlich Schnee und dann folgt Dauerfrost", erwiderte Tobias Franke. Der hatte seinen Dienstwagen in Travemünde auf der Strandpromenade direkt neben der Lotsenstation geparkt. Bei gutem Wetter und klarer Sicht konnte man von hier aus die Flussmündung, fast den kompletten *Priwall* und einen Teil der Lübecker Bucht bewundern. Bei aufziehendem Nebel, Eiseskälte und Dunkelheit waren mit viel Fantasie nur ein paar besonders helle Lichter am gegenüberliegenden Ufer auszumachen.

Nach ausgedehntem Schweigen machte Hauptkommissar Kuhnert seinem Unmut aufs Neue Luft: „Wann lässt sich der Dampfer denn endlich blicken?"

„Wir können froh sein, dass der mindestens anderthalb Stunden früher als geplant ankommt. Schätze, die hatten es bei dem Wetter eilig oder Rückenwind."

„Und der Trailer ist definitiv an Bord?"

„Hundertprozentig! Einer unserer Lübecker Kollegen hat das Teil sogar gefilmt, als es in Lettland an Deck gezogen wurde."

„Ist der Kollege auch an Bord?"

„Da gabs offenbar Probleme bei der Buchung. Aber was soll denn während der Überfahrt passieren?", entgegnete Franke. „Falls unser Trailer baden geht, mieten die Jungs vom Drogendezernat garantiert ein U-Boot, um ..."

Kuhnert packte seinen jungen Kollegen am Unterarm und deutete durch die Frontscheibe. Linker Hand tauchten nach und nach neue Lichter auf.

„Das wird der Dampfer sein, Chef. Wollen wir aussteigen und zur Begrüßung winken?"

Kuhnert fiel zurück gegen die Lehne, verschränkte die Hände zwischen Kopf und Stütze und schloss die Augen. „Von mir aus winken Sie. Ich bleib hier sitzen und genieß die Wärme – dauert sowieso noch ewig, bis was passiert ..."

***

Unmittelbar nach Inas Aufforderung hatten sich Beate Lamprecht und Malte unter dem Tisch verkrochen. Wagner rutschte vom Sessel, verbarg sich dahinter und sah die restlichen Beteiligten abwechselnd an. In seinem Gesicht machte sich neue Panik breit. Der Mann war zweifellos zum Koch, aber bestimmt nicht zum Revolverhelden geboren.

Jörn kniete auf dem Boden neben Ina und zeigte zur Tür, an der es kurz zuvor geklopft hatte: „Ich hab durch mein Fenster einen Typen gesehen, du durch das andere einen weiteren ... die müssen also mindestens zu dritt sein, wenn da eben nicht der Wind angeklopft hat."

Ina nickte. Sie war mit ihrem Smartphone beschäftigt und wirkte zumindest ein Stück weit erleichtert, als sie es jetzt tuten hörte.

Zweimal, dann meldete sich jemand: „Hast du schon wieder Sehnsucht nach deinem Clemens?"

„Wir brauchen hier sofort Verstärkung!", begann Ina ohne Begrüßung. „Ich hab dir eben unsere GPS-Koordinaten geschickt. Wir sind mitten im Wald und unsere Streifenkollegen werden es auf dem Weg hierher verdammt schwer haben. Am besten schickst du auch 'nen Heli."

„Was ist denn bei dir los, Ina? Wieso …?"

Eins der Fenster zerbarst explosionsartig. Das dafür verantwortliche Projektil schlug in die Tür eines Küchenschranks ein. Sofort fuhr ein eisiger Luftzug durch die Hütte.

„Wird da bei euch etwa geschossen?", fragte Clemens und gab sich gleich mehr oder weniger selbst die Antwort: „Leg auf! Ich alarmiere alles, was fährt oder fliegt."

„Was war das denn eben?", wollte Hamza wissen. Er hatte es im Kriechgang bis an Jörns Seite geschafft. „Wieso ballern die gleich drauflos und verhandeln nicht erst mal?"

Ina, der anzusehen war, dass sie es gar nicht glauben konnte, fauchte zurück: „Leg dich gefälligst hin und rühr dich nicht vom Fleck! Oder bist du scharf auf 'ne Kugel?"

Der junge Türke schien gar nicht zu hören. Er deutete auf Jörns Dienstwaffe, deren Mündung nach unten zeigte. „Mach doch die Tür auf und baller zurück! Oder gib mir das Ding, dann werden die Idioten da draußen schon sehen, was sie davon haben."

„Bist du völlig bescheuert?" Selbst im Halbdunkel war zu erkennen, dass Jörns Gesicht vor Aufregung und Wut beinahe glühte. „Wir sind hier nicht in irgendeinem *Tarantino*-Film. Wer hier was abkriegt, bleibt liegen und stirbt bei solchen verrückten Aktionen."

Erneut bollerte es von außen gegen die Tür. Zeitgleich folgte ein weiterer Schuss, der wieder von rechts kam und das Fenster – oder das, was davon übrig war – durchschlug. Dieses Mal ging ein Tongefäß zu Bruch, das in einem Küchenregal stand.

„Ohren zuhalten!", forderte Ina alle in der Hütte auf. Sie selbst neigte ihren Kopf zur Seite, bis ihre Schulter ihr rechtes Ohr halbwegs verschloss. Für das linke nahm sie einen Finger zu Hilfe. Danach feuerte sie in kurzen Abständen und in unterschiedlicher Höhe auf die hölzerne Tür der Hütte. Da es sich um Vollmantelgeschosse handelte, hinterließen die Projektile dort lediglich vier kleine Löcher. Und ein schmerzerfülltes Stöhnen, denn offenbar hatte sie jemanden getroffen, der vielleicht abermals klopfen wollte oder Schlimmeres vorhatte …

***

„Wagner hat auch 'ne Knarre", brüllte Stevie und hielt Ausschau nach Toaster.

Der war noch damit beschäftigt, sich von Baum zu Baum vorzuarbeiten, und verharrte wenige Stämme von seinem Kumpel entfernt. Mittlerweile war es zwar dunkel, aber der Schnee sorgte für einigermaßen gute Sichtverhältnisse.

„Was jetzt?", fragte Stevie mit einem Anflug Panik in der Stimme. „Longus hat's erwischt."

In der Tat hatten die beiden Männer mit angesehen, wie der Dritte im Bunde einen Bauchschuss einstecken musste. Longus war ein paar Schritte nach hinten getaumelt und zu Boden gegangen. Inzwischen robbte er auf der Suche nach Deckung über Eis und Schnee und hinterließ eine deutlich sichtbare Blutspur.

„Wusstest du, dass Wagner bewaffnet ist? Es war nie die Rede davon, dass er sich wehrt. Wieso …?"

„Jetzt halt endlich die Klappe!", fauchte Toaster dazwischen. Er zeigte zur Hütte und sprach von nun an, als hätte er es mit einem Hilfsschüler zu tun: „Wir sind an Wagners Karre und an 'nem Taxi vorbeigekommen. Schon vergessen?"

Stevie machte einen Hechtsprung, dann noch einen. Nach dieser akrobatischen Einlage kauerte er hinter einem Baumstamm direkt neben Toaster. „Also meinst du, er hat Verstärkung angeheuert?"

„Sieht so aus."

„Und wie soll's jetzt weitergehen? Du erwartest doch hoffentlich nicht, dass ich so verrückt bin und die Hütte zusammen mit dir stürme, oder?"

Auf dieser Frage kaute Toaster länger herum. Sein Gesicht verzog sich zu einer wütenden Fratze, wobei die nichts mit seinem Mitstreiter zu tun hatte. „Strebkowski lässt uns hier ins offene Messer rennen, während er auf seinem fetten Arsch hockt und mit ein paar lumpigen Scheinchen wedelt."

„Eben! Ich riskier bestimmt nicht meinen Kopf und ..." Stevie verstummte mitten im Satz, weil in einiger Entfernung ein Hubschrauber zu hören war.

„Der ist auf dem Weg hierher", murmelte Toaster, nachdem er eine Weile in die Ferne gehorcht hatte. Inzwischen trug der Wind auch das Jaulen von mindestens zwei Martinshörnern vor sich her.

„Verdammte Scheiße!", fluchte Stevie. „Bis zum Auto brauchen wir locker 'ne Viertelstunde."

Toaster nickte, ließ sich mit seiner Entscheidung allerdings ein wenig Zeit. Das Fazit war ein Kopfschütteln. „Dann lass uns! Schnell und tief ... wie früher in der Schule."

„Und was ist mit Longus? Wir können das arme Schwein doch nicht einfach liegen lassen und verschwi…"

„Was interessiert mich Longus?", unterbrach Toaster erneut und grinste dazu. „Wieso ist er auch so blöd und steht 'ner Kugel im Weg?"

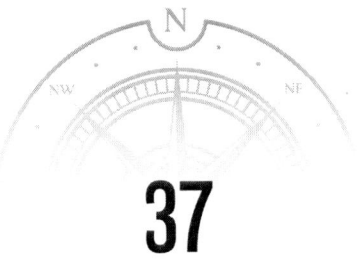

37

Im Inneren der Hütte hatte sich der verbrannte Geruch, der von vier Schüssen herrührte, gerade erst gleichmäßig verteilt, da gab Inas Smartphone einen Signalton von sich. Eine Textnachricht, die sie eilig überflog und danach Jörn über deren Inhalt aufklärte: „Wir haben Glück ... über der A1 war Höhe Bad Schwartau ein Polizeihubschrauber im Einsatz. Der ist längst unterwegs hierher und veranstaltet wenigstens ein bisschen Radau von oben."

„Ich kann das Ding schon hören", rief Hamza, der unter einem der Fenster kauerte. Immer wieder stemmte er sich hoch, checkte das nähere Umfeld und tauchte ebenso schnell in seine Deckung ab.

Trotz dieser – für sich betrachtet – guten Nachrichten machte Jörn keinen erleichterten Eindruck. „Was meinst du? Versuchen die trotzdem zu stürmen?"

„Kann ich mir nicht vorstellen. Das eben hörte sich an, als hätte ich einen von den Typen getroffen und ..."

„Der Feigling ist durch den Schnee gerobbt und liegt hinter 'nem Baum", vermeldete Hamza, der just von einem seiner Kurzausflüge übers Fensterbrett zurückgekehrt war. Er präsentierte das Grinsen eines Westernhelden. „Da draußen im Schnee leuchtet alles wie am helllichten Tag. Ich kann sogar sehen, wo …"

„Sei ruhig!", knurrte Jörn und wandte sich wieder direkt an Ina. „Hat dein Clemens auch was von Streifenkollegen geschrieben, die auf dem Weg sind?"

Ina hob den Kopf und lauschte in die Ferne. Jetzt deutete sie in eine Ecke der Hütte, aus der das gewünschte Geräusch zu kommen schien. „Die werden noch ein paar Minuten brauchen, sich aber schon irgendwie zu uns durchschlängeln."

„Darf ich vielleicht auch mal was sagen?", maulte Hamza, der mittlerweile dauerhaft vor dem Fenster stand. „Die restlichen Typen machen sich gerade vom Acker."

Jörn richtete sich auf, bezog neben dem Fenster Position und warf zunächst etliche vorsichtige Blicke nach draußen. Die wurden immer länger und irgendwann blieb auch er einfach stehen, um die nähere Umgebung genauer zu taxieren. „Unser *Möchtegern-Django* hat recht: Der Schnee leuchtet dermaßen, ich kann fast alles erkennen."

Ina erhob sich ebenfalls, ging zu einem anderen Fenster und sah hinaus, während sie Clemens' Nummer wählte.

Der Kieler LKA-Mann meldete sich mit besorgter Stimme: „Alles in Ordnung bei dir?"

„Scheinbar wollen sich die bösen Jungs aus dem Staub machen. Kannst du veranlassen, dass hier rundherum alles abgesperrt wird?"

„Ist längst erledigt, Ina!"

Vor ihren nächsten Worten zögerte die kurz. „Wie's aussieht, hab ich einen der Typen erwischt. Also brauchen wir auch einen Rettungswagen."

„Der ist ebenfalls unterwegs, kommt allerdings aus der anderen Richtung."

„Woher weißt du, von wo wir gekommen sind?"

„Die erste Streifenwagenbesatzung, die dort eintraf, steht mitten im Wald vor einem regelrechten Fuhrpark. Da war mir klar, dass eins der Autos zu euch gehört. Nordöstlich der Hütte führt etwa zwanzig, maximal dreißig Meter entfernt ein Forstweg vorbei und ich denke, das schaffen die Kollegen."

Nach und nach machte sich in Ina Entspannung breit. Auf die nächste Frage hätte sie gerne verzichtet, aber sie konnte einfach nicht anders: „Hast du trotzdem dafür gesorgt, dass ein paar Einsatzkräfte den Fuhrpark im Auge behalten und …"

„… Ausschau halten, ob sich dort was tut?", vollendete Clemens. „Da müssten inzwischen mehrere Streifenwagen vor Ort sein. Und jetzt genug, Ina! Ich hab zu tun und muss von hier alles koordinieren."

„Was sagt dein Freund?", fragte Jörn, nachdem das Telefonat beendet war.

„Wenn's gut läuft, schnappen wir uns die anderen. Clemens hat das Ganze offenbar bestens im Griff."

Über Jörns Gesicht huschte ein Lächeln, aber dies war kaum der richtige Zeitpunkt für grenzwertige Späße. Stattdessen sah er Ina bewundernd an. „Das mit den Schüssen auf die Tür war 'ne gute Idee. Schätze, damit haben wir 'ne kleine Verschnaufpause gewonnen. Bleibt nur ein Problem …"

Ina runzelte die Stirn.

„Egal, ob der Typ tot oder bloß verletzt ist – wenn er selbst oder seine Familie hinterher einen halbwegs gewieften Anwalt anheuert, droht dir gewaltiger Ärger."

„Inwiefern?"

„Er könnte behaupten, dass er mit den anderen überhaupt nichts zu tun hatte und hier geklopft hat, um ein Zeitschriften-Abo zu verkaufen. Und wir müssen ihm das Gegenteil beweisen."

Aus Inas Stirnfalten wurden tiefe Gräben. „Das Märchen glaubt ihm doch niemand."

„Ich hab schon ganz andere Märchen gehört und weiß von Kriminellen, die grinsend und mit 'ner fetten Entschädigung aus dem Gerichtssaal marschiert sind. Im Gegenzug durfte ein Kollege seine Marke abgeben und grinst wahrscheinlich nicht mehr."

Ina war anzusehen, dass sie das Diskutieren satthatte. In Sachen Tonfall mühte sie sich um einen Hauch von Zuversicht. „Wollen wir dann mal nach unserem Verletzten suchen?"

„Aber streng nach Vorschrift, Frau Drews! Egal, wie schwer verletzt … so einer kann immer noch enormen Schaden anrichten."

***

In Travemünde hatte das Fährschiff der *Stena Line* längst festgemacht. Von Eile getrieben und Routine begünstigt, war der Entladevorgang bereits in vollem Gange. Hauptkommissar Kuhnert und sein junger Kollege waren unterdes umgezogen und standen mit ihrem Wagen hinter dem Terminal der Bahnverladung. Von hier aus konnten sie das von starken Scheinwerfern in grelles Licht getauchte Spektakel optimal mitverfolgen.

„So einen Job im Hafen möchte ich nicht geschenkt haben. Bei jedem Wetter und zu jeder Uhrzeit schuften? Bin ich froh, dass mein alter Herr damals meinte, ich soll lieber zur Polizei gehen. Stellen Sie sich mal vor, ich hätte …"

„Moment!", stoppte Franke den Redefluss seines Chefs. Dabei drückte er den kleinen Kopfhörer, über den er mit der Einsatzleitung verbunden war, fester ins Ohr. „Unser Trailer rollt als nächster von Bord."

Tatsächlich erschien auf der riesigen Rampe zunächst die leuchtend gelbe Front eines sogenannten *Pickers*. Speziell ausgerüstete Zugmaschinen ohne jeden Komfort, die nichts anderes zu tun haben, als einen Trailer nach dem anderen von Bord der Fähre zu ziehen und in Reih und Glied aufzustellen. Im Normalfall fand sich dann schnell ein weitaus komfortableres Gefährt ein, das den Trailer samt Fracht an seinen endgültigen Bestimmungsort bringen würde.

„Das Kennzeichen stimmt überein!", jubelte Franke, nachdem er eine weitere Nachricht über den Ohrhörer erhalten hatte. „Jetzt müssen wir nur noch warten, bis jemand Sehnsucht nach seiner Ladung bekommt."

„Wie lange das wohl dauert", maulte Kuhnert. Er fischte einen angebissenen, halbherzig eingewickelten Schokoriegel aus der Tasche und fluchte, als kurz darauf sämtliche Finger aneinanderklebten. „Wie bin ich bloß auf die Idee gekommen, mir den Blödsinn hier anzutun? Ich könnte ebenso gut zu Hause auf dem Sofa liegen, auf Ihren Anruf warten und …"

Franke fuhr lachend dazwischen: „Da Sie mit aufs Foto wollen, wäre das ziemlich knapp, wenn ich Sie erst mal vom Sofa holen müsste. Außerdem glaube ich nicht, dass die ihren Schatz lange stehen lassen. Hier ist zwar alles umfangreich gesichert, aber angeblich kommt trotzdem jeden Tag was weg."

„Wen wundert's?" Kuhnert schaute hinüber zur Rampe, über die bereits weitere Trailer den Schiffsbauch verlassen hatten. „Ich hätte mir was Vernünftiges zu essen einpacken sollen. Von diesen Schokoriegeln krieg ich zuerst Sodbrennen und dann Verstopfungen."

Neben ihm hantierte Tobias Franke schon wieder an seinem Knopf im Ohr herum. Sicher auch, um nicht noch weitere Details über die Verdauung seines Chefs zu erfahren, hob er die Hand, um ihm Ruhe zu gebieten. „Das ist ja der Hammer!"

„Was ist los?", fragte Kuhnert, während die Hand Stück für Stück nach unten sackte.

Mit der Antwort dauerte es jedoch etwas. Frankes Gesicht glühte im Licht der Armaturen, als er endlich damit herausrückte: „Zwei Kollegen hocken vorne in der Dispo, also direkt an der Quelle. Dort hat sich eben ein Fahrer eingefunden, der unseren Trailer jetzt schon abholen will …"

„Dann wollen die das Teil gar nicht hier rupfen? Sagen Sie nicht, das war von Anfang an so geplant!"

„Ich weiß es doch selbst nicht!"

Was den Hauptkommissar noch weiter aufbrausen ließ: „Heißt das, im schlimmsten Fall setzt sich der ganze Tross in Bewegung und folgt einem Trailer, bis der irgendwo wieder stehen bleibt?"

Tobias Franke überlegte kurz und nickte dann widerwillig.

„So eine gequirlte Schei…"

„Der Fahrer sattelt bereits auf", unterbrach Franke seinen Chef und den Rest von dessen geschmackvoller Zusammenfassung. „Die Einsatzleitung hat Marschbefehl gegeben, sobald der Trailer losrollt."

„,Marschbefehl'? Die ticken doch nicht mehr ganz richtig!"

38

„Komm bloß nicht auf die Idee, hier den Helden zu spielen!", ermahnte Ina ihren Kollegen, bevor sie zur Klinke der Hüttentür langte. Sie sah Jörn streng an. „Wir huschen raus, schauen uns erst mal um und legen notfalls sofort den Rückwärtsgang ein. Verstanden?"

An Jörns Stelle nickte Hamza. Der hatte sich direkt hinter den Ermittlern aufgebaut und schien vor Tatendrang beinahe zu platzen.

„Du bleibst schön hier drinnen und kümmerst dich um die anderen!", bekam auch er eine klare Anweisung von Ina. Ohne eine Reaktion abzuwarten, drückte sie die Klinke herunter, zog die Tür einen Spalt nach innen auf und spähte ins Freie. Auf den Holzstufen unmittelbar vor ihr waren deutlich Blutspuren zu erkennen. Die setzten sich durch den Schnee fort und endeten hinter einem mächtigen Baum, der höchstens zehn Meter entfernt stand – vermutlich seit Jahrzehnten.

In diesem Moment flog der georderte Hubschrauber zum dritten Mal mit dröhnenden Turbinen über die kleine Hütte und entschwand nach Süden. Zweifelsohne stand der Pilot mit den übrigen Einsatzkräften in Funkkontakt und würde in Kürze erneut die im Wald zurückgelassenen Autos überfliegen.

Als der Lärm nachließ, schob sich Jörn – seine Dienstwaffe wie Ina in beiden Händen haltend – mit vorsichtigen Schritten nach draußen. Auf dem hölzernen Absatz rechts neben der Tür blieb er stehen und taxierte mit ruckartigen Bewegungen das nähere Umfeld.

Ina tat es ihm gleich, übernahm jedoch die linke Seite. Ihr Blick flog in sämtliche Richtungen und verharrte dann wieder auf dem Baum, neben dem die Blutspur endete. Dort waren zwei Füße zu sehen.

„Sag mal … kann es sein, dass der Typ bei dem Wetter Turnschuhe trägt?", flüsterte Jörn.

„Meinetwegen kann er auch barfuß durch den Wald laufen", zischte Ina zurück. Sie wollte gerade fortfahren, als neben ihr Hamza in der offenen Tür auftauchte. Die vorangegangene Ermahnung war entweder nicht bei ihm angekommen oder hatte längst an Wirkung verloren. Und weil sie keine Lust hatte, den lebensmüden Türken ein weiteres Mal in die Schranken zu weisen, ließ sie ihn einfach gewähren.

Jörn hatte derweil seine Position verlassen und machte in leicht gebückter Haltung einen Schritt nach dem anderen. Unter den Sohlen seiner Stiefel knirschte der Schnee.

Ina setzte sich ebenfalls in Bewegung. Nach wenigen Metern fiel ihr etwas Dunkles auf, das links von ihr im Schnee lag. Eine Pistole, wie sie sofort erkannte. Hamza, der direkt hinter ihr war, hatte die auch entdeckt und wollte sich schon danach bücken.

„Denk nicht mal dran!", fauchte Ina. Sie machte einen Ausfallschritt zur Seite, beugte sich hinab und bekam die Pistole beim ersten Versuch zu fassen. Das Teil war gesichert, stellte sie fest und verstaute es in der Außentasche ihres Anoraks. „Ich hab hier 'ne Pistole gefunden!", informierte sie Jörn.

Der war rechter Hand bereits ein gutes Stück weiter und nickte zur Bestätigung. Dennoch hielt er seine Waffe unverändert fest umklammert und richtete deren Mündung auf den mächtigen Baumstamm. Seine Fußabdrücke bildeten einen sauber gezogenen Halbkreis, an dessen Ende er zweifellos herausfinden würde, was dahinter auf die Ermittler wartete.

Unterdessen machte sich in Inas Eingeweiden ein mulmiges Gefühl breit. Für die abgefeuerten Schüsse würde sie sich ohnehin rechtfertigen müssen. Wenn dadurch jemand ums Leben gekommen war, dann drohten ihr auch disziplinarische Konsequenzen.

„Keine Bewegung, Freundchen!", brüllte Jörn ein paar Meter entfernt.

Eine Aufforderung, die bei Ina für Erleichterung sorgte. Schließlich würde ihr Kollege einen Bewusstlosen oder Toten sicher nicht auf diese Weise ansprechen.

Weil sich Jörn dem Baum von rechts näherte, folgte Ina seinem Beispiel auf dessen linker Seite. Die beiden kamen etwa gleichzeitig an und fanden zu ihren Füßen einen Mann vor, der wie bestellt ein tiefes Stöhnen von sich gab.

Hamza hatte den Baum ebenfalls umrundet und fühlte sich wohl für den ersten Kommentar zuständig: „Boah … hat der viel Blut verloren. Ich wette, der nippelt jeden Moment ab."

Jörn, der wie Ina neben dem Verletzten kniete, sah wutentbrannt zum jungen Türken auf. „Und wenn er noch länger hier rumliegt, erfriert er uns wahrscheinlich, bevor er verblutet. Also pack lieber mit an und laber nicht rum!"

Hamza wich ein Stück zurück. „Der Typ wollte uns abknallen. Wieso lasst ihr ihn nicht einfach liegen?"

Eine Antwort darauf hielt Jörn für überflüssig und beschränkte sich auf drängende Gesten. Nachdem er den Körper des Mannes nach weiteren Waffen abgetastet hatte, stemmte er sich hoch und packte das Ende, an dem die durchnässten Turnschuhe steckten.

Ina nahm einen Arm und die dazugehörende Schulter und wartete, bis Hamza endlich nach dem zweiten langte.

„Schön vorsichtig!", mahnte Jörn, als sie kurz darauf rund achtzig Kilo über den Waldboden manövrierten. Vor den Stufen der Hütte kamen ihnen Malte und Thomas Wagner zu Hilfe. Gemeinsam schafften sie es, den völlig erschlafften Körper bis vor den kleinen Ofen zu bugsieren.

„Ich frag mal nach, wo der Notarzt bleibt", sagte Jörn und verschwand zum Telefonieren wieder vor die Tür.

„Wir brauchen eine Wolldecke", brüllte Ina, die erneut neben dem Verletzten kniete. Sie sah zu Thomas Wagner hinüber, der keinerlei Anstalten machte und stattdessen wie erstarrt mitten in der Hütte stand. „Na los! Irgendeine Decke wird sich doch finden lassen, oder?"

Draußen vor der Hütte erklangen gleich mehrere Stimmen. Dem Tonfall nach handelte es sich um die herbeigesehnte Verstärkung. Ein in die Jahre gekommener Polizeihauptmeister stürmte herein und hatte wohl Anweisung von Jörn, Ina beizustehen.

Der Mann kniete sich auf der anderen Seite neben den Verletzten, zog routiniert an dessen Kleidung und legte eine Schusswunde etwa in Hüfthöhe frei. „Sieht gar nicht mal so dramatisch aus", war das erste Fazit.

Ina schaute ihren Kollegen prüfend an. „Klingt, als hättest du Erfahrung."

„Ausgebildeter Ersthelfer", kam es selbstbewusst zurück. „Im Schützenverein, beim Sport … da hab ich im Laufe der Jahre weit schlimmere Verletzungen gesehen."

Als wollte er das bestätigen, öffnete der Mann vor Ina die Augen, hustete und sah sie fragend an.

Sie hatte kein Problem damit, dieses Gehabe zu übersetzen. „Ihre Freunde sind weg und haben Sie im Stich gelassen."

Der Mann versuchte, sich aufzurichten, und stöhnte dabei. Bei diesem Unterfangen half Ina auf der einen und ihr uniformierter Kollege auf der anderen Seite. Nachdem der Mann dann an der Wand der Hütte lehnte, verzog sich sein Gesicht zu einem verbitterten Lächeln. „Sind die Scheißkerle wirklich weg?"

Ina nickte. „Und wenn Sie die ganze Geschichte nicht allein ausbaden wollen, sollten Sie schleunigst mit mir reden. Falls Sie uns weiterhelfen, bin ich im Gegenzug bereit, auch etwas für Sie zu tun."

„Was wollen Sie denn wissen?", erklang es nach kurzem Überlegen keuchend.

„Fangen wir am besten mit Ihrem Namen an.“

„Lothar Groß … aber alle nennen mich Longus.“

Vor der Hütte wurden erneut Stimmen lauter. Durch das hintere Fenster sah Ina schon seit geraumer Zeit Blaulicht flackern.

Ein Notarzt eilte herein, begleitet von zwei Rettungssanitätern. Ina und ihr uniformierter Kollege durften sich gleich etwas anhören: „Machen Sie Platz, das ist ab sofort mein Patient!“

„Ich hab nur noch eine Frage“, platzte es aus Ina hervor. Die drei Helfer hielt sie mit ausgestreckter Hand auf Abstand. „Steckt Günter Strebkowski hinter allem?“

Longus schaute auf, sein Gesicht verdeutlichte neue Schmerzen. Dann nickte er.

„Jetzt reichts aber!“, stellte der Arzt klar und schob Ina mit mehr oder weniger sanfter Gewalt beiseite.

Während sich das dreiköpfige Team um den Verletzten kümmerte, fiel Ina Wolle ein, der sich – trotz unzähliger Anrufe – bislang nicht bei ihr zurückgemeldet hatte. Sie zwängte sich zwischen den drei orange-gelb-reflektierenden Jacken hindurch und schaffte es, Longus' Blick einzufangen. „Sagt Ihnen der Name Wolle etwas?“

„Ich injiziere ihm gleich eine Dosis, die ihn lahmlegt“, hob der Arzt mahnend an. Zum ersten Mal hatte der Mediziner auch ein schwaches Lächeln im Repertoire. „Also stellen Sie Ihre Frage und dann lassen Sie uns endlich in Ruhe unsere Arbeit machen!“

„Wolle oder auch Wolfgang Petersen“, erneuerte Ina hektisch. „Der Mann ist Mitte siebzig und fährt für Strebkowski Taxi.“

Longus verzog das Gesicht. Er fing an, den Kopf zu schütteln, verharrte jedoch in der Bewegung. „Ich hab vorhin im Auto was mitgekriegt“, erklärte er hustend. „Den Namen Wolle hab ich noch nie gehört, aber Strebkowski hat am Telefon von 'nem Problem geredet, das entsorgt werden müsste.“

Inas Stimme nahm beinahe hysterische Ausmaße an. Nebenbei hielt sie den Arzt am Arm fest, damit der seinem Patienten keine Spritze geben konnte. „Und Sie haben wirklich nicht mitgekriegt, um wen es bei der *Entsorgung* ging?“

Longus' Mund klappte auf und schloss sich unverrichteter Dinge wieder. Er verdrehte die Augen, was für eine bevorstehende Ohnmacht sprach.

„Jetzt bin ich dran!", erklärte der Arzt energisch und riss seinen Arm aus der Umklammerung.

„Ja, natürlich … sorry." Gerade so, als hätte man sie ebenfalls betäubt, taumelte Ina quer durch die Hütte und stolperte nach draußen. Dort fiel sie Jörn in die Arme.

„Was ist passiert?", fragte er besorgt.

„Wolle", war das Einzige, was Ina mühsam hervorstieß.

„Was ist denn mit ihm?"

„Ich glaube, es hat ihn erwischt."

„Verdammter Mist!" Jörn machte eine kurze Pause und fuhr gequält fort: „Ich weiß, das passt jetzt nicht ganz … aber es gibt auch positive Neuigkeiten."

Auf eine Nachfrage verzichtete Ina.

„Unsere Streifenkollegen haben einen Mann festgenommen, als der gerade den SUV besteigen wollte."

„Und der zweite Kerl?"

„Ist wohl getürmt."

„Gabs Verletzte?"

Jörn schüttelte den Kopf. „Dem Typen war wohl klar, dass Widerstand keinen Sinn macht. Der schreit lauthals nach einem Anwalt und kriegt ansonsten das Maul nicht auf."

„Also wie immer", kommentierte Ina und schenkte ihrem Kollegen ein müdes Lächeln. Ihren aktuellen Seelenzustand konnte sie damit jedoch nicht kaschieren, wie Jörns nächste Frage bewies.

Er sprach leise und wirkte gleichermaßen geknickt: „Du würdest dich am liebsten sofort auf die Suche nach Wolle machen, richtig?"

„Ich finde, das sind wir ihm schuldig."

Jörn nickte zwar, hatte aber dennoch Bedenken. Über seine Schulter deutete er zur Hütte. „Wir haben Wagner vorhin versprochen, dass wir für seine Sicherheit sorgen und …"

„Dann bleiben er, seine Freundin und von mir aus auch sein Lieblingskellner eben hier – mit ein paar Kollegen, die für Schutz sorgen."

„Und Hamza?", fragte Jörn grinsend.

Diesem Anflug von Frohsinn konnte sich auch Ina nicht widersetzen. „Den lassen wir als Verstärkung hier." Sie fischte die sichergestellte Pistole aus ihrer Anoraktasche. „Hast du zufällig 'nen Sheriffstern dabei?"

Jörns Augen weiteten sich. „Du willst doch dem Knallkopf nicht ernsthaft 'ne Waffe geben?"

„Natürlich nicht, aber dein Gesicht war den Spaß allemal wert."

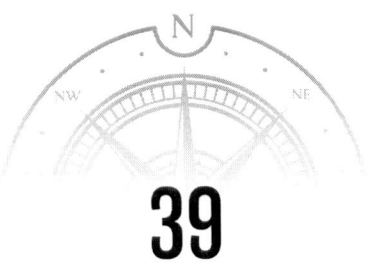

39

Seit ihrem Aufbruch in Travemünde war über eine Stunde vergangen. Ein regelrechter Tross von zivilen Polizeifahrzeugen folgte einem Trailer mit weißrussischem Kennzeichen in sicherem Abstand über die nächtliche A1. Inzwischen hatten sie die Abfahrt Stapelfeld erreicht, bis zur Stadtgrenze von Hamburg waren es nur noch ein paar Kilometer.

Kuhnert hatte hauptsächlich geschwiegen oder unverständliches Zeug vor sich hin gegrummelt. Jetzt hatte er wieder etwas zu mosern und sprach dafür klar und deutlich: „Wenn Sie noch langsamer fahren, ist Ihr Trailer längst über die *Elbbrücken*, während wir nicht mal an Billstedt vorbei sind."

„Keine Panik! Unsere Kollegen haben das Ding mit einem GPS-Sender ausgestattet, schon bevor es von der Fähre gerollt ist. Sie machen sich viel zu viele Gedanken", beruhigte Franke seinen Chef.

Der rutschte auf seinem Hinterteil ein Stück nach vorne und verstellte die Rückenlehne, bis er fast lag. Die Hände vor der Brust verschränkt folgte sein vorerst letzter Kommentar: „Gute Nacht! Wecken Sie mich, wenn die Sonne aufgeht und es Kaffee und belegte Brötchen gibt."

Minutenlang waren nur das regelmäßige Brummen des Motors und die Abrollgeräusche der Reifen zu hören. Dann klingelte leise ein Handy und wanderte summend durch die Mittelkonsole.

„Das ist Ihrs, Chef. Anscheinend hat Frau Drews Sehnsucht nach Ihnen", erklärte Franke und hielt Kuhnert das Smartphone entgegen.

Der richtete sich nicht mal auf, als er das Gespräch annahm. „So spät noch unterwegs? Was gibts denn?"

„Kann jemand mithören oder sind wir unter uns?", fragte Ina.

Kuhnert schielte nach links. Obwohl sein Kollege keinerlei Interesse an dem Gesprächsinhalt demonstrierte, wechselte der Hauptkommissar vorsichtshalber das Ohr. Ferner brachte er die Rückenlehne in senkrechte Position und saß anschließend stocksteif auf dem Beifahrersitz „Letzteres … und jetzt sag schon, wo brennt's?"

Diese Aufforderung zog einen minutenlangen Monolog nach sich. Die Ereignisse in Scharbeutz, bis zur Ankunft vor einer kleinen Hütte mitten im Wald, fasste Ina in knappen Sätzen zusammen. Erst für die Geschehnisse danach – den glimpflichen Ausgang einer Schießerei und die Festnahme zweier Männer – brauchte sie wesentlich länger.

Die Lübecker Kommissare hatten inzwischen das *Kreuz Hamburg-Ost*, also die ersten Ausläufer der Metropole passiert, da machte Ina zum ersten Mal eine Pause. Kuhnert nutzte die Gelegenheit: „Zuerst mal bin ich froh, dass ihr alle unverletzt seid. Weißt du schon, wie es bei euch weitergeht?"

„Das ist noch nicht alles", kam Ina mit einer neuen Einleitung daher. „Dieser Günter Strebkowski scheint nicht nur der Drahtzieher zu sein, er organisiert sogar die Transporte aus dem Ausland."

„Wer sagt das?"

„Wagner. Er kennt zwar angeblich keine Einzelheiten, ist sich jedoch sicher, dass sein Bruder und Strebkowski in puncto Planung das Sagen haben."

Kuhnert schwieg eine Weile. Er sah erneut nach links, wo Tobias Franke während der Fahrt beinahe ununterbrochen auf seinem Smartphone herumwischte. Es war lange überfällig, ein ernstes Wort mit dem jungen Kollegen zu reden. Aber noch ging es um etwas ganz anderes. „Und Wagner weiß auch nicht, weshalb wir hier mit über hundertsiebzig Beamten einem Trailer hinterherfahren?"

„Ich dachte, der sollte im Hafen …"

„Das Ganze läuft offenbar ein bisschen anders als geplant", fuhr Kuhnert rüde dazwischen. „Kann ich irgendwas für dich tun oder reicht es, wenn wir morgen über Details und weitere Pläne reden?"

Ina zögerte. Kuhnert hörte sie am Telefon schwer atmen, bevor daraus Worte entstanden. „Wir hatten jemanden, der uns bereitwillig mit Informationen aus Strebkowskis Firma versorgt hat. Ein Rentner, der seit Jahren dort Taxi fährt."

„Und weiter?"

„Ich bin mir nicht sicher, aber es sieht so aus, als wäre der Mann zwischen die Fronten geraten."

„Du denkst, es hat ihn erwischt?", übersetzte Kuhnert.

Plötzlich klang Ina aufgebracht. „Ich denke, es hat nicht bis morgen früh und erst recht nicht bis Montag Zeit, dass wir uns in der Taxizentrale umsehen! Und wenn es für den Mann überhaupt noch eine Rettung gibt, dann sollten wir sofort handeln."

„Wir rollen gerade über die *Elbbrücken* und sind danach in Niedersachsen. Außerdem habe ich keine Ahnung, wo dieser idiotische Trip endet."

„Kannst du uns wenigstens Leute zur Verfügung stellen?"

„Wen denn?" Kuhnert lachte freudlos. „Unser Drogendezernat hat für die heutige Aktion sämtliche Kräfte in Beschlag genommen. Wir können höchstens bei der Einsatzleitung nachfragen, ob ein paar Kollegen umdrehen."

Erneut dauerte es lange, bis Ina reagierte. Letztendlich war es auch nicht viel mehr als eine Verabschiedung: „Dann sehen wir uns morgen?"

„Ich will's hoffen! Und passt auf euch auf, wenn ihr …" Den Rest verschluckte Kuhnert, denn Ina hatte aufgelegt.

„Alles in Ordnung?", erkundigte sich Franke. „Ich kenne Sie ja schon 'ne ganze Weile, aber ich hab noch nie erlebt, dass Sie so lange mit jemandem telefonieren. Läuft da was zwischen Ihnen und dieser Frau Drews?"

Kuhnert beließ es bei einem ausgedehnten Kopfschütteln.

Also versuchte es Tobias Franke auf andere Weise: „Ich hab ein paar Brocken mitbekommen. Kann es sein, dass die Flensburger Kollegen einen regelrechten Horrortrip hinter sich haben?"

Kuhnert hatte keine Lust, das vorangegangene Telefonat detailreich wiederzugeben, also beschränkte er sich auf eine Zusammenfassung: „Wäre möglich, dass sich die Geschichte im Laufe der Nacht entscheidet und hoffentlich nicht in einem Blutbad endet."

Franke nickte. Er wollte schon wieder zum Smartphone greifen, doch Kuhnert hielt seine Hand fest. „Ist während der Fahrt verboten! Schon mal gehört?"

„Sie werden mich doch nicht etwa anschwärzen wollen?"

„Das nicht, aber ich würde gerne lebendig ankommen – egal, wo uns unsere verrückte Reise hinführt."

40

„Und … was meint Kuhnert?", fragte Jörn, der gerade aus der Hütte gestiefelt kam und sich vor Ina aufbaute.

„Mit Verstärkung dürfen wir jedenfalls nicht rechnen. Die hundertsiebzig Beamten befinden sich wohl mittlerweile auf sowas wie 'ner Verfolgungsjagd. Keine Ahnung, was da genau abgeht."

„Was ist denn mit den zehn Hunden?"

Ina deutete eine Ohrfeige an. „Nach denen hab ich leider nicht gefragt, Herr Appel, aber …" Sie verstummte und checkte das nähere Umfeld. Überall standen Uniformierte herum, zwei batteriebetriebene Scheinwerfer erhellten die schneebedeckte Lichtung vor der Hütte. Kurz zuvor waren die Rettungssanitäter und der Notarzt mit ihrer Fracht aufgebrochen. Den Männern passierte es mit Sicherheit nicht allzu häufig, dass sie zunächst einen Waldstreifen durchqueren mussten, bevor sie ihr Gefährt erreichten.

„Was?", fragte Jörn, weil seine Kollegin unverändert schwieg.

Ina warf einen weiteren Blick in die Runde. „Ich weiß nicht … werden wir hier überhaupt noch gebraucht?"

„Dein Freund Hamza spuckt zwar Gift und Galle, hat sich aber am Ende breitschlagen lassen und bleibt mit den anderen da.

Natürlich mit einigen Kollegen, die aufpassen, dass sich Wagner, die Lamprecht oder Malte nicht aus dem Staub machen."

„Ich glaube, die freuen sich eher über ein paar Bodyguards. Aber mal was anderes: Wie sollen wir denn ohne Hamzas Taxi hier wegkommen?"

„Wie wärs mit einem der Streifenwagen?", schlug Jörn vor.

In diesem Moment trat Hamza ins Freie und schaute zu den Ermittlern. Sein Mund öffnete sich bereits – sicher, um einen neuen Ausruf der Empörung loszuwerden –, aber Ina war schneller: „Kommst du mal bitte zu uns rüber?"

Hamza verzog das Gesicht und wollte vermutlich einen coolen Spruch vom Stapel lassen, was Ina sogleich verhinderte: „Hast du heute Nacht noch irgendwas Besonderes vor?"

„Was liegt denn an?", kam es mit einem Hauch von Misstrauen zurück.

Die Antwort übernahm Jörn: „Wir brauchen immer noch einen Fahrer und bis jetzt hast du deine Sache ja gar nicht mal so schlecht gemacht. Also … bleibst du unser Hilfssheriff oder spielst du lieber Babysitter?"

„Wenn ihr diesen Wolle rausboxen wollt, krieg ich aber 'ne Waffe. Ich stell mich nicht wieder irgendwohin und geb 'ne Zielscheibe ab."

Jörn suchte Inas Blick und fand ihn. „Hab ich nur das Gefühl oder kriegt der nebenbei alles mit?"

„Mama sagt, ich hätte in der Schule viel mehr erreichen können …"

„Und woran ist das gescheitert?", hakte Jörn lustlos nach.

„Hätte wahrscheinlich öfter hingehen müssen."

Diese Erkenntnis nötigte Ina zu einem schweren Atemzug. Sie wandte sich exklusiv an Jörn: „Wie wär's, wenn wir den Kollegen noch ein paar Anweisungen hinterlassen und durchstarten? Bis wir zurück in Lübeck sind, ist es weit nach Mitternacht."

„Nehmen wir dann diesen Strebkowski auseinander?", fragte Hamza in einem Tonfall, als würde er selbst bei diesem Unterfangen an vorderster Front stehen.

Jörn sah das offenbar anders: „Völlig egal, was wir tun oder lassen
… du bleibst im Auto!"

***

Vor über einer Stunde war die Zugmaschine samt Trailer am *Ma-
schener Kreuz* auf die A7 abgebogen. Inzwischen hatte der komplette Tross Bispingen und Soltau passiert, demnächst würde man Bad
Fallingbostel erreichen.

Was bei Kuhnert, der die letzte halbe Stunde vor sich hingedöst
hatte, für neuen Unmut sorgte. „Jetzt mal ernsthaft, Franke: Haben
Sie 'ne Idee, wo dieser Trip endet? Wenn das so weitergeht, müssen
wir bald tanken."

„Eben hat sich die Einsatzleitung gemeldet", erwiderte Franke
und tippte zur Erklärung auf sein Ohr, in dem der Miniatur-Kopf-
hörer steckte. „Noch ist man sich nicht ganz einig, wo genau … aber
spätestens ein Stück vor Hannover will man den Zauber definitiv
beenden."

„Und was dann? Mit Glück stellen wir 'ne Ladung Drogen sicher
und haben ansonsten nichts weiter in der Hand!"

„Das ist doch nicht meine Schuld, Chef. Ich wollte nur …" Frankes Hand schoss hoch, dann tippte er sich abermals gegen das Ohr.
Nach längerem Schweigen informierte er seinen Vorgesetzten über
den aktuellen Stand der Dinge: „Unser Zielobjekt hat den Blinker
gesetzt und will wohl an der Abfahrt Dorfmark von der Autobahn
runter."

„Gibts da nicht einen Autohof?"

Franke nickte. „Wir haben Order, uns unauffällig zu verhalten."

„Mitten in der Nacht – auf einem Autohof!" Kuhnert war eine
Weile mit Kopfschütteln beschäftigt. „Wenn Sie mich fragen, wird
das 'ne Pleite, von der wir noch in Jahren reden."

„Sagen Sie mir lieber, was ich tun soll. Weiterfahren oder auch
abbiegen?"

„Sie fahren von der Autobahn runter und bleiben erst mal irgendwo stehen." Kuhnert stieß ein freudloses Lachen aus. „Aber bitte unauffällig!"

***

Etwa zur gleichen Zeit lenkte Hamza seinen Wagen in die Straße, an deren Ende Strebkowskis Taxizentrale lag. Er gab Gas, was auf der Rückbank, wo Jörn obligatorisch saß, gar nicht gut ankam. „Halt bloß rechtzeitig an! Ich will nicht, dass man uns zu früh entdeckt und vielleicht irgendwelche Vorsichtsmaßnahmen ergreift."

Während Hamza das Tempo drosselte, zeigte Ina durch die Frontscheibe auf einen silbergrauen Golf, der am Straßenrand parkte. „Das ist garantiert unsere Verstärkung."

Unaufgefordert scherte Hamza nach links aus und stoppte sein Taxi entgegen der Fahrtrichtung direkt neben der Zivilstreife.

„Sieht so aus, als würden die Außenspiegel miteinander knutschen", lästerte Jörn.

Hamza ließ das Seitenfenster herunter, im Golf tat es ihm eine brünette Frau mittleren Alters gleich.

Ina sah das Gesicht der Kollegin, und ehe Hamza einen für ihn typischen Wortwechsel beginnen konnte, schritt sie ein. Der Form halber hielt sie ihren Dienstausweis hoch. „Ina Drews, wir haben vorhin telefoniert. Schön, dass ihr es so schnell geschafft habt."

„Clemens meinte, ihr hättet es eilig und wir sollen euch nach Kräften unterstützen. Was liegt überhaupt an?"

Inas Antwort musste warten, denn ein junger Mann von höchstens fünfundzwanzig, lehnte sich an seiner Kollegin vorbei und grüßte freundlich. „Seit Dienstbeginn herrscht tote Hose, wir sind notfalls zu jeder Schandtat bereit."

Auch wenn Ina nicht danach war, zwang sie sich zu einem Lächeln und reckte einen Daumen empor. Einen Moment lang schaute sie Hamza prüfend an und überlegte, ob sie dessen neugierige Ohren ausnahmsweise verbannen und ein Gespräch exklusiv unter

Polizisten führen sollte. Doch diese Entscheidung wurde ihr abgenommen, denn ihre Zivilkollegin sprach eine Einladung aus: „Wie wär's, wenn ihr zu uns rüberkommt? Guido hat Kamillentee dabei und irgendwo müssten hier auch mindestens zwei Plastikbecher rumfliegen."

Ina zog bereits am Türöffner.

Das wollte Jörn auch, scheiterte jedoch an einem altbekannten Problem.

Bevor Hamza die Kindersicherung per Knopfdruck deaktivierte, warf er einen traurigen Blick nach hinten. „Lass mich raten: Ich muss hierbleiben?"

Jörn beugte sich nach vorne und klang freundschaftlich. „Glaub mir, manchmal ist es besser, wenn du nicht alles erfährst."

***

„Ich bin Dorfmark runter und steh hier aufm Autohof. Genau, wie du wolltest."

„Was ist mit der Polente?"

Ein hämisches Lachen erklang, das angesichts einer schlechten Telefonverbindung mehrfach reflektiert wurde. „In den letzten Minuten sind hier haufenweise neue Autos angekommen. Wahrscheinlich halten sich die Bullen für ganz schlau, wenn ständig einer von denen aussteigt, um zu pinkeln."

„Hast du alles dabei?"

„Logo! Die werden den Köder auch artig schlucken, aber bestimmt nicht lange brauchen, bis sie herausfinden, was wirklich Sache ist."

„Bis dahin ist es längst zu spät und ich bin spurlos verschwunden."

„Und was ist mit mir? Hast du den Anwalt schon ...?"

„Du bist nichts weiter als ein ganz normaler Fahrer! Du hast Frachtpapiere an Bord und nichts zu verbergen. Falls sie dich überhaupt festnehmen, müssen Sie dich spätestens morgen wieder auf freien Fuß setzen. Und sobald ich über die Grenze bin, sag ich dem Anwalt Bescheid, dass er ..."

„Apropos! Bist du schon auf dem Weg?"

„Ich fahre jeden Moment los, will aber bei deinem Bruder vorbei, bevor ich mich endgültig absetze. Außerdem musste ich hier noch schnell ein Problem lösen – das hat viel zu viel Zeit gekostet."

„Ist das ‚Problem' wenigstens tot?"

Kurzes Schweigen. „So tot, wie ein Problem nur sein kann."

„Donnerwetter! Hast du die Sache etwa selbst geregelt?"

„Der Toaster", kam es knapp zurück.

„Ich dachte, den hätten die Bullen bei der missglückten Aktion im Wald hopsgenommen."

„Er konnte rechtzeitig die Biege machen. Hat sich bis zur Bundesstraße durchgeschlagen und ’ne Hausfrau aus Lübeck gestoppt. Man muss ja auch mal Glück haben."

41

„Also … ihr nähert euch dem Gelände von hinten und greift bloß ein, falls es brenzlig wird", begann Ina mit einer Zusammenfassung des Plans, den man innerhalb weniger Minuten bei Kamillentee und pappigen Keksen geschmiedet hatte. Bevor sie fortfuhr, leerte sie ihren Plastikbecher mit zwei großen Schlucken. „Jörn und ich fangen mit dem Büro an und treffen dort mit Glück gleich auf Strebkowski. Gehen wir mal davon aus, dass der nicht mit unserem Besuch rechnet und sich widerstandslos festnehmen lässt. Anschließend knöpfen wir uns den gesamten Betriebshof vor und können nur ein weiteres Mal auf unser Glück hoffen …"

Die Kollegin auf dem Fahrersitz hatte sich schon vor einiger Zeit nach hinten umgedreht. Im Halbdunkel war ein gehöriges Maß an Skepsis erkennbar. „Mit ,Glück' meinst du, dass dein – wie heißt er noch?"

„Wolle! Also … eigentlich Wolfgang Petersen."

„Wie der Regisseur, aber nicht ganz so erfolgreich", fügte Jörn mit erzwungenem Frohsinn hinzu. „Wir hoffen einfach nur, dass er noch am Leben ist."

Ina stöhnte, ein Laut tiefster Verzweiflung. „Wenn nicht, kann sich Strebkowski auf was gefasst machen! Ich …" Ihr Smartphone verhinderte einstweilen die Fortsetzung. „Das ist Clemens", murmelte sie.

„Kann das nicht warten?", moserte Jörn. „Ihr zwei Turteltauben könnt doch auch später reden, nachdem wir hier fertig sind, oder nicht?"

„Und wenn's wichtig ist?"

„Dann geh eben ran!"

Ina meldete sich mit einer Frage. „So spät noch im Büro?"

„Einer muss ja auf dich aufpassen", antwortete Clemens lachend. Dann wurde er abrupt ernster. „Du hattest mir doch ein paar Namen gegeben, die ich überprüfen sollte. Da hab ich mittlerweile einige Infos für dich und würde gerne …"

„Moment, ich mach mal den Lautsprecher an, damit ich hinterher nicht alles erzählen muss", unterbrach Ina und verfuhr entsprechend.

„Ich hab unter anderem diesen Wolfgang Petersen gecheckt", dröhnte es jetzt aus Inas Handy-Lautsprecher. „Meintest du nicht, der würde Taxi fahren, um seine magere Rente aufzubessern, und müsste mit jedem Euro herumknapsen?"

„Jaaa", erwiderte Ina gedehnt.

„Dann hat euch der Typ aber ganz schön an der Nase herumgeführt. Den Geschäftsunterlagen zufolge ist er alleiniger Inhaber einer Beteiligungsgesellschaft, der unter anderem eine GmbH gehört, der wiederum die Taxizentrale gehört. Dem Mann geht es finanziell blendend! Allein letztes Jahr hat er über eine halbe Million versteuert und wohnt in einer brandteuren Penthousewohnung in Travemünde."

Jörn lehnte sich in Inas Richtung und fragte: „Könnte das auch 'ne Verwechslung sein?"

„Jörn?"

„Genau der, hallo Clemens. Bist du dir sicher, dass es sich um unseren Wolfgang Petersen handelt? Das ist schließlich ein Allerweltsname."

„Die Daten aus dem Melderegister hatte mir Ina geschickt. Ich habe das Ganze zweimal abgeglichen: Wolfgang Petersen, gerade vierundsiebzig geworden ..."

„Ist ja gut! Hast du noch mehr über ihn herausgefunden?"

„Und ob! Euer bettelarmer Taxifahrer war bis voriges Jahr stolzer Besitzer von sechs Eigentumswohnungen, jeweils an Topadressen in Ostsee-Strandnähe."

„,War'?", hinterfragte Jörn.

„Sämtliche Wohnungen sind verkauft, auch die in Travemünde, wo Petersen noch gemeldet ist. Um Geldflüsse nachzuvollziehen, brauche ich eine richterliche Verfügung und kann damit ohnehin erst morgen früh anfangen."

„Da will sich wohl jemand absetzen und hat vorher seine Schäfchen ins Trockene gebracht", konstatierte Jörn. Wobei er Inas Blick ganz bewusst auswich.

„Was ihr mit den Infos anfangt, müsst ihr wissen. Ich wollte nur rechtzeitig Bescheid geben, bevor ihr euer Leben für einen Multimillionär riskiert."

„Multimillionär',", wiederholte Ina verbittert, nachdem das Telefonat wenig später beendet war. Sie sah zuerst ihre Kollegen auf den vorderen Sitzen und dann Jörn an. „Ich kapier das einfach nicht! Kann man sich wirklich derart in einem Menschen täuschen?"

„Ich bin ihm ja auch auf den Leim gegangen", gestand Jörn. „Und mir wird langsam klar, warum uns Wolle so verarscht hat."

Ina schaute lediglich fragend.

„Das hat zwei Gründe: Erstens hat er einen Fehler gemacht, als er Stefan Wagner selbst nach Hause gefahren hat und zwei..."

„Du glaubst doch nicht, dass Petersen den Wagner eigenhändig umgebracht hat, oder?"

Jörn schmunzelte, hatte sich aber schnell wieder im Griff. „Dein Petersen – alias Wolle – hat garantiert 'ne ganze Reihe Helfershelfer. Und drei von denen haben wir heute in Aktion erlebt."

Diesen Hinweis ließ sich Ina länger durch den Kopf gehen; das vorläufige Ergebnis bestand jedoch nur aus einem hörbaren Atemzug und Kopfschütteln. Dann hellte sich ihre Miene etwas auf. „Was ist mit deinem Zweitens?"

„Er hat uns als Informationsquelle missbraucht. Schließlich haben wir – in erster Linie du – ihn in einen Teil unserer Pläne eingeweiht. Auf die Weise konnte er sich sicher sein, dass er Bescheid kriegt, bevor wir die Taxizentrale näher unter die Lupe nehmen, abhören oder gleich stürmen lassen."

„Und du meinst, er will sich tatsächlich absetzen?"

Die brünette Kollegin auf dem Fahrersitz mischte sich ein. Sie zeigte durch das breite Tor zum Büro, hinter dessen Fenstern Licht brannte. „Wer sagt denn, dass unser ursprünglicher Plan keinen Sinn mehr ergibt? Vielleicht hocken dieser Strebkowski und euer Wolle ja gerade dort drinnen und bereiten ihren gemeinsamen Abgang vor."

Jörn stieß Ina von der Seite an, um sie wachzurütteln. „Komm … finden wir's heraus!"

Einen Moment lang hing Ina noch ihren Gedanken nach, dann ging ein Ruck durch ihren Körper. „Okay, aber ich hätte eine kleine Planänderung, Leute: Wir spazieren zusammen durch die Vordertür und lassen es einfach drauf ankommen."

„Die Brechstange?", erkundigte sich der junge Kollege auf dem Beifahrersitz.

„Ganz genau!"

Es folgte synchrones Nicken. Dennoch wollte Jörn nicht auf einen altbekannten Spruch unter Polizisten verzichten: „Und wenn überhaupt jemand schießt, sind wir das."

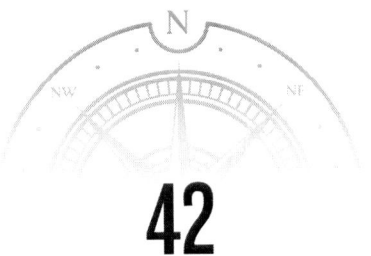

42

„Und das ist alles?", echauffierte sich Hauptkommissar Kuhnert. Aus gutem Grund. Seine Kollegen hatten nämlich vor etwa einer halben Stunde die Bombe platzen lassen, sprich, den Sattelzug beschlagnahmt und dessen Fahrer vorläufig festgenommen. Die Scheinwerfer von einem Dutzend Einsatzfahrzeugen sorgten bei der Durchsuchung eines Trailers zwar für genug Licht, gefunden hatte man aber trotzdem nichts. Lediglich im Fahrerhaus der Zugmaschine war man auf ein paar Frachtunterlagen gestoßen, die Günter Strebkowski belasteten.

Tobias Franke versuchte es mit einer positiven Interpretation der Geschehnisse. „Wir sind doch ein kleines Stück weiter, Chef. Dieser Strebkowski hat den Transport in Auftrag gegeben und …"

„Den Transport von über dreißig Europaletten Dünger in Säcken!", fuhr Kuhnert rabiat dazwischen und zeigte zum Auflieger, dessen seitliche Planen man komplett aufgeschoben hatte. „Wofür wollen Sie Strebkowski denn rankriegen? Wegen halbherziger Ladungssicherung oder weil er neuerdings auch mit Kunstdünger dealt?"

„Vielleicht weiß ja der Fahrer mehr. Ich finde, wir sollten nicht so schnell aufgeben und …"

Kuhnert winkte wütend ab und setzte sich in Bewegung. Er steuerte zielstrebig auf Norbert Fischer zu, seines Zeichens Einsatzleiter und Chef des Drogendezernats. „Na, Norbert … seid ihr zufrieden mit eurer sagenhaften Beute?", erklang es höhnisch.

„Jetzt mal ganz langsam, Rolf! Solange der Trailer nicht entladen ist und wir nicht wissen, was in jedem einzelnen der Säcke steckt, bin ich nicht bereit, mich …"

„Ich hab dich vorhin noch gewarnt, unter vier Augen!", polterte Kuhnert aufs Neue los. „Ich wusste aus sicherer Quelle, dass das hier erneut 'ne Bruchlandung wird."

„Woher?", fragte Tobias Franke entgeistert.

Ohne etwas zu erwidern, drehte sich Kuhnert um und marschierte in die entgegengesetzte Richtung davon.

Zurück blieben zwei Männer, die sich ratlos ansahen.

„Was meinte er mit ‚gewarnt'?", wollte Franke wissen.

„Es gibt wohl eine undichte Stelle. Und da die sich angeblich in meiner Abteilung befindet, hat man mich bisher nicht darüber informiert."

„Das ist aber auch nicht die feine englische Art." Franke deutete auf den Trailer. „Glauben Sie wirklich, dass wir in einem der Säcke mehr als Dünger finden?"

„Nö … aber würden Sie so schnell die nächste Niederlage akzeptieren?"

***

Im weit entfernten Lübeck war noch unklar, ob die hier stattfindende Aktion ein Erfolg oder Misserfolg werden würde.

Ina stand vor der Tür zum Büro der Taxizentrale und konnte durch ein schmales Fenster oberhalb hineinsehen. Mitten in der Nacht – es ging auf eins – saß dort ein Mann an einem Schreibtisch, mit dem Rücken zu Ina. Sie erkannte sofort, dass es sich dabei weder um Günter Strebkowski noch um Wolfgang Petersen handelte.

Per Handzeichen verständigte sie sich mit ihren drei Kollegen. Jörn, der rechts von ihr stand, umklammerte bereits die Klinke, als ihn Ina mit einem Nicken zum Öffnen der Tür aufforderte. Ihre Dienstwaffe in Vorhalte machte sie ein paar kurze Schritte und blieb im Büro stehen.

Der Mann am Schreibtisch telefonierte über Headset und schenkte ihr zunächst gar keine Beachtung. Dem Wortlaut nach zu schließen, war es ein privates Gespräch, das er mitten im Satz beendete, als er nach einer halben Drehung in die Mündung einer *Walther P99* blickte. Entsetzt riss sich der Mann das Headset vom Kopf, schleuderte es auf die Unterlage vor sich und hob instinktiv die Hände.

„Mein Name ist Drews, Kriminalpolizei", begann Ina, um eventuellen Missverständnissen vorzubeugen. „Dürfte ich erfahren, wer Sie sind?"

„Hermann ... also ... Hermann Munzert." Dessen Hände wanderten Stück für Stück nach unten. Die Blicke des Mannes trafen nacheinander die anderen drei Polizeibeamten, die inzwischen alle in dem kleinen Büro standen. Das änderte jedoch nichts an der Verwirrung, die sich in Munzerts Gesicht breitmachte.

„Verraten Sie uns, wo Herr Strebkowski ist?", fuhr Ina fort. „Und wenn wir schon dabei sind, wüssten wir auch gerne, wo wir Wolfgang Petersen finden."

Der Mann, dessen Arme mittlerweile an seinen Seiten herunterbaumelten, drehte sich samt Stuhl zurück und überflog einen handgeschriebenen Plan. „Wolles Taxi steht in der Halle und ab sechs hat er dann wieder Schicht. Wahrscheinlich liegt er zu Hause im Bett. Haben Sie's da mal probiert?"

„Bis jetzt nicht!", übernahm Jörn. „Sie haben uns aber noch nicht gesagt, wo Herr Strebkowski sein könnte."

„Das wüsste ich auch zu gerne!", platzte es aus Hermann Munzert heraus. „Der Sack lässt mich hier den ganzen Abend allein hocken, obwohl ich eigentlich schon um zehn Feierabend hatte. Ich verlass die Zentrale nur deshalb nicht, weil wir viel zu viele nette Kunden haben, die sich auf uns verlassen." Dazu passend klingelte in diesem Moment das Telefon. Munzert langte bereits nach seinem Headset.

Doch Ina hatte etwas dagegen. „Das muss leider warten!", stellte sie klar.

„Und wenn es ein Kunde ist?"

„Dann nimmt der entweder ein anderes Taxi oder Sie kümmern sich später darum." Um ein wenig Vertrauen zu wecken, ließ sich Ina mit ihrem halben Hinterteil auf der Schreibtischkante nieder und sah lächelnd zu Hermann Munzert hinunter. „Und Sie haben wirklich keine Ahnung, wo Herr Strebkowski stecken könnte?"

„Ich hab's etliche Male auf seinem Handy probiert – ist aus."

„Kommt das häufiger vor?"

„Ich bin seit über acht Jahren hier und hab's noch nie erlebt. Was wollen Sie überhaupt von ihm?"

Anstelle einer Antwort schüttelte Ina den Kopf. Sie zeigte auf ein Fenster, durch das die Halle der Taxizentrale zu sehen war. „Ist die offen oder brauchen wir einen Schlüssel?"

Munzert erhob sich ungelenk und stützte sich dabei auf der Schreibtischplatte ab. Die beschwerte sich knarrend und knackend über einen derartigen Umgang mit ihr. Die Linke des Mannes tastete nach etwas und fand eine Krücke. Erst nach einem Schritt wurde deutlich, dass Hermann Munzert der rechte Unterschenkel fehlte und er auf Hilfsmittel angewiesen war.

„Wie ist das denn passiert?", fragte Jörn angesichts der Tatsache, dass seine sämtlichen Kollegen nur betreten dreinschauten.

„Motorradunfall. Ich hab mir damals die erste wassergekühlte *GSXR* von *Suzuki* gekauft und bin genau eine Woche später auf der Intensivstation gelandet. Hatte sogar noch Glück … die wollten mir ursprünglich das zweite Bein komplett amputieren, aber einer der Ärzte war wohl anderer Meinung." Das Gesicht des Mannes verzog sich zu einem schrägen Grinsen. „So kann ich wenigstens noch humpeln", sprach er und näherte sich auf diese Weise einem

Schlüsselbrett. Dort schnappte er einen großen Bund und hielt den Ina bereitwillig entgegen. „Der mit dem grünen Plastikhut ist fürs Hallentor und der gelbe für die kleine Tür daneben. Können Sie sich aussuchen."

Der Form halber musste man als Polizist fragen, deshalb tat Jörn es. „Und Sie haben nichts dagegen, dass wir uns in der Halle umsehen?"

„Nö … ist mir völlig egal." Plötzlich veränderte sich Munzerts Miene, als hätte er es sich spontan anders überlegt. „Wäre nett, wenn Sie aufm Rückweg 'n Paket Kaffee mitbringen … steht im Schrank neben der Tür zum Waschraum. Ich bin die ganze Zeit nicht vom Telefon weggekommen und schlaf hier ohne Koffeinschock jeden Moment ein."

43

„Ich denke, wir haben ganz andere Probleme als Kaffee", keuchte Jörn ein paar Minuten später. Kurz zuvor hatte er die stählerne Tür zu einem Raum aufgestoßen, aus dem ihm muffige Luft und Hitze entgegenschlugen.

„Was ist denn los?", fragte Ina, während sie mit einem Blechschrank beschäftigt war, in dem sie den gewünschten Kaffee vermutete. Aber bislang hatte sie den richtigen Schlüssel für das Vorhängeschloss nicht ausfindig gemacht. „Passt da überhaupt einer von denen oder wollte mich dieser Munzert etwa verar…?"

„Jetzt vergiss mal deinen blöden Kaffee!", fauchte Jörn dazwischen. „Ich hab Strebkowski gefunden."

Ina stopfte den Schlüsselbund in eine Anoraktasche und folgte ihrem Kollegen über die Schwelle. „Heilige Maria!", entfuhr es ihr, als sie den Chef der Taxizentrale nun ebenfalls erblickte. Genauer gesagt, was von dem übrig war.

„Da hilft kein Muntermacher mehr!", konstatierte Jörn. Er zückte seine Taschenlampe, denn in diesem Heizungsraum sorgte die trübe Glühlampe an der Decke bestenfalls für Zwielicht. Er ließ den Strahl über Günter Strebkowskis zusammengekrümmten Leichnam wandern und hielt in Höhe des Gesichts an. „Dem hat jemand übel zugesetzt, bevor er ihm den Rest gegeben hat."

„Wolfgang Petersen?" Ina wartete keine Antwort ab. „Unmöglich! Der ist ein Fliegengewicht und wäre niemals in der Lage, einen wie Strebkowski auch nur ansatzweise so zuzurichten."

Jörn wollte schon reagieren, als die Kollegin vom Dauerdienst ihren Kopf hereinsteckte. „Ach du Scheiße!", stieß sie beim Anblick der Leiche heraus.

„Ihr bleibt lieber draußen, damit wir hier nicht alles mit eigenen Spuren kontaminieren. Würdest du bitte die SpuSi alarmieren und Verstärkung anfordern? Außerdem sollte sich jemand zu unserem Einbeinigen gesellen. Nicht dass der noch was damit zu tun hat und humpelnd die Biege macht."

Als die Ermittler wieder unter sich waren, holte Jörn die Antwort auf Inas letzte Frage nach und zeigte dabei auf Strebkowskis Überreste. „Ich glaube auch nicht, dass Wolle persönlich ..."

„Spar dir bitte diesen Kosenamen!", unterbrach Ina wutentbrannt. „Der Mann heißt Wolfgang Petersen und ab sofort nur noch so!"

Jörn hob affektiert von Neuem an: „Mit Vergnügen, Frau Drews. Aber ich darf Sie höflich daran erinnern, dass manch böser Bube gerne ein paar Muskelprotze um sich schart."

„Wenn du nicht gleich mit dem Blödsinn aufhörst, lernst du selbst einen von der Sorte kennen", drohte Ina halb erbost, halb belustigt. „Ich frag mich, was hier passiert ist. Und wo zum Teufel steckt Petersen?"

„Vielleicht versuchen wir's wirklich mal bei ihm zu Hause", schlug Jörn vor. „Bei der Gelegenheit können wir uns auch mal seine hübsche Penthousewohnung näher ansehen."

„Ich krieg langsam das Kotzen!", fluchte Ina und stampfte mit dem Fuß auf. Der größte Teil ihrer Wut schien sich jedoch gegen sie selbst zu richten. „Wir hocken da mit 'nem Schwindler rum, spendieren dem Kaffee und Kuchen und lassen uns nach allen Regeln der Kunst verarschen. Ich wette, Petersen war nie verheiratet und alles andere, was er uns erzählt hat, ist auch erstunken und erlogen."

Jörn sah ein wenig verunsichert aus. „Das spielt doch überhaupt keine Rolle mehr. Wir sollten uns lieber auf die Suche nach Wolle … also … Wolfgang Petersen machen.“

Ina wandte sich von der Leiche ab, blieb jedoch stehen und kniff die Augen zusammen. „Dieser Typ aus dem Büro – der arbeitet seit acht Jahren hier und weiß angeblich nicht, wem der Laden tatsächlich gehört?“

„Du meinst, der erzählt uns auch einen vom Pferd?“

„Ich würde sogar drauf wetten!“ Mit ihrem letzten Wort setzte sich Ina in Bewegung.

Jörn folgte ihr im Laufschritt, bis die beiden im Büro der Taxizentrale ankamen. Dort war Hermann Munzert im Beisein des jungen Kollegen vom Dauerdienst wieder mit Telefonieren beschäftigt. Als er Inas wütende Miene sah, beendete er das Gespräch umgehend.

„Was ist denn jetzt los?“ Munzerts Blick konzentrierte sich auf zwei Paar Hände, in denen ein wesentliches Detail fehlte.

„Jetzt vergessen wir mal Ihren Kaffee! Wollen Sie uns ernsthaft weismachen, Sie wüssten nicht, wer am Ende des Monats für Ihr Gehalt aufkommt?“

Munzert zuckte unbeholfen mit den Schultern.

Doch diese Reaktion rief Ina nur noch zorniger auf den Plan: „Sie wissen ganz genau, dass der Laden hier Wolfgang Petersen gehört. Und falls Sie uns weiter an der Nase herumführen, werde ich alles dafür tun, dass Sie die Suppe mit auslöffeln.“

„Wir dürfen nichts verraten“, gab Munzert zu, der nun hörbar in der Defensive war. „Mir ist einmal was rausgerutscht, da meinte Strebkowski, ich würde beim nächsten Mal meine Papiere bekommen.“

„Also zieht Petersen im Hintergrund die Fäden“, fuhr Jörn mit der Geschichte fort. „Sind Sie auch über Drogentransporte informiert?“

Munzert schwieg beharrlich.

Was bei Ina erneut nicht besonders gut ankam. Sie zeigte durch das Fenster zur Halle. „Herr Strebkowski liegt da drüben im Heizungsraum und wurde – wie es aussieht – auf brutalste Weise zusammengeschlagen, bevor er …"

„Ist er tot?"

„Ja, er ist tot! Und falls Sie kein Interesse daran haben, ebenfalls zwischen die Fronten zu geraten, dann sollten Sie lieber reden."

„Ich bin erst seit knapp drei Jahren über alles informiert", ging es nach einigem Zaudern leise los. „Wolle hat immer mal wieder Andeutungen gemacht und mich auf die Weise wohl gecheckt. Irgendwann hab ich ihn gefragt, ob bei dem großen Kuchen auch ein Stück für mich drin ist und …"

Jörn grätschte rabiat dazwischen: „Verzichten wir auf das Vorspiel! Wissen Sie, wo Herr Petersen ist oder haben Sie kürzlich etwas von ihm gehört?"

„Er hat angerufen." Munzert schaute zu einer billigen Plastikuhr, die über der Bürotür hing. „Ist etwa 'ne Stunde her."

„Und was wollte Herr Petersen mitten in der Nacht? Doch bestimmt nicht nur plaudern, oder?"

„Wolle war stinksauer. Ich sollte in Strebkowskis Schreibtisch Bankunterlagen suchen, weil der das Passwort fürs Online-Banking geändert hat."

„Waren Sie erfolgreich?", hakte Ina nach.

Munzert schüttelte energisch den Kopf. „Ich kenne mich mit solchen Dingen eh nicht aus, und Strebkowski kritzelt den ganzen Tag auf irgendwelchen Blättern rum. Woher soll ich denn wi…?"

„Sie sagten, Herr Petersen hätte angerufen", unternahm Jörn einen neuen Anlauf. „Können Sie uns sagen, von welcher Nummer? Sein uns bekanntes Handy ist nämlich seit zwei Tagen aus."

„Das war vom Festnetz … Travemünder Vorwahl."

„Vor etwa einer Stunde?"

Munzert warf abermals einen Blick auf die Uhr und nickte verhalten.

„Hat er sonst noch was am Telefon gesagt? Oder Ihnen vielleicht seine weiteren Pläne verraten?", bohrte Jörn.

„Er hat mich gefragt, wo in Lübeck Erinnerungsfotos gemacht werden."

„Sie reden von Blitzern?"

Munzert lächelte schuldbewusst. „Man weiß ja gerne, wo Ihre Kollegen stehen und es teuer wird."

„Und das ist wirklich alles?"

„Denke schon", erklang es nach kurzer Bedenkzeit.

Ina nahm das Heft wieder in die Hand: „Ab sofort und bis auf Weiteres ist hier Feierabend! Am besten trennen Sie die Telefone vom Netz und rühren bitte nichts mehr an. Meine Kollegen vom Dauerdienst kümmern sich um den Rest." Ina packte Jörn am Ärmel seiner Jacke und zog ihn bis vor die Bürotür hinter sich her. Inzwischen war es noch kälter geworden, der eisige Ostwind wirbelte winzige Schneeflocken durch die Luft.

„Darf ich erfahren, was los ist, und wieso besprechen wir das nicht da drinnen im Warmen?", beschwerte sich Jörn.

„Weil wir keine Zuhörer gebrauchen können." Ina drehte sich mit dem Rücken in den Wind und schob Jörn zurück in den Eingang, damit auch er vor den Wetterkapriolen einigermaßen geschützt war. Dann begann sie mit nachdenklicher Stimme aufs Neue: „Weshalb erkundigt sich Petersen nach Blitzern hier in Lübeck?"

„Hab ich mich auch gefragt. Schließlich hockt er in Travemünde und …" Jörn schlug sich mit der flachen Hand gegen die Stirn. „Da will sich jemand klammheimlich davonstehlen und hat vorher noch was in Lübeck zu erledigen."

Ina nickte. „Und wenn er vor einer Stunde noch in Travemünde war …"

„… wäre es durchaus möglich, dass er sich gerade irgendwo im hiesigen Stadtgebiet aufhält. Bleibt nur die Frage, wo."

„Ich alarmiere die Einsatzleitstelle. Die sollen jeden verfügbaren Beamten auf die Straße schicken."

Dieses Vorhaben sorgte bei Jörn für ein Lachen. „Ich geb dir Brief und Siegel darauf, dass im gesamten Umkreis höchstens zwei oder drei Streifen zur Verfügung stehen. Die paar Kollegen finden Petersen niemals!"

„Wie wär's mit 'ner Alternative?", murmelte Ina nach längerem Schweigen.

„Sag bitte nicht, dass die was mit Hamza zu tun hat!"

Ina lächelte. Doch dann verfinsterte sich ihre Miene und sie linste an Jörn vorbei zur Bürotür. „Wolles Taxi steht in der Halle. Also müssen wir erst mal herausfinden, womit er unterwegs ist."

Jörn kämpfte derweil mit einem Grinsen. „Du hast schon wieder Wolle gesagt. Ich dachte, er heißt …"

„Unabhängig davon!"

„Petersen muss ja ein anderes Auto haben – einen Privatwagen, und das ist bestimmt keine alte Schrottkiste."

Ina sah erneut zur Bürotür, jetzt grinste auch sie. „Und der liebe Herr Munzert weiß hundertprozentig, worum es sich dabei handelt. Entweder er spuckt die Wahrheit freiwillig aus oder wir legen ihm Daumenschrauben an …"

„Kann es sein, dass dir eher nach Letzterem zumute ist?"

„Ich würde am liebsten jemandem den Hals umdrehen!", schnaubte Ina. „Aber das spar ich mir auf, bis wir Wolle gefunden haben."

„Du hast schon wieder Wolle gesagt."

„Und du musst aufpassen, dass ich nicht an dir übe, bevor wir den Scheißkerl finden."

44

„Jetzt raucht er auch noch!", moserte Jörn, als er und Ina mit neuen Ergebnissen und startbereit neben Hamzas Taxi ankamen.

Der junge Türke hatte die beiden offenbar gar nicht bemerkt; aus dem geöffneten Fahrerfenster drangen Qualm und Worte nach draußen: „Ja, Mama … ist gut! Natürlich komme ich später noch vorbei und creme dir die Füße ein. Ja, aber ich muss erst …"

Ina klopfte aufs Dach, was im Inneren des Wagens zu abruptem Schweigen führte. Gleich darauf ging es hektisch weiter: „Ich hab Kundschaft, Mama, bis später!"

Nachdem Hamza die Türen entriegelt hatte, plumpsten die Ermittler auf ihre angestammten Plätze. Ina konnte sich ein Grinsen nebst Kommentar nicht verkneifen: „Wie gehts deiner Mama? Und wieso ist sie um diese Uhrzeit überhaupt noch wach?"

Selbst im spärlichen Licht der Armaturen war zu erkennen, wie Hamza krebsrot wurde.

Bevor er etwas sagen konnte, fuhr Ina fort: „Ich finde es toll, wenn sich ein Mann um seine Mutter kümmert und für sie da ist."

„Ehrlich jetzt? Ich bin jeden Tag bei Mama und …"

„… cremst ihr die Füße ein", vollendete Jörn bierernst. „Ich finde es toll, wenn Männer ihren Müttern die Füße eincremen. Das sollte ich auch viel häufiger tun."

„Du bist ein Arsch!", prustete Ina nach hinten. „Deine Mutter wäre wahrscheinlich froh, wenn du dich regelmäßig am Telefon melden würdest."

„Mama geht erst ins Bett, nachdem ich bei ihr war. Sie hat bestimmt schon in ihrem Sessel geschlafen, aber ohne …"

„Nichts gegen deine Mama", unterbrach Jörn. „Ich fürchte nur, ihre Füße müssen noch etwas warten."

„Warum? Ich dachte, ihr wolltet da drinnen 'ne große Nummer abziehen und endlich fertig werden."

„Die Nummer ist nicht ganz so groß geworden", räumte Ina missmutig ein. „In erster Linie sind wir jetzt auf der Suche nach einem Auto, das möglicherweise in Lübeck unterwegs ist."

„Und weiter?", fragte Hamza schulterzuckend.

„Unsere Leitstelle weiß Bescheid, allerdings verfügen wir nur über wenig einsatzbereite Kräfte und da dachten wir …"

Weil Ina mitten im Satz verstummte, lieferte Jörn die Fortsetzung: „… dass du deine Taxi-Kollegen mobilisierst und alle nach dem Wagen Ausschau halten. Wäre das möglich?"

„Logisch, Alter! Was ist das denn für 'ne Karre?"

„Ein silbergrauer *Chrysler 300*, sollte eigentlich auffallen."

Hamza langte bereits nach seinem Smartphone – zweifellos, um gleich zur Tat zu schreiten.

Doch Jörn beugte sich nach vorne und hielt seinen Arm fest. „Kannst du bitte ausnahmsweise auf sämtliche Babys, flache Witze und Machosprüche verzichten? Wir sind nämlich ein bisschen in Eile."

Der junge Türke riss seinen Arm los und drückte auf seinem Smartphone eine der Kurzwahltasten. Schon nach dem ersten Klingeln war eine Verbindung über Lautsprecher hergestellt.

„Bist du nicht für den Rest der Nacht abgemeldet?", ertönte dieses Mal die Stimme einer älteren Frau aus der Taxizentrale.

„Ist ein Notfall", begann Hamza nüchterner denn je. „Schreib dir bitte mal einen Fahrzeugtyp und ein Kennzeichen auf."

„Sekunde, ich hab 'nen Kundenanruf."

„Das muss warten, wir …" Hamza hielt inne, weil bereits eine Melodie erklang.

„Du kannst ja richtig einen auf seriös machen", lobte Jörn und reckte anerkennend einen Daumen empor. „Wenn das so weitergeht, kriegst du von mir 'ne Empfehlung als Nachwuchs-Sheriff."

Die Wartemelodie verschwand, stattdessen war wieder die Stimme der Frau zu hören. „Fahrzeugtyp und Kennzeichen?"

Nachdem Hamza die Angaben zweimal wiederholt hatte, brauste er regelrecht auf: „Hör mal, Uschi, die Sache ist echt superwichtig! Ich hock hier mit zwei Bullen, also – mit Poli…"

„Mein Name ist Drews, Kriminalpolizei", mischte sich Ina vorsichtshalber ein. „Und Ihr Kollege hat recht: Es ist wirklich wichtig. Könnten Sie bitte jeden Ihrer Fahrer und wenn möglich auch die anderen Unternehmen informieren, dass wir nach dem Auto suchen? Wer als Erster Bescheid sagt, darf sich über eine Prämie von …", Ina machte eine kurze Pause, „… mindestens dreihundert Euro freuen."

„Die musst du dann wohl aus eigener Tasche hinblättern", amüsierte sich Jörn, als das Gespräch mit der Zentrale beendet war. „Aber wenn es tatsächlich so weit kommt, machen wir gerne fifty-fifty."

Hamzas Einsatz: „Ist das dein Ernst, Alter? Gehts in eurem Laden so spießig zu und ihr könnt nicht mal …"

„Ehrlich gesagt gehts noch viel spießiger zu", unterbrach Ina. „Aber das soll gerade nicht unser Problem sein. Glaubst du, einer deiner Kollegen findet den Chrysler?"

„Wenn der hier in Lübeck rumfährt, garantiert!"

„Und deine Mutter kann notfalls noch ein wenig warten?"

Hamza zuckte mit den Schultern, dann machte sich in seinem Gesicht ein Lächeln breit, wie es ein Sohn nur für seine Mutter bereithält. „Mama hat doch nur noch mich."

„Was soll das heißen?", fragte Jörn aufrichtig interessiert.

„Mein Vater ist vor etlichen Jahren zurück in die Türkei, wollte ein paar Sachen regeln und ... er hatte wohl Ärger mit den falschen Leuten. Die haben ihn einfach abgeknallt und auf der Straße liegen lassen. Mama hat's das Herz gebrochen."

„Und du hast keine Geschwister? Sind das bei euch nicht immer Großfamilien ..." Weil Hamza bereits energisch den Kopf schüttelte, verstummte Jörn.

Ina wollte gerade etwas sagen, als das Smartphone des jungen Türken zu klingeln anfing.

„Das ist die Zentrale, vielleicht hat Uschi ja schon ..."

„Dann geh ran!", moserte Jörn.

„Was gibts, Uschi?"

„Euer Chrysler steht an der Untertrave, Höhe Holstenhafenbrücke. Eddi hat eben einen Fahrgast abgesetzt und meinte, da sitzt aktuell niemand hinterm Steuer."

„Weißt du, wo das ist?", fragte Ina hektisch und stieß Hamza von der Seite an.

Was ihr einen empörten Kommentar einbrachte. „Hallo ... ich bin Taxifahrer! Schon vergessen?"

„Und wie weit ist das von hier?", wollte Jörn wissen.

„Zehn Minuten. Fünf, wenn ihr hinterher fürs Ticket aufkommt."

„Dann gib Gas!"

„In der Stadt ist alles ruhig, da werden heute Nacht keine Erinnerungsfotos gemacht", erklärte Uschi und hüstelte gleich darauf. „Entschuldigung ... wir müssen doch auf unsere Fahrer aufpassen."

„Ist schon okay", relativierte Ina lachend. „Wir machen lieber Schluss, ich muss Verstärkung rufen."

Auf der Rückbank war Jörn bereits mit der Einsatzleitstelle verbunden. Das Gespräch war kurz, halbwegs erfreulich und er teilte dessen Inhalt bereitwillig mit den anderen: „Die einzig verfügbare Zivilstreife macht sich umgehend auf den Weg und wartet in sicherer Entfernung. Wir wollen schließlich nicht, dass unser Wolle Lunte riecht und womöglich die Biege macht."

Ina knurrte leise vor sich hin.

„Okay … das gilt natürlich auch für Herrn Petersen."

„Dein Herr Petersen kann froh sein, wenn ich mich nicht komplett vergesse und ihn gleich übern Haufen schieße!"

„Dann ist es vielleicht besser, wenn du mir deine Waffe gibst", schlug Jörn nach längerem Schweigen vor.

An Inas Stelle reagierte Hamza. „Oder du gibst sie mir, ich werd mit dem Typen locker fertig."

„Nein!", erklang es von Seiten der Ermittler wie aus einem Mund.

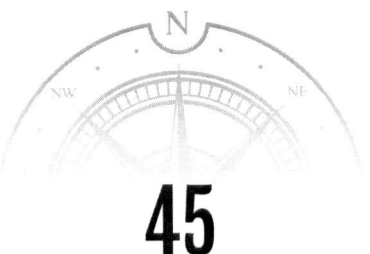

45

„Jetzt hocken wir hier seit über 'ner Stunde und bislang ist nichts passiert!", fluchte Jörn. Mitten in der Nacht war an der Untertrave kaum mehr etwas los. Die meisten der hier ansässigen Kneipen hatten längst geschlossen oder würden es bald tun.

„Lasst uns sein Auto filzen", schlug Hamza im Gangsterslang vor und zeigte auf den Chrysler, der etwa hundert Meter entfernt in einer von zahllosen Parklücken direkt am Traveufer stand. „Wenn der Typ sich tatsächlich absetzen will, ist seine Karre garantiert voll mit …"

„Hast du sie noch alle?", fauchte Jörn von der Rückbank. „Wir sind Polizisten – schon vergessen? Unsereins bricht nicht einfach Autos auf und schaut nach, ob ein Verdächtiger zwischen Socken und Unterhosen was versteckt hat."

Ina drehte sich nach hinten und musterte Jörn im Halbdunkel skeptisch. „Ein Verdächtiger'? Ich glaube, *DU* hast sie nicht mehr alle. Wolfgang Petersen ist weit mehr als nur verdä…"

„Willst du deshalb zum Autoknacker umschulen und deine Pension riskieren?", platzte Jörn aufgebracht dazwischen. „Sorry, das ist mir keiner von Petersens Sorte wert. Mal ganz davon abgesehen, dass ich keine Ahnung habe, wie man ein Auto aufbricht. Und jetzt stell dir mal vor, wir schmeißen 'ne Scheibe ein und die Alarmanlage geht los! Dann sind nicht nur sämtliche Anwohner wach, sondern Petersen ist auch gewarnt und macht sich ohne Wäsche zum Wechseln aus dem Staub. Darüber mal nachgedacht, Frau Drews?"

Dieser Endlosvortrag sorgte in Hamzas Fall für ausgedehntes Gähnen. „Wer sagt denn, dass du die Sache selbst erledigen musst? Dafür hat man seine Leute."

Ein Kommentar, der Jörn genervt aufstöhnen ließ. Ansonsten verschränkte er die Arme vor der Brust und starrte von nun an aus dem Seitenfenster.

Ina hingegen signalisierte Interesse. „Heißt das, du kennst vielleicht jemanden, der uns helfen könnte?", fragte sie Hamza völlig unbekümmert.

„Klar! Einen seiner Vetter, wette ich", kam es von hinten giftig.

Ina winkte ab und fokussierte sich voll auf den jungen Türken. „Sag schon! Kennst du jemanden?"

Hamza zeigte zum Chrysler. „Für meinen Kumpel Mustafa ist das Teil da drüben 'n Kinderspiel!"

„Ein Kinderspiel, das für dich und deinen Kumpel auch leicht im Knast enden könnte", fügte Jörn unverändert wütend hinzu. Im nächsten Moment schoss er nach vorne und steckte mal wieder zwischen den Lehnen der Vordersitze. „Ihr habt sie beide nicht mehr alle! Wollen wir ernsthaft zusehen, wie irgendein Mustafa den Wagen aufbricht und danach am besten mit seiner Beute verschwindet? Und was dann? Jagen wir hinterher und gucken, ob es sich wenigstens gelohnt hat?"

„Du bist ein alter Schwarzmaler", urteilte Ina lachend.

„Mustafa knackt euren Chrysler in 'ner halben Minute. Der stellt das Teil auf den Kopf und euer Petersen merkt nicht mal was davon."

„Klingt vielversprechend", erwiderte Ina nach kurzer Bedenkzeit. Sie deutete die endlosen Häuserzeilen am Traveufer entlang. Hinter den Schaufenstern der hier ansässigen Ladengeschäfte herrschte Dunkelheit, und das galt auch für die meisten Fenster der darüberliegenden Wohnungen. „Wie lange willst du denn noch warten?", fragte sie Jörn und sah ihn dabei direkt an. „Vielleicht hat Petersen hier 'ne Wohnung, von der wir nichts wissen und schläft sich erst mal in aller Seelenruhe aus, bevor er die Biege macht. Oder er versorgt sich gerade irgendwo mit letzten Hilfsmitteln für seine Reise und das dauert Ewigkeiten." Sie lächelte verschmitzt. „Bist du gar nicht neugierig, was er in seinem Wagen ver…?"

„Doch, natürlich!" Jörn klang todernst. „Aber ich bin eben immer noch mehr Polizist als Gangster."

„Wir haben ja auch nicht vor, selbst ein Auto aufzubrechen! Wir schauen nur zu."

„Na dann … ich stell mir gerade vor, man kriegt uns am Ende wegen Beihilfe dran. Und am besten stoßen wir in Petersens Auto nur auf Socken und Unterhosen."

Inas Blick wanderte zu Hamza. „Kann dein Kumpel Mustafa den Wagen wirklich aufkriegen und niemand merkt hinterher was davon?"

„Logisch, Ba…" Hamza verstummte mitten im Wort. „Kann er, Ehrenwort!"

Ina drehte sich abermals nach hinten um und sah Jörn aufmunternd an. „Du entscheidest! Und wenn du bei deiner Meinung bleibst, können wir von mir aus auch bis morgen früh hier rumhocken und ich spendier Frühstück."

Hamza wollte sich mit einer Reaktion vordrängeln, doch Ina hielt ihn am Arm fest und schüttelte den Kopf.

„Ist in Ordnung", murmelte Jörn nach weiterem Ringen mit sich selbst.

„Was jetzt? Das mit dem Frühstück oder …?"

„Das mit seinem Kumpel!", blaffte Jörn dazwischen und zeigte auf Hamza.

Der wischte bereits auf seinem Telefon, das er zuvor von der Freisprechanlage entkoppelt hatte. Während Ina und Jörn also nur Bruchstücke mitbekamen, begann Hamza das Gespräch ungewohnt defensiv. „Sorry, ich weiß … ist spät."

Dieser Auffassung war offenbar auch sein Gesprächspartner, denn der lieferte ein Donnerwetter. Allerdings auf Türkisch, was selbst ohne Lautsprecher deutlich zu verstehen war.

„Erzähl mir bloß nicht, du hast schon gepennt", drehte Hamza jetzt ein wenig auf. „Hast du Zeit?"

Erneut wurden die Ermittler Zeugen einer wortreichen Beschimpfung auf Türkisch. Die Hamza auf seine ureigene Weise konterte: „Jetzt halt mal die Luft an, Alter! Es geht um Kohle … jede Menge davon!"

Jörn stieß Ina an. Als sie sich umdrehte, musste sie mit ansehen, wie ihr Kollege eine unsichtbare Mattscheibe wischte. „Von welcher ‚Kohle' faselt er da?"

Unterdes war Hamza voll damit beschäftigt, den Auftrag näher zu erklären. Dafür brauchte er nicht lange und verstummte irgendwann mitten im Satz. Sein Smartphone landete in der Mittelkonsole.

„Was ist denn jetzt los?", wollte Jörn wissen.

„Er macht sich gleich auf den Weg", antworte Hamza.

„Das klang für mich aber ganz anders. Wenn ich mich mit jemandem verabrede, dann …"

„Bist du dir sicher?", fragte Ina an Hamza gerichtet dazwischen. In ihrer Stimme schwangen ebenfalls Zweifel mit und auch die Art, wie sie ihren Mitstreiter ansah, sprach Bände.

„Logisch! Mustafa meinte, er bräuchte nicht mehr als zehn Minuten. Also bleib einfach locker!"

Aus diesen zehn Minuten wurden zwanzig, dann eine halbe Stunde. Während sich im Inneren des Taxis bereits Handgreiflichkeiten zwischen den Männern andeuteten, tauchte plötzlich ein Schatten neben der Fahrertür auf.

„Was geht, Alter?", begann Hamza, nachdem er die Seitenscheibe heruntergelassen hatte.

Seinem Landsmann und angeblichen Kumpel namens Mustafa war mitten in der Nacht zweifellos nicht nach Smalltalk zumute. Vielmehr mussten sich Ina und Jörn einer eingehenden Prüfung unterziehen, die mit einer Frage endete: „Wer sind die denn?"

Hamza lachte unsicher. „Bullen, aber keine Angst …"

„Du fährst Bullen durch die Gegend und rufst mich an, um …?"

„Lass mich doch erst mal erklären, Alter!"

Das wurde überflüssig, denn Jörn stieß die hintere Tür auf, packte Mustafa an dessen Jackenaufschlag und zog ihn einige Meter davon, bis die Männer hinter einem geparkten Transporter verschwanden.

„Was geht denn jetzt ab?", fragte Hamza, der zum ersten Mal ehrlich besorgt wirkte.

Ina klang ähnlich ratlos. „Ich hab keine Ahnung. Aber hoffen wir mal, dass beide die Geschichte überleben …"

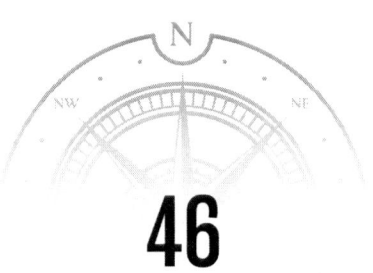

46

Nachdem Wolfgang Petersen die Wohnungstür im dritten Stock so leise wie möglich hinter sich ins Schloss gezogen hatte, verzichtete er darauf, im Treppenhaus Licht zu machen. Stattdessen krallte er sich mit seiner Linken am hölzernen Geländer fest, während er – eine schwere Reisetasche in seiner Rechten – Stufe um Stufe bis ins Erdgeschoss hinunterstieg. Dort herrschte wenigstens Zwielicht, das von den Laternen draußen auf der Straße stammte.

Petersen warf einen Blick auf seine Uhr und nickte zufrieden. Um diese Zeit dürfte Lübeck wie ausgestorben im Dornröschenschlaf liegen und er würde es in wenigen Minuten schaffen, der Stadt für alle Zeit den Rücken zu kehren. Ohne Bedauern oder gar Wehmut zu verspüren.

Fest entschlossen packte er den Griff der Reisetasche umso energischer, langte zur Klinke der Haustür und zog sie einen Spalt weit auf. Eisige Luft schlug ihm entgegen. Seine Augen tränten bereits und er hatte Mühe, nacheinander in sämtliche Richtungen zu spähen, bevor er den ersten Schritt nach draußen setzte. Linkerhand, etwa fünfzig Meter entfernt, stand ein Taxi mit laufendem Motor. Vermutlich hatte der Fahrer kurz zuvor einen Kunden abgesetzt und wartete auf die nächste Tour oder machte Pause. Rechter Hand fand er seinen Chrysler, den er direkt vor einem der Schneeberge geparkt hatte. Und er wollte schon den nächsten Schritt machen, als ihm ein Schatten auffiel, der für den Bruchteil einer Sekunde hinter seinem Wagen auftauchte und ebenso schnell wieder verschwand. Da seine Augen immer noch tränten und er seit seiner frühen Jugend kurzsichtig war, glaubte er noch an einen Irrtum – hoffte darauf. Als dieser Schatten dann jedoch ein zweites Mal Gestalt annahm und deutlich länger zu sehen war, zuckte er regelrecht zusammen.

Ad hoc lieferte ihm sein Verstand zwei Erklärungen, beide gleichermaßen unerfreulich: Entweder, die Polizei hatte ihn gefunden und hinter seinem Wagen kauerten gleich mehrere Beamte, um auf seine Rückkehr zu warten. Oder es handelte sich um einen Zufall und jemand hatte sich sein Luxusgefährt als Opfer ausgesucht. In dem Fall machte sich gerade ein Nichtsnutz an seiner Beifahrertür zu schaffen, um den Chrysler zu knacken. So oder so, beide Möglichkeiten durchkreuzten seine weiteren Pläne und machten eine schnelle und unkomplizierte Flucht zunichte.

Petersen dachte an den Inhalt seiner Reisetasche, deren Griff er unverändert fest umklammerte. Neben einer halben Million Euro – sorgsam zu Fünfzigern und Hundertern gebündelt – und anderthalb Kilo reinsten Kokses befand sich darin auch eine *Beretta*. Mit dieser Pistole hatte er Jahrzehnte zuvor – damals noch jung, ungestüm und ganz am Anfang seiner kriminellen Karriere – einen Konkurrenten erschossen, der im Begriff war, sich ebenfalls in Lübeck breitzumachen.

Petersen wollte gerade die Tasche neben sich abstellen und die *Beretta* herausholen, als sich am Taxi etwas tat. Die Beifahrertür öffnete sich und eine Frau stieg aus. Die starrte zu ihm hinüber und wirkte dabei irgendwie unentschlossen. Aber das änderte sich genauso plötzlich, als kurz darauf auch die hintere Tür aufflog.

Petersen, der noch immer die Haustür im Rücken spürte, übte ein wenig Druck auf das Holz aus und stellte erleichtert fest, dass der Schließmechanismus noch nicht eingeschnappt war. Zwei Atemzüge später war er zurück im Hausflur, vor ihm krachte die Tür ins Schloss und würde sich ohne Gewalt so schnell nicht wieder öffnen lassen. Er kannte diesen Altbau seit Ewigkeiten und wusste um eine Tür, die in den Hinterhof führte. Bei gutem Wetter spielten dort haufenweise Kinder und veranstalteten einen unvorstellbaren Radau. Hinzu kam eine Reihe von Müllcontainern, die der Hausmeister alle zwei Wochen durch einen schmalen Gang bis auf die Straße ziehen musste. Sein vermeintlicher Fluchtweg stand also längst fest und tauchte wie eine Landkarte vor seinem inneren Horizont auf …

***

Etwa zehn Minuten zuvor kehrte Jörn ein wenig atemlos ins Taxi zurück und sah sich dort gleich zwei fragenden Blicken gegenüber.

Ina versuchte es als Erste mit einer Frage: „Hast du Mustafa die Leviten gelesen und ihn vertrieben?"

Jörn schüttelte den Kopf. Wobei das im Prinzip überflüssig wurde, denn Hamzas türkischer Kumpel passierte gerade das Taxi an dessen Front und war auf dem Weg in Richtung Chrysler. Erst als er dahinter verschwand, ging es von Jörns Seite auch mit Worten weiter: „Er weiß, was er zu tun hat und auch, dass wir sämtliche Augen zudrücken. Zufrieden?"

Inas Handy klingelte. „Das sind unsere Zivilkollegen", erklärte sie und nahm das Gespräch gleich mit einer Entwarnung an: „Keine Angst, der Mann gehört zu uns."

Offenbar wollte es jemand genauer wissen. Ina war anzuhören, dass sie leicht ins Schwitzen geriet. „Ja, ich weiß, dass der sich am Auto zu schaffen macht. Wir greifen keinesfalls ein und falls irgendwas passiert, lassen wir den Kerl einfach laufen." Jetzt veränderte sich Inas Stimme. „Seid nicht böse, Leute. Wir legen uns alle weiter auf die Lauer und … Sekunde mal!"

„Was ist denn los?", fragte Hamza.

Ina antwortete nicht, sondern stieß die Beifahrertür auf und stand im nächsten Moment davor.

Von drinnen folgte Jörn ihrem Blick und klang dann, als könnte er es gar nicht glauben. Er zeigte über die Straße, wo im Hauseingang eines der Altbauten eine Gestalt kauerte. „Ich glaube, das ist er."

„Und was jetzt?", kam es von Hamza.

Jörn hatte bereits den Türöffner in der Hand, wollte aber nicht auf eine Ermahnung verzichten: „Du sagst deinem Kumpel Mustafa, dass er sich verdrücken soll, und wartest danach hier im Auto auf uns!"

„Hast du sie noch alle? Ich dachte, wir sind ein Team und ..."

Den Rest bekam Jörn nicht einmal mehr mit, denn unmittelbar nach dem Aussteigen hastete er neben Ina über die Straße. Dort standen sie immer noch vor einer verschlossenen Haustür, als die beiden Zivilkollegen hinzustießen.

„Der Scheißkerl hat uns ausgetrickst!", fluchte Ina. Sie drehte sich zu den Lübecker Beamten um. „Weiß jemand von euch, ob das Haus 'ne Hintertür hat?"

„Ich schätze, hier hat jedes Haus eine", erwiderte der ältere Kollege.

Ina stöhnte und machte den Eindruck, als hätte sie am liebsten um sich geschlagen. „Ihr lauft rechts runter und in die nächste Straße rein, Jörn und ich übernehmen die andere Seite. Und meldet euch, falls ihr was seht."

„Das hat doch alles keinen Sinn, Ina!", kam es von Jörn, nachdem die Verstärkung weisungsgemäß und im Laufschritt entschwunden war. „Petersen kennt hier alles wie seine Westentasche, ist längst über alle Berge und lacht sich scheckig über uns Idioten."

„Und was jetzt? Zurück ins Taxi, ab in die Pension und erst mal drüber schlafen?"

Jörn wirkte zunächst unentschlossen, dann nickte er verhalten.

„Ohne mich!", fauchte Ina und setzte sich ruckartig in Bewegung. Genauso plötzlich blieb sie stehen und wirbelte herum. „Ich will hinterher wenigstens sagen können, wir hätten alles versucht ..."

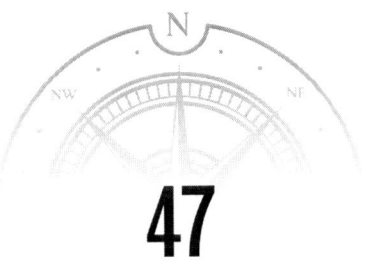

47

Obwohl im Hinterhof undurchdringliche Dunkelheit herrschte, fand Petersen den Durchgang in eine schmale Seitenstraße fast mit schlafwandlerischer Routine. Dort angekommen bog er nach links ab, um sich so schnell wie möglich vom Traveufer zu entfernen. Während sein Körper im Laufe der letzten Jahre erheblich an Leistungsfähigkeit eingebüßt hatte, funktionierte sein Verstand noch wie gewohnt. Und so hatte er bereits ein oder zwei Möglichkeiten im Sinn, wo er auf die Schnelle Unterschlupf finden und der Polizei entkommen könnte. Sie würden den Chrysler auf den Kopf stellen und darin auf einen großen Teil seines Vermögens stoßen. *Na und?* Allein der Inhalt seiner Reisetasche, die bei jedem Schritt an seiner Seite baumelte, würde reichen, um eine Weile in Saus und Braus zu leben. Dazu seine Auslandskonten – er müsste nur abwarten, bis sich der Staub gelegt hätte und dann würde er auf ein Neues die Flucht antreten. Vielleicht ein bisschen besser organisiert und gerne mithilfe eines Spezialisten.

Eilig überquerte er die nächste Straße und schlüpfte auf der anderen Seite in einen Durchgang, von dem nur eingefleischte Lübecker wussten, dass der nach einem weiteren Richtungswechsel nahe der

St. Marien-Kirche endete. Irgendwann würde ihm schon ein Taxi begegnen und danach wäre seine Flucht geglückt.

Als er gerade erneut abbiegen wollte, hörte er hinter sich eine Stimme: „Hey … bleib stehen, Opa!"

Wieder dachte Petersen an die *Beretta* in seiner Tasche und ärgerte sich, dass er sie nicht längst herausgeholt hatte. Aber daran könnte er ja genau jetzt etwas ändern, denn die Stimme klang noch verhältnismäßig weit entfernt. Er hatte die Tasche eben erst vor sich abgestellt und deren Reißverschluss aufgezogen, da hörte er hinter sich ebenfalls ein Geräusch. Blieb zu hoffen, dass es sich dabei um eine Katze handelte, die nur auf der Suche nach einem warmen Plätzchen zum Schlafen war …

***

„Du hattest recht", gab Ina nach zehnminütiger ergebnisloser Suche zu. Kurz zuvor war sie stehen geblieben und stützte sich mit den Händen auf den Knien ab, während sie stoßweise den Atem entließ. „Petersen ist weg, hat sich in Luft aufgelöst."

Jörn keuchte ebenso. „Das wahrscheinlich weniger. Aber ich denke, der kennt sich hier wesentlich besser aus als wir. Was bedeutet, wir haben von Anfang an auf verlorenem Posten gekämpft."

Ina nickte, inzwischen ging ihr Atem wieder regelmäßiger. „Wir sollten Kuhnert anmorsen und fragen, ob der ganze Tross schon auf dem Rückweg ist. Vielleicht können die als Verstärkung herhalten und noch irgendwas ändern. Immerhin handelt es sich um hundertsiebzig Beamte und zehn …"

„… Hunde", vervollständigte Jörn. „Und die dürfen an Petersens alten Unterhosen schnuppern, wenn wir in seinem Chrysler auf Klamotten stoßen. Mit der Spur finden sie ihn garantiert und …"

„Hör bitte auf!", unterbrach Ina, musste aber trotzdem schmunzeln. Sie hätte vermutlich noch mehr zu sagen gehabt, doch ihr Handy hielt sie davon ab. Ein Blick aufs Display outete Hamza als Anrufer, entsprechend fiel die Begrüßung aus: „Keine dummen Sprüche! Ein falsches Wort und ich …"

„Wir haben euren Opa", fuhr der junge Türke triumphierend dazwischen.

„Was soll das heißen?"

„Der Typ liegt hier. Mustafa hat ihn …"

„Was?", fragte Ina, denn es ging nicht weiter.

„Euer bescheuerter Opa wollte auf mich schießen, da hat er sich eine gefangen und ist gleich zu Boden."

Jörn, der das Meiste mitbekommen hatte, fuchtelte aufgeregt mit den Armen. „Wo?", zischte er an Inas Adresse gerichtet.

„Wo seid ihr?", fragte sie wunschgemäß.

Hamza brauchte nicht lange, um ihr den Weg zu erklären.

„Das ist ja praktisch um die Ecke", wunderte sich Jörn, nachdem Ina die Beschreibung wiederholt hatte. „Wenn wir vorhin links abgebogen wären, statt geradeaus zu laufen, wäre Petersen uns wahrscheinlich direkt in die Arme gelaufen."

„Und trotzdem hat Hamza ihn zuerst gefunden", stellte Ina den Sachverhalt klar.

„Hast recht, Baby … lass uns!"

Es dauerte tatsächlich nicht lange, bis die Ermittler in einem finsteren Durchgang auf Hamza stießen. Zu dessen Füßen lag Wolfgang Petersen und stöhnte vor sich hin.

Jörn zückte seine Taschenlampe und hüllte die Szenerie zumindest teilweise in grelles Licht. Ein Detail fiel ihm sofort auf. „Wieso blutet Herr Petersen?"

„Hab ich doch gesagt: Der Typ hat mit 'ner Wumme auf mich gezielt, da hat Mustafa ihn ausgeschaltet."

„Wo ist dein Kumpel überhaupt? Und wo ist die Wumme, von der du da redest?", wollte wiederum Ina wissen.

Doch Hamza fand keine Gelegenheit für eine Antwort, weil Petersens Stöhnen an Lautstärke zunahm und Worte daraus wurden: „Wo ist meine Tasche?"

Jörn suchte mit dem Strahl seiner Lampe das nähere Umfeld ab. „Von welcher Tasche redet er?", ging es mit einer Frage an Hamza gerichtet weiter.

„Keine Ahnung. Der Typ hat sich beim Hinfallen ordentlich die Birne gestoßen und redet nur wirres Zeug. Ist doch logisch!"

„Und wo ist dein Kumpel Mustafa geblieben?"

„Hat wahrscheinlich Schiss gekriegt. Er hat's nicht so mit Bullen."

Ina kniete neben Wolfgang Petersen nieder und rüttelte wenig gefühlvoll an dessen Schulter. „Können Sie mich hören?" Da der alte Mann nicht reagierte, wiederholte sie ihre Frage noch um einiges lauter. „Können Sie mich hören, Herr Petersen?"

Der nickte und stöhnte abermals.

„Sie sind vorläufig festgenommen. Mein Kollege erklärt Ihnen Ihre Rechte."

Während Jörn Inas Bitte Folge leistete, zog die Hamza ein Stück beiseite und fing zischend an: „Was ist das wieder für eine bescheuerte Geschichte? Kann es sein, dass sich dein Kumpel Mustafa mit Petersens Tasche und der mysteriösen Wumme aus dem Staub gemacht hat?"

„Ey ... wir haben den Typen für euch gefunden und kaltgestellt! Denk lieber mal über 'n Dankeschön nach, statt mich hier fertig zu machen."

In Sachen ‚Tasche' beließ Ina es vorerst dabei und mühte sich um ein Lächeln. „Wie habt ihr das eigentlich angestellt?"

„Ich bin hier aufgewachsen und kenn jede Ecke. Mir war sofort klar, wo euer Opa hinwill. Also sind Mustafa und ich hinterher und haben ihm den Weg abgeschnitten."

„Vielleicht rufen wir besser einen Rettungswagen", schlug Jörn, der jetzt neben Petersen kniete, vor.

„Wo ist meine Tasche geblieben?", fragte der alte Mann.

„Ich glaube, es geht auch so", gab Ina Entwarnung. Im nächsten Moment sah sie Hamza erneut mit strengem Blick an. „Willst du mir doch irgendwas über die Tasche sagen?"

Hamza schüttelte energisch den Kopf. „Keine Ahnung, wovon der Typ da redet."

48

ZWEI TAGE SPÄTER

„Guten Morgen, Herr Petersen!", begann Jörn und ließ sich im Verhörraum des Lübecker Präsidiums auf einem der unbequemen Stühle nieder. Zu seiner Linken nahm Ina Platz. Die hatte nicht mal ein Wort zur Begrüßung parat, sondern musterte Wolfgang Petersen – alias Wolle – als würde sie ihm am liebsten an die Kehle springen oder ihn gleich komplett zerfleischen.

Weil sich jetzt schon peinliches Schweigen ausbreitete, fuhr Jörn einfach fort: „Uns wurde gesagt, Sie verzichten auf einen Anwalt. Stimmt das?"

Petersen nickte. Er war voll auf Jörn fokussiert. „Ich werde uneingeschränkt kooperieren. Wozu brauche ich da einen Anwalt?"

„Das ist doch wieder nur einer Ihrer schäbigen Tricks!", giftete Ina quer über den Tisch. Sie hätte sicherlich viel mehr zu sagen gehabt, aber Jörn packte sie am Arm, um den Wutanfall seiner Kollegin im Keim zu ersticken.

Was die Fortsetzung betraf, kam ihm Petersen allerdings zuvor. Der sah Ina direkt an, in seinem Gesicht machte sich ein zaghaftes Lächeln breit. „Nehmen Sie es nicht so persönlich, Frau Drews."

„Wie sollte ich es denn sonst nehmen? Schließlich haben Sie bei unserer Kaffeerunde ordentlich auf die Tränendrüsen gedrückt. Und ich hatte noch Mitleid mit Ihnen, hätte mich am Ende sogar um einen neuen Job für Sie gekümmert, falls …"

„Meine Kollegin hat recht", mischte sich Jörn übertrieben laut ein. „Sie haben uns vom ersten Moment an vorsätzlich getäuscht und obendrein als Informationsquelle missbraucht. Insofern erwarten Sie hoffentlich nicht, dass wir Ihnen auch nur ein Wort glauben, solange es dafür keine objektiven Beweise gibt."

„Was ist im Leben schon objektiv?", fragte Wolfgang Petersen überheblich. Vom sympathischen, in die Jahre gekommenen Taxifahrer, der sich nicht einmal ein Stück Kuchen leisten konnte, war nichts mehr übrig. Sein Blick fand wieder Ina, dieses Mal in einer stechenden, abschätzenden Variante. „Und nehmen Sie es mir bitte nicht übel: Ich habe Sie weder um Almosen noch um Hilfe gebeten. Das sollten Sie über all Ihr Zeter und Mordio nicht vergessen."

Eine Weile herrschte Schweigen. Dann war es Jörn, der zum Anfang des Gesprächs zurückkehrte. „So … Sie wollen also uneingeschränkt kooperieren. Wie dürfen wir uns das vorstellen?"

Petersen zuckte mit den Schultern und zeigte erneut dieses arrogante Lächeln.

„Vielleicht zäumen wir das Pferd ausnahmsweise von hinten auf", schlug Jörn vor. „Nach Ihrer Festnahme am frühen Samstagmorgen wurden in Ihrem Wagen über anderthalb Millionen Euro in bar sichergestellt. Verraten Sie uns, woher das Geld stammt?"

„Keine Ahnung. Wo genau haben Sie's denn gefunden?"

Jetzt reagierte Ina ebenso herablassend wie ihr Gegenüber: „Hoppla … da leidet wohl einer unter Gedächtnisverlust – muss am Alter liegen."

„Sie streiten also ab, dass das Geld Ihnen gehört?", setzte Jörn routiniert fort und erntete für die Frage ein Nicken. „Das wundert mich ehrlich gesagt, denn das Auto ist Eigentum der deutschen Zweigstelle einer Investmentgesellschaft im Baltikum, deren alleiniger Inhaber Sie sind. Können Sie uns das näher erläutern?"

„Ich nutze den Wagen gelegentlich, mehr nicht! Und wenn ich gewusst hätte, dass jemand so viel Geld darin versteckt, hätte ich bestimmt nicht leichtfertig irgendwo geparkt. Man weiß ja nie, wer mitten in der Nacht auf dumme Ideen kommt und eine Scheibe ..."

Ina klatschte Beifall und sorgte damit für eine Unterbrechung. „Was für eine abenteuerliche Story! Sie hätten Schauspieler werden sollen, Herr Petersen!" Weil der fragend dreinschaute, legte Ina bereitwillig nach: „Es hat etwas gedauert, bis wir gestern Ihren alten Schulfreund, der an der Untertrave wohnt, ausfindig gemacht haben. Sie glauben gar nicht, wie schnell der geplaudert und uns haufenweise interessante Informationen geliefert hat – gegen Straffreiheit, versteht sich. Und er meinte übrigens, sie hätten seine Wohnung mit einer großen Reisetasche bewaffnet verlassen."

„Da muss er sich irren."

Ina lächelte spöttisch. „Hat Ihr weiterer Gedächtnisverlust etwas mit dem Inhalt der Tasche zu tun?"

Zum ersten Mal bröckelte gegenüber eine Fassade.

Was Ina triumphierend registrierte und nahtlos fortfuhr: „Den Aussagen Ihres Freundes zufolge haben Sie dessen Wohnung jahrelang als Lager und Umschlagsort für Drogen, Bargeld und Waffen genutzt. Ich bin überzeugt, dass unsere Spurensicherung für diesen Umstand reichlich Beweise finden wird. Und dann wäre da noch der Bruder Ihres alten Schulfreundes, der den LKW gelenkt hat, dem unsere Kollegen von Travemünde bis nach Niedersachsen gefolgt sind. Ein bisschen Druck wird reichen, damit der Mann ebenfalls auspackt. Was denken Sie?"

Offenbar nichts, denn Petersen schwieg beharrlich.

„Sie wussten haargenau, dass man Ihnen früher oder später auf die Schliche kommt", klinkte sich Jörn wieder ein. „Ihre Immobilien in Deutschland haben Sie vor Monaten zu Geld gemacht und planen garantiert schon viel länger Ihren warmen Abgang. Was hatten Sie vor? Mit Mitte siebzig noch mal ganz neu durchstarten? Oder war das Geld als Bezahlung für die Drogenlieferung gedacht, die unsere lettischen Kollegen vorletzte Nacht im Hafen von Liepāja beschlagnahmt haben?"

Gegenüber bröckelte die Fassade weiter.

Und weil Ina Jörn zu einer kurzen Pause verhelfen wollte, übernahm sie: „Die Kollegen in Lettland feiern wahrscheinlich immer noch. War das die Ladung, die eigentlich in Travemünde ankommen sollte und für den Lübecker Markt bestimmt war?"

Schulterzucken.

Das hielt Ina nicht von einer Fortsetzung ab: „Außerdem hat man gestern Ihr Büro in Riga auf den Kopf gestellt. Bis alle Unterlagen gesichtet sind, wird es einige Zeit dauern, aber klar ist bereits, dass von dort aus im Laufe der letzten Jahre tonnenweise Drogen verteilt wurden."

„Ich glaube, es ist besser, wenn ich doch einen Anwalt hinzuziehe", entgegnete Petersen mit fester Stimme. „Die Geschichte, die Sie sich da zusammenfantasieren, klingt ja beinahe filmreif. Ich frage mich nur, was ich damit zu tun habe."

Ina konterte eiskalt: „Das ist ohnehin nicht unsere Baustelle. Uns geht es um den Mord an Stefan Wagner und Ihrem Geschäftsführer Günter Strebkowski. Alles spricht dafür, dass Sie beide Morde in Auftrag gegeben haben."

Von Petersens anfänglicher Selbstsicherheit war nicht mehr viel übrig. Ferner war ihm anzusehen, dass er insgeheim mit der nächsten negativen Überraschung rechnete. Dennoch erwiderte er knapp: „Ich will einen Anwalt!"

„Sie sollten uns lieber noch ein bisschen zuhören und erst danach entscheiden, wie es weitergeht", schlug Jörn vor. Er wartete keine Reaktion ab, sondern redete gleich weiter: „Sagen Ihnen die Namen Toaster, Stevie und Longus etwas?"

„Haben Sie sich die Namen ausgedacht? Wer soll das sein?"

„Nun ja – zwei der Herren sitzen nicht weit entfernt in einem anderen Verhörraum und es sieht so aus, als würden deren Aussagen

Sie schwer belasten. Womit wir bei insgesamt vier Morden wären: Angefangen mit zwei Lübecker Dealern, die sich geschäftlich wohl etwas zu ambitioniert gezeigt haben und das mit ihrem Leben bezahlen mussten. Und dann wären da noch die beiden Herren, die meine Kollegin eben erwähnt hat. Wollen Sie ernsthaft behaupten, Sie hätten mit all den Morden nichts zu tun?"

„Ich will einen Anwalt!", wiederholte Petersen auf eine Art und Weise, als säßen ihm auf der anderen Tischseite Begriffsstutzige gegenüber.

Ina übernahm: „Einer Ihrer Handlanger – Lothar Groß, auch Longus genannt – hat im Krankenhaus bereits ein Teilgeständnis abgelegt. Man sagt zwar allgemein, dass eine Krähe der anderen kein Auge aushackt, aber ich denke, das wird hier nicht so laufen." Ina machte eine Pause, lächelte süffisant. „Wahrscheinlich, weil zwei dieser Krähen eine dritte mit einer Schusswunde im Bauch einfach haben liegen lassen. Können Sie sich vorstellen, wo das war?"

Dieses Mal reagierte Petersen überhaupt nicht.

„Richtig! In einem Waldstück nahe Scharbeutz, wo die drei Herren auf Ihren und Günter Strebkowskis Befehl hin auch den zweiten Wagner-Bruder und dessen Lebensgefährtin aus dem Weg räumen sollten. Und Sie ahnen es vielleicht schon: Thomas Wagner hatte bei seiner Aussage gestern derart viele Details auf Lager, dass wir kaum mit dem Schreiben hinterherkamen."

Petersen gab sich nach außen unbeeindruckt, doch wie es hinter seiner starren Miene ratterte, konnte er nicht verbergen.

Während Jörn mit den Fingern auf dem Tisch trommelte, betätigte Ina unentwegt den Druckknopf an einem Kugelschreiber.

Dieses Pseudo-Konzert ließ Petersen irgendwann mürrisch aufblicken. „Was ist denn jetzt mit dem Anwalt?"

„Über kurz oder lang kommen Sie an einem Geständnis nicht vorbei", erwiderte Ina gelassen. „Und es ist fraglich, ob wir unter den Umständen noch bereit sind, bei der Staatsanwaltschaft ein gutes Wort für Sie einzulegen. Ein paar Hafterleichterungen könnten wir sicher herausschlagen, wenn Sie jetzt sofort die Karten auf den Tisch legen."

„Ich werde nächstes Jahr fünfundsiebzig!", hob Petersen hervor.

Ina wich erstaunt zurück. „Was Sie bisher doch auch von nichts abgehalten hat! Erwarten Sie etwa einen Rentner-Bonus? Den können Sie sich abschminken!"

Jörn packte Ina am Arm und deutete zur Tür des Verhörraums. „Nur ganz kurz", flüsterte er, weil sie nicht wie gewünscht reagierte.

„Beziehungsprobleme?", fragte Petersen spöttisch.

Anfangs folgte Jörn Ina auf dem Weg zur Tür, doch dann verharrte er mitten in der Bewegung und kehrte zum Tisch zurück. Er stützte sich auf dessen Platte ab und taxierte Wolfgang Petersen aus eiskalten Augen. „Ihnen wird das Lachen schon noch vergehen. Und wenn wir gleich zurückkommen, hat das Versteckspiel ein Ende oder wir lassen es einfach drauf ankommen ..."

„Was soll das heißen?"

„Dass Sie Ihren Anwalt kriegen, herzlich gerne sogar. In dem Fall sorgen meine Kollegin und ich mit Vergnügen dafür, dass Sie von Hafterleichterungen gar nicht erst zu träumen brauchen – nicht mal, wenn Sie im Knast hundert werden."

49

„Wieso machst du mitten im Verhör 'ne Pause?", fragte Ina, als Jörn am Ende des Flurs endlich vor dem Kaffeeautomaten stoppte und in seinen Hosentaschen nach Kleingeld wühlte.

„Weil du langsam die Kontrolle verlierst", antwortete er, ohne sich dabei vom Automaten abzuwenden. „Weil du die Sache viel zu persönlich nimmst und weil du …"

„Sekunde mal!" Ina machte einen Schritt nach vorne, packte Jörn am Arm und zwang ihn zu einer Kehrtwende. Als sich ihre Blicke trafen, funkelte sie ihn an. „Wir sind Menschen, keine Maschinen!" Sie zeigte zurück zur Tür des Verhörraums. „Und der Typ da drinnen hofft doch nur, dass er seinen Kopf durch irgendeinen billigen Trick noch aus der Schlinge ziehen kann. Aber die Suppe werden wir ihm gründlich versalzen."

„Siehst du, du nimmst das alles viel zu persönlich. Wenn du solche Fälle so dicht an dich heranlässt, gehst du demnächst vor die Hunde."

Ina dachte einen Moment über diesen neuerlichen Vorwurf nach und nickte dann verhalten. „Wahrscheinlich hast du recht. Und Petersen hat auch irgendwie recht – er hat uns nicht um Hilfe oder Mitleid gebeten."

Jörn fiel in Inas Nicken mit ein. „Und was jetzt? Machst du weiterhin einen auf Rächerin der Enttäuschten oder schaffst du es zurück in den Mutter-Theresa-Modus?"

„Du kannst mich mal!", entfuhr es Ina mit gespieltem Ernst. Mehr wurde sie nicht los, da Jörns Handy klingelte.

Er nahm das Gespräch an, lauschte etwa eine halbe Minute und endete mit einem knappen „Bis gleich."

„War das Kuhnert?", fragte Ina.

„Die haben angeblich sagenhafte Neuigkeiten für uns."

„Und zwar?"

„Das möchten uns die Kollegen Kuhnert und Franke selbst mitteilen."

„Wenn ich diesen aalglatten Franke sehe, wird mir ganz anders", stieß Ina im Treppenhaus auf dem Weg zu den Lübecker Kollegen heraus. Ihre Stimme hallte von den nackten Betonwänden wider. „Bestimmt darf sich das Drogendezernat für all die Pleiten auch bei dem Vogel bedanken."

Jörn blieb mitten auf der Treppe stehen und schaute zu Ina empor, die schon einige Stufen höher war. Er flüsterte lediglich. „Könntest du das gleich bitte für dich behalten? Ich mag den Typen ebenso wenig, aber das heißt noch lange nicht, dass er mit den bösen Jungs unter einer Decke steckt. Wer sowas behauptet, sollte lieber ein paar hieb- und stichfeste Beweise auf der Pfanne haben. Oder siehst du das etwa anders?"

„Ist ja ohnehin nur meine private Meinung", tat Ina ab und erklomm bereits die nächsten Stufen. Erst auf dem Flur vor Hauptkommissar Kuhnerts Büro stoppte sie und drehte sich zu Jörn um. Sie streckte ihm ihre Rechte entgegen. „Wollen wir wetten?"

Jörn sah in alle Richtungen, bevor er reagierte. „Ob Franke die undichte Stelle war oder ist?"

„Um ein Essen", bestätigte Ina eifrig nickend. „Aber nicht wieder Döner, sondern was Vernünftiges."

Jörn überlegte kurz und schlug dann ein. „Mit Vorspeise und Nachttisch."

„Mindestens, Freundchen! Und dieses Mal redest du dich nicht raus.“

„Da sind ja unsere Superhelden!“, empfing Hauptkommissar Kuhnert Ina und Jörn jubelnd in seinem Büro. Tobias Franke hatte erneut auf der Schreibtischkante seines Chefs Platz genommen und lächelte wortlos zur Begrüßung. Selbst diese Geste wirkte unterkühlt und arrogant.

„Setzt euch doch!“, ermunterte Kuhnert seine Flensburger Kollegen.

„Wir sind gerade im Verhör mit Petersen. Also sollten wir das hier schnellstmöglich über die Bühne bringen“, erklärte Jörn.

Was Kuhnerts guter Laune keinen Abbruch tat. „Dann eben so! Mir soll's recht sein.“

„Welche sensationellen Neuigkeiten habt ihr denn?“, wollte nun Ina wissen.

„Zunächst mal ein Geständnis, womit die Morde an unseren beiden Dealern wohl aufgeklärt sind. Dieser Typ namens Olaf Schuster – alias Toaster – hat seine zwei Mitstreiter eiskalt verpfiffen …“ Kuhnert musste eine Pause einlegen und überflog dabei ein Blatt auf seinem Schreibtisch.

„Stevie und Longus“, half Ina.

„Korrekt!“

„Und wenn die beiden das Gegenteil behaupten?“

Tobias Franke mischte sich ein. „Es gibt ein Handy-Video von der Tat, weil Strebkowski auf Beweise bestanden hat – offenbar im Auftrag von eurem Wolle.“

„Das ist ja der Hammer“, kommentierte Jörn trocken. Er hielt inne und tat, als würde er intensiv nach etwas horchen. „Wundert mich, dass bei euch keine Sektkorken knallen.“

Davon ließ sich Kuhnert nicht beirren. „Es geht noch weiter: Der zuständige Staatsanwalt hat heute Spendierhosen an und diesem Toaster einen Deal angeboten. Daraufhin hat der gleich unseren Maulwurf enttarnt.“

Während sich Ina bereits intensiv auf Tobias Franke fokussierte, haftete Jörns neugieriger Blick unverändert auf Kuhnert.

„Es handelt sich um einen Oberkommissar vom Drogendezernat. Der Mann wurde umgehend festgenommen und wird gerade zum LKA nach Kiel gebracht, um dort vernommen zu werden."

Ina sah Jörn an, der sich grinsend den Bauch rieb. „Sonst noch was?", fragte sie mit leicht genervtem Unterton.

„Das wird euch interessieren", schob Franke vorweg. „Nachdem wir diesen Toaster gestern Morgen verhaften konnten, haben die Kollegen von der Technik als Erstes sein Handy auf den Kopf gestellt. Laut Verbindungsdaten ist der Mann nach seiner Flucht aus Scharbeutz direkt zurück nach Lübeck …"

„… um in der Taxizentrale Strebkowski zu erschlagen", vollendete Ina mit Grabesstimme. „Jetzt wird langsam ein Schuh draus. Der Toaster hat irgendwann das Lager gewechselt und war danach exklusiv unter Petersens Flagge tätig."

„Während Strebkowski die ganze Zeit meinte, er hätte alles unter Kontrolle. Und das ist immer noch nicht alles!", frohlockte Kuhnert. „Beim Checken der Verbindungsdaten sind unsere IT-Spezies weiter in die Vergangenheit gegangen. Demnach war dieser Toaster vor ein paar Tagen nachts auf dem Priwall. Ursprünglich in Strebkowskis Auftrag, um Wolfgang Petersen zu erledigen. Aber da er die Seiten gewechselt hatte, ist die Geschichte offenbar etwas anders gelaufen und am Ende musste Stefan Wagner dran glauben. Wollt ihr selbst noch mal mit dem Toaster reden?"

Ina schüttelte energisch den Kopf. „In erster Linie will ich zurück in den Verhörraum und Petersen die Wahrheit um die Ohren hauen. Oder waren die Kollegen so weit in der Vergangenheit, dass wir dem Toaster auch das *Kennedy*-Attentat anhängen können?"

Kuhnert lachte herzhaft. Franke hingegen blieb todernst und hatte eine Frage: „Wollt ihr euch das wirklich antun?"

„Was denn?", hakte Jörn nach.

„Petersen weiter ausquetschen und ihm ein Geständnis abringen? Das können wir gerne übernehmen."

Jörns geöffneter Mund schloss sich unverrichteter Dinge, denn Ina kam ihm zuvor: „Ist da etwa einer scharf auf die Lorbeeren?"

Während es Franke bei einem vielsagenden Lächeln beließ, schoss Kuhnert hinter seinem Schreibtisch hoch. „Den Erfolg habt ihr euch redlich verdient. Falls es hinterher tatsächlich was zu feiern gibt, dann …"

„… dürft ihr das gerne der Presse erklären und die Lorbeeren ganz allein einheimsen", setzte Ina fort. „Aber bitte erst, wenn wir auf dem Rückweg nach Flensburg sind."

50

„Es gibt gute Nachrichten", fing Jörn an, kaum dass die Ermittler Wolfgang Petersen erneut gegenübersaßen. „Unsere hiesigen Kollegen haben soeben ein umfassendes Geständnis aufgenommen und im Prinzip könnten wir uns jedes weitere Gespräch auch sparen."

Petersen wirkte leicht verdutzt und sogar das Thema Anwalt kam vorerst nicht wieder zur Sprache.

Diese Gelegenheit packte Ina beim Schopf und berichtete einige Minuten lang ausführlich, was die Lübecker Kripobeamten herausgefunden hatten. Allerdings kam noch etwas hinzu, denn auf dem Weg zum Verhörraum hatte sich die Spurensicherung mit Neuigkeiten gemeldet. Die Ina mit sichtbarem Vergnügen zusammenfasste: „Bei der Durchsuchung von Herrn Strebkowskis Wohnung ist man auf ein paar interessante Dinge gestoßen. Wussten Sie, dass Ihr Kompagnon sämtliche Unterhaltungen mit Ihnen feinsäuberlich dokumentiert hat?" Ina wartete auf eine Reaktion, doch die blieb aus. Trotzdem glaubte sie, hinter der ungerührten Fassade etwas zu erkennen: Befürchtungen, die sie bereitwillig mit neuem Futter versorgte. „Gleiches gilt übrigens auch für jede einzelne

Drogenlieferung und alle daran Beteiligten. Ferner hat man etliche Festplatten gefunden, auf denen Mitschnitte von Telefonaten und Kopien von Textnachrichten gespeichert sind. Die Auswertung wird dauern, aber ich bin mir sicher, dass allein diese Informationen reichen, um Sie für viele, viele Jahre hinter Gitter zu bringen. Was meinen Sie?"

Wolfgang Petersen sah erst Ina und dann Jörn ausdruckslos an. „Was wollen Sie überhaupt von mir, wenn Sie ohnehin schon alles wissen?"

Ina stieß keuchend den Atem aus und lachte, was jedoch nichts mit Frohsinn zu tun hatte. „Erinnern Sie sich an unser erstes richtiges Gespräch? In der Bäckerei?"

Petersen nickte.

„Wir haben seinerzeit nur ein paar Andeutungen gemacht und Sie haben gleich die Hosen runtergelassen und uns von den krummen Geschäften Ihres vermeintlichen Chefs erzählt. Wieso haben Sie nicht einfach gelogen beziehungsweise ...?"

„Können Sie sich das nicht denken?"

Und ob Ina konnte: „Sie wussten ganz genau, dass wir Ihnen und Ihren Leuten früher oder später auf die Schliche kommen. Stimmt's?"

Petersen nickte abermals. Jetzt hatte er auch einen Nachschlag parat: „Strebkowski ist im Laufe der Jahre immer gieriger geworden. Noch schlimmer wurde es, als die Wagner-Brüder aufgetaucht sind. Das Geschäft lief bis dahin prächtig und es gab so gut wie nie Probleme, aber manche kriegen den Hals eben nicht voll genug."

„Und da haben Sie beschlossen, Ihren Läufer zu opfern und sich mit den Früchten Ihrer Arbeit abzusetzen."

Dieses Mal verzichtete Petersen auf das obligatorische Nicken und sah Ina lediglich erwartungsvoll an. „Wäre das dann alles?"

Eine Frage, die Jörn auflachen ließ. „Noch lange nicht! Was genau ist auf dem Priwall passiert? Wieso hat sich ein Mann namens Toaster mit Ihnen verbündet und warum musste Stefan Wagner sterben?" Jörn machte eine Pause, wechselte einen flüchtigen Blick mit Ina. „Wir haben reichlich Zeit, also gerne ganz von vorne, Herr Petersen."

Der tat sich mit dem Anfang dennoch schwer. Nur seine Miene verhieß, dass sein Widerstand endgültig gebrochen war. „Ich hab die Tour mit Wagner rein zufällig bekommen. Oder doch nicht so zufällig …", korrigierte er sich umgehend, „… weil mir Renate mit Vergnügen die besten Aufträge zuschustert."

„Garantiert, weil diese Renate Sie auch für einen netten alten Mann hält, der bloß seine Rente aufbessert und ansonsten keiner Fliege was zuleide tun kann", ergänzte Ina aufgebracht. Aber sie hatte sich schnell wieder im Griff und wurde dienstlich: „Was haben Sie getan, als Sie gemerkt haben, dass einer der Wagner-Brüder auf Ihrer Rückbank sitzt?"

„Persönlich kannte ich bis dahin keinen der beiden, schließlich war Strebkowski fürs operative Geschäft zuständig", räumte Petersen widerwillig ein. Dann hellte sich sein Gesicht kurz auf. „Der Typ hat geredet und geredet. Meinte, er wäre Sternekoch in Prag und hätte hier einen Bruder, der auch in einem Nobelrestaurant kocht. Ist doch logisch, dass ich da sofort hellhörig wurde."

„Und allein deshalb haben Sie ihn umbringen lassen?", hakte Jörn nach.

Petersen schüttelte den Kopf. „Das war 'ne verdammt lange Tour und irgendwann ging mir ein Licht auf."

„Inwiefern?"

„Mir war vorher schon klar, dass Strebkowski mit den zwei Brüdern gemeinsame Sache macht und einiges hinter meinem Rücken abwickelt. Also wollte ich die Gelegenheit nutzen und diesem Stefan Wagner auf den Zahn fühlen … hab einen auf alter Trottel gemacht."

„Das kann ich mir lebhaft vorstellen", kommentierte Ina.

Anstelle einer Reaktion fuhr Petersen nahtlos fort: „Ich hab ihm erzählt, ich hätte insbesondere nachts regelmäßig Fahrgäste, die mich fragen, wo sie einen Muntermacher herbekommen. Da hat der Typ gleich wieder wie ein Wasserfall angefangen …"

„… und sich damit um Kopf und Kragen geredet", vollendete Jörn, weil es nicht weiterging.

Petersen stimmte lächelnd zu. „Wie gesagt: Mir kam schon seit Monaten manches seltsam vor, aber Strebkowski hat sich ständig rausgeredet – das kann er", folgte es verbittert. „Deshalb hab ich gerade in den letzten Tagen viel im Hintergrund geforscht und bin dabei schnell auf Antworten gestoßen."

„Die Ihnen nicht gefallen haben, weshalb Günter Strebkowski sterben musste. So in etwa?"

„Ich hab den Kerl vor fünfzehn Jahren aus dem Knast geholt, seine kompletten Schulden bezahlt und ihm einen Job gegeben. Zum Dank dafür hat er mich betrogen und …"

„Oh ja! Das rechtfertigt natürlich ein paar Morde", unterbrach Jörn. „Aber warum musste Stefan Wagner sterben und wieso hatten Sie es auch auf seinen Bruder abgesehen?"

„Weil die Scheißkerle immer mehr in Eigenregie unternommen haben. Ich wusste doch längst davon, und als da plötzlich einer von denen auf meiner Rückbank hockte …"

„… haben Sie die Chance genutzt", fügte wiederum Jörn hinzu, denn Petersen wollte offenbar auf das Ende der Geschichte verzichten.

Nach einer Weile ausgedehnten Schweigens fuhr der alte Mann verdrossen fort: „Strebkowski und die Wagner-Brüder haben sich für oberschlau gehalten. Meinten wohl, sie könnten mich nach und nach aus dem Geschäft drängen und bis dahin nur noch mit Krümeln abspeisen."

„Was genau ist an dem Abend auf dem Priwall passiert?", fragte Jörn ein weiteres Mal deutlich lauter.

„Die Entscheidung hab ich spontan getroffen. Nachdem ich diesen Stefan Wagner vor der Haustür abgesetzt hatte, bin ich losgefahren und wollte mich schon wieder als verfügbar melden. Aber dann bin ich auf eine Idee gekommen …"

„Nämlich?", drängte Jörn.

„Ich hab Strebkowski angerufen und ihn zum Teil in meinen Verdacht eingeweiht. Dass die Wagner-Brüder hinter unserem Rücken Geschäfte machen, unsere Dealer beliefern und es deshalb nicht mehr so läuft wie früher."

„Ohne zu erwähnen, dass Sie auch Strebkowski selbst verdächtigen."

„Natürlich!", kam es mit altvertrauter Arroganz zurück.

„Und was dann?", bohrte jetzt Ina.

„Ich muss ihm einen ordentlichen Schrecken eingejagt haben. Auf jeden Fall meinte er, dass er sofort jemanden schickt, der das Problem löst."

„Womit wir beim Toaster wären!"

Petersen nickte.

„Und wieso hatte Herr Wagner genug Zeit, sich wintertauglich anzuziehen, als Ihr bestellter Killer geklingelt hat?"

Diese Frage sorgte für einen Seufzer. Wolfgang Petersen sah Jörn prüfend an. „Kann ich mich darauf verlassen, dass Sie im Gegenzug für die ganze Wahrheit auch etwas für mich tun?"

„Wir werden definitiv ein gutes Wort für Sie einlegen. Aber nur, wenn Sie uns wirklich alles erzählen."

Diese Bedingung zauberte ein schwaches Lächeln in Petersens Gesicht. Seine Stimme strotzte vor Genugtuung, als er fortfuhr: „Strebkowski hat aufs falsche Pferd gesetzt."

„Indem er den Toaster geschickt hat, der bereits allein unter Ihrer Flagge stand."

„Schon länger – nebenbei hat er mich mit Informationen versorgt. Was glauben Sie denn, wie ich den Verrätern derart schnell auf die Schliche gekommen bin? Strebkowski war so blöd, den Toaster in viel zu viele Abläufe einzuweihen. Außerdem hat er ihn auch noch schlecht bezahlt – sowas rächt sich irgendwann."

„War es denn bei Ihnen anders? Musste der Toaster da nicht die Drecksarbeit erledigen und zum Dank von der Hand in den Mund leben?", hakte Ina ketzerisch nach.

Petersen zuckte mit den Schultern.

Weil immer noch ein Teil der Geschichte ausstand, versuchte es Jörn mit einer Aufmunterung: „Kommen wir zu Herrn Wagner und den näheren Umständen seines Ablebens."

„Das haben Sie aber schön gesagt", lobte Petersen.

„Unabhängig davon!"

„Dieser Wagner stand plötzlich neben meinem Taxi, vermutlich um nachzusehen, ob es mich schon erwischt hatte."

„Was bedeutet, Strebkowski hat Stefan Wagner über seine Pläne informiert und der wusste, dass ein Killer unterwegs ist, der eigentlich Ihnen den Rest geben sollte."

Petersens neues Lächeln drückte Genugtuung aus. „Die wollten gleich mehrere Fliegen mit einer Klappe schlagen. Den Markt für sich allein sichern und mich bei der Gelegenheit loswerden."

„Wie hat Herr Wagner reagiert, als er Sie quicklebendig vorgefunden hat?"

Höhnisches Lachen. „Ich hab das Seitenfenster runtergelassen und ihm verklickert, dass er und seine ganze Bande sich verzockt haben. Sie hätten mal erleben sollen, wie der die Beine in die Hand genommen hat, als ihm klar wurde, dass der bestellte Killer seinetwegen kommt."

„Und als er zurück ins Haus kam – sich in Sicherheit wähnte –, war der Toaster längst durch die Hintertür eingedrungen und hat dort auf ihn gewartet", vollendete Jörn.

„Ich weiß nicht, was da genau abgelaufen ist – hab auch nicht gefragt."

Ina lieferte bereitwillig die Fortsetzung: „Wie es aussieht, ist Stefan Wagner auf der Flucht in eine Grube gestürzt und dort erfroren. Kein schönes Ende, wenn Sie mich fragen."

In Petersens Gesicht spiegelte sich alles wider, außer Mitgefühl. Er nickte selbstgefällig, was immer das zu bedeuten hatte.

Nach beharrlichem Schweigen meldete sich Jörn erneut zu Wort: „Kommen wir zu Ihrer Tarnung als Taxifahrer. Warum haben Sie sich das angetan? Einer wie Sie hätte doch die Puppen für sich tanzen lassen und nebenher ganz entspannt die Füße hochlegen können."

Eine Frage, die bei Petersen für Nachdenklichkeit sorgte. Und obwohl ihn zwei Augenpaare neugierig musterten, beließ er es bei einem Kopfschütteln. Offenbar konnte oder wollte er nichts über seine Motivation verraten.

„Zum Schluss interessiert mich nur noch eins", nahm Ina den Faden auf. „Hatten Sie tatsächlich eine Frau namens Helga und haben die gepflegt, bis sie gestorben ist?"

„Ich war nie verheiratet, hab auch nie dran gedacht – aber ich hab vor Ewigkeiten tatsächlich mal Dreher gelernt", erwiderte Petersen lachend. „Das Leben ist viel zu kurz, um sich abzuschuften, treu zu sein und …" Er verstummte abrupt. Aus gutem Grund, denn gegenüber sprang Ina mit hochrotem Kopf auf. Trotz ihrer sichtbaren Wut vollbrachte sie ein Wunder und verzichtete auf jeglichen Kommentar. Einen Atemzug später hatte sie den Verhörraum verlassen, dessen Tür krachte hinter ihr ins Schloss.

Petersen sah Jörn fragend an.

Der zuckte zunächst mit den Schultern, fand dann aber doch ein paar Worte: „Ich schätze, Sie haben großes Glück."

„Inwiefern?"

Bevor Jörn antwortete, deaktivierte er per Knopfdruck die Videoaufzeichnung und klappte in aller Seelenruhe sein Notizbuch zu. „Frau Drews hätte das letzte Arschloch von Ihrem Format beinahe umgebracht."

„Sie sollten lieber aufpassen, was Sie sagen, sonst …"

Inzwischen stand Jörn ebenfalls und fuhr lautstark dazwischen: „Angenehmen Tag noch, Herr Petersen! Ich hoffe, wir sehen uns nie wieder."

EPILOG

„Muss das wirklich sein?", maulte Jörn, der mit Ina im Lübecker Stadtteil *Buntekuh* vor einem Hochhaus stand. Davon reihte sich hier stellenweise eins ans andere.

„Du hast versprochen, dass du mitkommst, bevor wir uns auf den Heimweg machen." Ina überflog die schier endlosen Namensschilder neben den Klingelknöpfen. „Ha ... da hätten wir die Frau!", stieß sie triumphierend aus.

„Und da kommt gerade zufällig jemand", sagte Jörn, noch ehe Ina drücken konnte. „Ich finde, wenn das 'ne Überraschung werden soll, dann auch richtig."

Eine Frau mit Kopftuch und einem kleinen Kind an der rechten Hand zog die Tür auf und bahnte sich dann ihren Weg zwischen den Ermittlern hindurch. Die betraten einen Hausflur, der dem Aussehen nach regelmäßig Opfer diverser selbsternannter Graffiti-Künstler wurde. Außerdem standen überall Fahrräder herum. Die meisten waren in desolatem Zustand und dienten wohl seit Ewigkeiten niemandem mehr als fahrbarer Untersatz.

„Wollen wir ernsthaft den Fahrstuhl nehmen?", fragte Jörn und zeigte auf eine ramponierte Bedienkonsole, die nicht besonders vertrauenerweckend wirkte.

„Willst du bis in den achten Stock laufen?"

Offenbar nicht, denn Jörn betätigte den Knopf. Die Türen hatten sich gerade erst ruckelnd geschlossen, da kam Ina mit einer Frage, die ihr Kollege auf ähnliche Weise ein paar Stunden zuvor Wolfgang Petersen gestellt hatte: „Wieso Taxifahrer? Ich kapier das einfach nicht. Bei dem Geld hätte sich der Typ doch locker in seinem Penthouse auf die faule Haut legen und den Ruhestand genießen können."

Während der Fahrstuhl eine Etage nach der anderen passierte, erzitterte die Kabine immer wieder, als würde deren Absturz unmittelbar bevorstehen. Deshalb brauchte Jörn einen Moment, bis er reagierte: „Kennst du die Geschichte von *Salvatore Riina*, dem Paten der Paten?"

„Der sizilianische Mafioso, der angeblich über tausend Morde in Auftrag gegeben hat?"

Jörn nickte. „Es heißt, der Mann hätte manchmal monatelang unter erbärmlichen Umständen zusammen mit seiner Frau in einem möblierten Zimmer gehaust. Und das, obwohl gleich nach seiner Verhaftung allein über hundert Millionen Dollar in bar sichergestellt wurden."

„Vielleicht ist der ja nebenbei in Palermo Taxi gefahren."

Jörn winkte ab. „Solchen Menschen gehts nicht allein um Geld, Luxus oder ein Leben, wie es die Schönen und Reichen normalerweise führen. Da gehts um Macht über Leben und Tod. Dafür ist denen irgendwann jedes Mittel recht – und jede Tarnung." Der Aufzug stoppte nach einem letzten Ruckeln im achten Stockwerk. Dort schoben sich die Türen auf und gaben ein neues Chaos frei, das Jörn treffend kommentierte: „Hier muss irgendjemand mit alten Fahrrädern handeln."

Mitten auf dem endlosen Betonflur, über dessen Brüstung es etliche Meter in die Tiefe ging, blieb Ina plötzlich wie angewurzelt stehen.

Jörn marschierte einfach weiter. Erst vor dem Ziel – einer ebenfalls in die Jahre gekommenen Wohnungstür – fiel ihm auf, dass Ina mit sich zu hadern schien. „Was ist los? Kriegst du etwa kalte Füße? Falls du umdrehen willst – von mir aus gerne."

„Ich begreife es trotzdem nicht", murmelte Ina, nachdem sie sich zögerlich in Bewegung gesetzt und Jörn erreicht hatte. „Was kann man denn mit bloßer Macht anfangen?"

„Das fragst du lieber derartige Zeitgenossen." Jörn erklärte die Debatte mit ausladender Geste für beendet und zeigte auf die Türklingel. „Willst du, oder soll ich?"

Statt einer Antwort betätigte Ina kurzerhand den Klingelknopf. Weil zunächst nichts geschah, wiederholte sie den Vorgang und hielt ihn dieses Mal länger gedrückt.

„Jaja!", erklang es durch die geschlossene Wohnungstür. Ein Schlüssel wurde gedreht, dann tauchte Hamzas Gesicht in einem Spalt auf. Einen Atemzug später hatte sich daraus jegliche Farbe verabschiedet. „Ihr hier!", registrierte der junge Türke mit einem Anflug von Panik.

Jörn übernahm die erste Reaktion: „Wir haben vor der Tür durch Zufall dein Taxi gesehen. Wollten nur eben Hallo sagen, bevor es zurück nach Flensburg geht."

Ina schob ihren Kollegen ein Stück beiseite und lieferte übertrieben fröhlich die Wahrheit: „Auf dem Heimweg waren wir in deiner Taxizentrale, um einen Frühstücksgutschein loszuwerden. Dort hat man uns deine Adresse gegeben und meinte, du wärst zu deiner Mutter gefahren, weil es hier wohl irgendwelche Probleme gibt."

„Nicht direkt Probleme. Ich hab Mama ’nen neuen Fernsehsessel gekauft ... und ’nen neuen Fernseher. Supercooles Teil", ergänzte Hamza freudestrahlend.

Jörn hielt mit einer skeptischen Nachfrage gegen: „Ist bei dir der Reichtum ausgebrochen?"

Weil Hamza – abgesehen von einer betretenen Miene – nicht reagierte, probierte es Ina mit ihrer ersten Vermutung: „Hat das was mit einer Tasche zu tun, die es nie gab und ..."

„Das war Mustafas Idee!", gab Hamza zähneknirschend zu.

Ina nickte zufrieden. „Laut Wolfgang Petersen hat es die Tasche nie gegeben. Es besteht also kein Grund, der Sache nachzugehen."

„Und was heißt das jetzt genau?"

„Dass du am besten die Klappe hältst und uns langsam mal rein-
lässt", knurrte Jörn. „Ansonsten können wir dir auch gerne noch
ein paar unbequeme Fragen stellen."

„Wer ist denn da, Bebeğim?", ertönte es aus dem Inneren der
Wohnung.

Hamzas zuvor kreidebleiches Gesicht nahm eine überaus gesunde
Farbe an. „Ich komm gleich, Mama!"

„Wie nennt sie dich?", fragte Jörn interessiert.

Da Hamza nicht gleich antwortete, versuchte es Ina: „Babygym
… oder so ähnlich."

„Bebeğim!", erfolgte eine zaghafte Korrektur.

„Und was bedeutet das?"

„Wer ist denn da?", kam es erneut von hinten.

„Mein Baby", flüsterte Hamza widerwillig. Danach zog er die Tür
ein Stück auf. „Wollt ihr reinkommen und meiner Mutter Guten Tag
sagen? Sie freut sich bestimmt, hier kommen selten Leute vorbei."

„Wenn es dich nicht stört", erwiderte Ina und setzte den ersten
Fuß über die Schwelle. Im Flur blieb sie stehen und schnupperte in
die Luft. „Riecht ja köstlich! Was gibts denn Gutes?"

„*Lahmacun* und zum Nachtisch *Baklava*. Wenn ihr wollt, könnt
ihr gerne mitessen."

„Nichts lieber als das, Baby", reagierte Jörn grinsend. Er zeigte
nach rechts, wo eine Tür offenbar ins Wohnzimmer führte. Dort
lief leise ein Fernseher, der von Hamzas Mutter mühelos übertönt
wurde. Schließlich murmelte die unentwegt etwas auf Türkisch vor
sich hin. „Wenn deine Mutter dort liegt, wer kocht denn dann?"

„Mama hat mir jahrelang alles beigebracht", kam es kleinlaut zurück.

Was Ina ein breites Lächeln ins Gesicht zauberte. „Ein Mann,
der kochen kann und sich rührend um seine Mutter kümmert. Das
klingt viel zu schön, um wahr zu sein."

Hamza nickte und warf einen verstohlenen Blick in Richtung
Wohnzimmer. „Wäre nett, wenn ihr Mama nichts Schlechtes über
mich erzählt."

„Was sollte das denn sein?", fragte Jörn, der schon zur Tat schreiten wollte.

Doch Hamza schaffte es, ihn am Ärmel festzuhalten und vorerst zu stoppen. „Alter, mach keinen Scheiß! Mama ist krank und kann grad keinen Stress gebrauchen."

„Dann solltest du schleunigst in die Küche verschwinden und dich ums Essen kümmern." Jörn riss sich los und grinste noch breiter. „Und komm hinterher bloß nicht mit Tee um die Ecke. Ich trink nach türkischem Essen am liebsten *Ayran*."

Während sich Jörn aufmachte und gleich darauf Hamzas Mutter ausschweifend begrüßte, blieb der ansonsten so vorlaute Türke mit Ina im Flur stehen und klang mittlerweile regelrecht entsetzt: „Meint dein Mann das ernst?"

„Was genau?"

„Alles!"

Ina beschloss, dass es Zeit für die Wahrheit wurde. „Er ist nicht mein Mann, nur ein vorlauter Kollege."

„Hab ich mir schon irgendwie gedacht. Und was ist mit dem Rest?"

„Da weiß man bei ihm nie so genau."

„Aber wir haben gar keinen *Ayran* mehr im Kühlschrank."

„Wenn das so ist, kann ich für nichts garantieren ..." Ina machte eine Pause und sah Hamza danach durchdringend an. „Und jetzt erzähl endlich: Was war in der Tasche?"

Hamza erwiderte ihren Blick und wirkte kurz verunsichert. Dann breitete sich ein Grinsen in seinem Gesicht aus. „Welche Tasche?"

Eine Frage, die Ina zufrieden nicken ließ. „Alles klar! Ich glaube, du hast langsam verstanden ..."

ENDE

DANKE

… an alle, die bis hierhin durchgehalten haben. Zum Abschluss möchte ich Euch auf eine kleine Reise entführen. Diese beginnt in einer Aula … (da würde ich mich jetzt übrigens auch fragen, ob der Herzberg 'nen kompletten Vogel hat. Zumindest dann, wenn diese Frage noch nicht eindeutig beantwortet ist)

Aber bleiben wir doch ruhig mal in dieser Aula. Sämtliche Schulklassen haben sich an diesem Tag versammelt. Ebenso das komplette Kollegium, angeführt von der Musiklehrerin Gabriele Meier-Löwenstein (bis heute fragt sich jeder, wem die alte Jungfer ihren Doppelnamen zu verdanken hat), und auch die stolzen Eltern haben sich zahlreich eingefunden.

Der kleine Kevin – ein Musterschüler aus der fünften Klasse – betritt das Podium. Er öffnet einen Koffer, holt mit zitternden Fingern seine Geige daraus hervor und beginnt zu spielen. Nun kann ich natürlich nicht beurteilen, ob er gut spielt oder schlecht. Ob er seine Musiklehrerin stolz macht oder ihr gar Schande bereitet. Sagen kann ich allerdings, dass der kleine Junge fiedelt, als ginge es um sein nacktes Leben.

Irgendwann ist er fertig. Inzwischen schweißgebadet!

Er steht mit zitternden Knien auf dem Podium und schaut auf die Menschenmenge hinunter.

Und was passiert?

Nichts!

Es gibt keinen Applaus, nicht mal Buhrufe, keine – und sei es eine noch so kleine – Reaktion.

Jetzt fragt Ihr Euch zu Recht, was der komische Herzberg eigentlich will.

Ganz einfach: Ich bin Kevin … zumindest fühle ich mich wie dieser kleine Junge (auch, wenn ich meine Geige gegen eine Tastatur eingetauscht habe). Aktuell liegt mein Rezensionsschnitt bei ca. 200:1 … bedeutet, dass auf zweihundert gekaufte oder geliehene (und hoffentlich zum Teil auch gelesene) Bücher eine Rezension kommt. Natürlich habe ich volles Verständnis dafür, dass man auch etwas Besseres mit seiner Zeit anfangen kann. Und ich gebe ganz ehrlich zu: Auch ich rezensiere nicht jedes gelesene Buch. Meistens, weil mir die erforderliche Ehrlichkeit schwerfällt. Trotzdem möge sich jeder vorstellen, wie sich der kleine Kevin/Thomas wohl fühlen mag, wenn er seine Geige zurück in den Koffer legt.

Und deshalb möchte ich Euch um eine **ehrliche** Rezension in Eurem jeweiligen E-Book-Shop bitten. Vielleicht erfordert diese Tat eine Minute Aufwand, aber sie hilft nicht nur mir, sondern auch anderen Lesern. **Danke!**

Und falls es jemandem an Kreativität mangelt, habe ich hier ein paar Vorschläge:

(1 Stern)
- Das ist doch der größte Mist, den ich je gelesen habe
- Ey, Alder … Gruntschulniwoho
- hatte die Hose in Größe 42 bestellt und 38 bekommen. Frechheit!

(2 Sterne)
- wollte eigentlich ein anderes Buch laden. War gar nicht sooo schlecht
- Krimis sind nicht so meins
- habe mich durch das Buch gequält und erst am Ende festgestellt, dass es gar nicht von Rosamunde P… ist

(3 Sterne)
- kann man lesen, muss man aber nicht
- nicht spannend, nicht lesenswert, aber man muss ja irgendwas schreiben
- eigentlich dreht sich das ganze Buch nur um Krimi und Nordsee … bei dem Titel hatte ich was anderes erwartet

(4 Sterne)
- schon klasse, aber leider zu kurz (das höre ich immer, aber nicht von Leserinnen)
- hab das Buch durch Zufall gelesen (weil kostenlos), vielleicht kaufe ich auch eins
- wurde von A… aufgefordert, hier irgendwas zu schreiben … bin noch gar nicht fertig mit dem Buch

(5 Sterne)
- einmal Herzog, immer Herzog (die Rechtschreibhilfe auf Handys korrigiert meinen Namen immer falsch)
- pünktlich geliefert, guter Service, sehr gut verpackt (das ist bei eBooks ja fast selbstverständlich, oder?)
- ich will ein Kind von dir, Herzberg! Meine Maße sind 90-60-90, ich bin 25 und komme aus … **Sorry Leute, muss weg!**

Hierzu sei vielleicht noch erwähnt, dass ich alle vorangegangenen Kommentare (natürlich bis auf den letzten) bereits erlebt habe.

Wer in Zukunft nichts versäumen möchte, der kann gerne auf eine der folgenden Möglichkeiten zurückgreifen:

Auf meiner Homepage (ThomasHerzberg.de) findet ihr einen Newsletter-Service. Ihr könnt mir auch gerne eine Mail an thomas-herzberg@online.de schicken, dann füge ich euch manuell hinzu. Und keine Angst: Ihr bekommt nur eine Nachricht, wenn ich wirklich etwas zu erzählen habe (so … alle 2 Monate)

EIN GROSSES DANKESCHÖN GEHT AN:

Bärbel, die von Anfang bis Ende dabei war (du bist einmalig und nicht zu ersetzen!)

Meine lieben Testleser/innen (in alphabetischer Reihenfolge):
Antje (die ich nie wieder vergessen werde)
Eva Maria
Frau Schmidt
Nicolas
Roswitha

Julie, Annika, Fabian & Tim

Hinweis: Wem dieser Küstenkrimi Spaß gebracht hat, den möchte ich herzlich einladen, mal in meine <u>Sylt-Reihe</u> reinzuschnuppern.

Das war's auch schon von mir. Ich bedanke mich ganz herzlich für eure Zeit und hoffe, dass ich euch ein bisschen unterhalten konnte. Vielleicht auf ein Wiederlesen …

Euer Thomas

DER AUTOR

Mit weit über 3 Millionen verkauften Büchern gehört Thomas Herzberg zu den erfolgreichsten Krimiautoren der letzten Jahre. Seine Wegner-Reihe hat Kultstatus, die Sylt-Krimis um Hannah Lambert sind auf gutem Weg dorthin. Als „leichte Kost" beschreibt er das, was er da tut. Wer probieren möchte, ist herzlich eingeladen …

Mehr zum Autor finden Sie auf www.ThomasHerzberg.de

DÜNENGRAB

NORDSEEGRAB

GRABESSTILLE

GRABMAL

STRANDGRAB

MÖWENGRAB

SCHNEEGRAB

GRABESKIRCHE

GRABKAMMER